書下ろし

# 生贄《いけにえ》の羊

## 悪漢刑事《わるデカ》

安達 瑶

祥伝社文庫

# 目次

# プロローグ

薄暗い空間には、音が溢《あふ》れていた。腹に響く低音が空気を揺るがせてリズムを刻《きざ》み、眠気を誘う旋律《せんりつ》の電子音が、うねるように轟《とどろ》いている。

鮮やかな色の閃光《せんこう》が間断なく場内の闇を切り裂く。ランダムに回転するスポットライトがフロアを照らすと、そこでは大勢の若者が音楽に身を委《ゆだ》ねるように躰《からだ》を揺らしていた。

彼らの熱気が充満して、場内は暑い。そして、体臭やコロンの香りとは違う、妙に甘ったるい空気が、空間を満たしていた。

広いフロアの片隅《かたすみ》にはテーブル席があり、そこに中年の男二人が座っていた。年長の一人は、この場にそぐわないダークスーツにネクタイという姿で、髪をきちんと横分けにしている。もう一人の男は派手《はで》な色のジャケットを着て、髪を伸ばした若作りだ。

「すみませんね、先輩。こんな騒がしい場所にご招待して。なにぶん、家内がこういう場所が好きなもので」

派手なジャケットを着た男が、軽く頭を下げた。

その時、近くのテーブルに陣取った一団が大声で騒ぎ始めた。フロアで踊《おど》っている誰かを野次《やじ》ったのか、話し声が大きくなりすぎただけなのかは判《わか》らないが、その五人ほどの男たちは音楽に負けない大声を張り上げ、ギャハハと爆笑している。

「先輩」は、眉《まゆ》をしかめた。こういう場に居辛《いづら》くて極《きわ》めて不快だ、という様子をもはや隠そうともしていない。薄いジンライムのグラスを不味《まず》そうに傾けている。

「私は若い頃から静かなところが好きだったんです。君も知ってるでしょう」

恐縮して頭を下げる派手なジャケット男に「先輩」はさらに訊《き》いた。

「それにこの甘ったるい匂いは何です？　ドラッグではないのですか？」

「いえまあ、脱法ハーブのタグイだと思いますが……しかし先輩、こんな場所でカタいことを言っても始まりませんよ」

「私としては困るんです……立場上、そういうことは」

「相済《あいす》みません。なにしろウチのヤツがここが好きなもんで」

スーツにネクタイの堅物《かたぶつ》風の「先輩」がダンスフロアに目をやると、その視線の先に女がいた。

ランダムに動き回るスポットライトが、幾度《いくど》となくその女を照らし出している。

均整のとれた素晴《すば》らしいプロポーションが、遠目にも際だっている。明るい色に染めたショートカットの髪が、音楽に合わせて揺れる。九センチはありそうな細いヒールを履《は》いているが、その不自然な形の靴が、まるで自分の脚の延長で身体の一部であるかのように、何の苦もなく軽々とステップを踏《ふ》んでいる。

膝丈《ひざたけ》のスカートから伸びるふくらはぎの形が美しい。躰にぴったりとした、白い光沢《こうたく》のあるドレスを着ている。そのラインが逆光に浮かび上がると、まるで裸体のようにセクシーだ。

すんなりとした腰の線、贅肉《ぜいにく》ひとつない腹部、大きからず小さからずのバストの、これも見事なライン……。

「先輩」の目は、その女からしばらく離れない。

「いや、まったく自分の歳も考えず、あいつはこういう場所が好きなんで困りますよ」

年下のほうの男は、「先輩」の心の動きを見透《みす》かすように、おもねるように付け加えた。

「ああしてみると、年齢不詳《ふしょう》でしょう？　イケイケの若い女に見えないこともない」

遊び好きな妻のことを愚痴《ぐち》ると見せつつ、男は満更《まんざら》でもなさそうな笑みを浮かべた。

「派手で金遣いも荒くて、いろいろと欠点もある女ですが、国外で仕事をする時には役に立ってくれましてね。海外では仕事の付き合いも夫婦単位ですから、大きな金を預けてくれるクライアントとは、食事やゴルフを通じて信頼関係を深めませんとね。あいつは言葉はまあまあ喋《しゃべ》れるし、何より社交的で、誰とでもすぐ仲良くなれるのが助かります」

「まあ、そうだろうね」

「先輩」は仏頂面《ぶっちょうづら》で答えた。

その女のすぐそばには若い男がいて、その男も踊っている。

あきらかに堅気《かたぎ》ではない雰囲気を漂《ただよ》わせた男だ。ポニーテイルの髪型に、黒のスーツ。インに着ているのは白いTシャツだ。細身でキレのいい動きが隙《すき》を感じさせず、鋭い目付きで時折りあたりを見回すしぐさにも殺気のようなモノが漂う。周囲の軟派《なんぱ》系の連中とは一線を画している。ただの踊り好き音楽好き女好きではない。もっと危険なモノが好きだという雰囲気《ふんいき》を濃厚に漂わせて、一種異様なオーラを放っている。

だが女はその若い男に警戒《けいかい》することもなく、避けることもなく、ほどよい距離を保ちつつ、一緒に踊っている。

「日本人と違って向こうの連中は年取っても派手に踊ってスキンシップを大切にしますからね。ちょうどいいんです」

熱い視線で自分の妻を見つめる男は、一見して絵に描いたような成金風にコーディネートされたモノを身に纏《まと》っている。ゴールドのロレックス。派手なスポーツジャケットにこれまた派手な色のシャツ。ボタンを外した胸元には大きな金のペンダント。素足に履いたイタリア製のローファー。

とても堅気のビジネスマンとは思えない芸能人か企業舎弟《しゃてい》のようなファッションに、「先輩」は眉を顰《ひそ》めた。

「君もずいぶん変わったね」

「え？」

そう言われた男は、意外そうな顔になった。

「いや、多少は若作りしてるかもしれませんけど……私に言わせれば、日本の男は必要以上に自分のトシを気にして、地味にし過ぎてるんじゃないですかね？」

「いや、私が言ってるのはそういうことではなくて。君は信用で商売している割りには足が地に着いていないと、自分でもそう思わないのか？」

この場所に慣れてきたのか、酒が回ってきたのか、「先輩」の言葉は砕《くだ》けてきた。

「イヤイヤ先輩」

男は手を振った。

「今はオフですから。ビジネスの時は、それはもうキッチリしてます。だからこそ私も、それなりに成功して遊ぶカネには不自由ない暮らしが出来るんですから」

「それは判るけれど」

僅《わず》かに残ったジンライムを「先輩」は飲み干《ほ》した。

「あ、ああ。いやいや」

男は「先輩」の気持ちを読んだのか、慌てて言葉を足《た》した。

「確かに、妻と一緒になる前は野暮《やぼ》ったい田舎《いなか》の小役人みたいな格好しか出来なくて、私は地味そのものでした。東大出は頭が硬くて仕方ないなあとよく言われたもんです。しかし妻の影響で、こういう……少しばかり若作りをするようになると、海外の顧客との取引も増えて、ビジネスが飛躍《ひやく》したんです。それもこれも、先輩のおかげだと感謝してます。妻と結婚出来たのも、先輩が引き合わせてくれたおかげですから」

礼を言われた「先輩」は、なぜか一瞬、不快そうな表情になったが、すぐに取り繕《つくろ》って笑顔をみせた。

「いやいや、礼を言うのはこっちだけどね。希里子《きりこ》さんが結ぶ縁で、私も君に有利な投資をさせてもらってるんだから、感謝しているよ」

男は少し顔を強《こわ》ばらせ、残り少ない水割りを飲んで氷をガリッとかみ砕いた。

「先輩」が訊く。

「それはそうと、お嬢さんは元気なのか？　たしか、今は高校一年のはずだが」

高校生の娘の親には見えない男は、タバコに火をつけて一口ふかした。

「元気にしていますよ。妻に似て我が娘ながら、ほんとうに綺麗《きれい》な子に育ちました」

そう言った男は、ちょっと言い淀《よど》んで「先輩」に顔を向けた。

「いずれ判る事ですから、先輩にはお話ししておきます。あの子はおそらく……芸能界入りすることになるだろうと思います」

「え？」

「先輩」は驚いたのか、目を見開いた。

「なんだって？　それで君は……いや、奥さんはいいと言っているのか？　あの子は成績は悪くないんだろう？　東大だって狙えるって」

「その通りです。私はガリ勉してやっとでしたが、誰に似たのか娘は頭が良くて。真面目《まじめ》でよく勉強する子ではありますが、それにしても成績が素晴らしくて……けれども、先日スカウトされたんです。ぜひウチで面倒を見たいという芸能プロダクションから。娘もすっかり乗り気になってまして」

「賛成出来ないな」

即座に「先輩」は言った。厳しい口調だ。

「芸能人として成功する人間は、ほんの一握《ひとにぎ》りだ。普通の親なら、もっと確実に幸せになれる道を勧《すす》めるものだ。君だってそういう業界の人間を顧客に持っていて、どれくらい不安定な仕事なのか知ってるだろう？　何も好《す》き好《この》んでそんなところにあの子を入れることはないんじゃないか？」

正論に返す言葉がないのか、男は、黙ったままタバコを吸い続けた。

「それに、私の見る限り、あの子は内気で人見知りするタイプだと思ったが。君のウチに行ったときも、一応出てきて挨拶《あいさつ》はするが、いつの間にか自分の部屋に戻ってしまう。確かに可愛《かわい》いからアイドルに、と思う気持ちも判らないではないが、進んで自分を売り込んでガツガツしなければやっていけない芸能界に、おっとりしたあの子が向いているとは、とても思えない」

いや、と男が口を開こうとしたときに、彼の妻がダンスフロアから戻ってきた。テーブルの傍《そば》まで来ると、近くの席の例の一団が無遠慮《ぶえんりょ》にヒューヒューと彼女に歓声《かんせい》を上げた。全員ラフな格好だがイタリア製とおぼしいジャケットにパンツで、いかにもカネのある不良青年、あるいは青年実業家、といった感じのグループだ。

彼女は手を挙《あ》げて彼らに応じ、場慣れした態度でやり過ごした。男たちも、それ以上のチョッカイは出してこない。

「ああ、汗かいたら喉渇いちゃって」

彼女は氷が溶《と》けてほとんど水になったジントニックをごくごくと一気に飲み干すと、ケラケラと笑った。

「まだまだ若いと思ってたけど、結構堪《こた》えるわ。まあ三十分もぶっ続けで踊ってれば若いコだってバテるわよね？　あらどうしたの？　深刻な顔して。なにか難しいお話でも？」

いやいやと場を取り繕う男二人を前に、年下の方の男の妻・希里子はテンション高く喋り続けた。

「この店、けっこうセンスいいし客筋もいいと思ったけど、やっぱりいるわよね、感じ悪いのが。でもまあ仕方ないわよね。今どきお金が有り余ってるのは、マトモな人ばかりじやないし」

目をキラキラ輝かせて甲高《かんだか》い声で前のめりで喋る姿は、ダンスの興奮と酒の酔いのせいだけではないようだ。

「このクラブはねえ、地元の警察と癒着《ゆちゃく》してるんですって。毎月、付け届けしてるから、いろいろオメコボシがあるんだって。ほかの店は営業時間や未成年の入店を凄《すご》く厳しくチェックされるのに、ここはそうじゃないものね。匂うでしょ？　たぶん、マリファナよ。レストルームの黒大理石のシンクに白い粉も散らばってたし……でもね、だから面白いのよね、この店」

夫が「おい」と小声で注意しても、希里子は気にする様子もなく話し続けた。

色の薄い、ネコ科の大型肉食獣を思わせる瞳。よく動く、大きな口。

さすがにドラッグはやっていないようだが、異常なまでにハイテンションなはしゃぎっぷりは、裕福な人妻ですでに高校生の娘がいる母親とも思えない。

希里子の夫は、「先輩」の顔色を窺《うかが》った。

「先輩」は仏頂面で自分の感情を隠しもしない。

「あ、なんか、ごめんなさいね。私だけ楽しんじゃって。あなたも踊ればいいのに」

彼女は夫におざなりに声をかけ、続いて「先輩」にも誘いをかける。

「うちの人はダンスが好きじゃないのだけれど、あなたはどう？　嫌いじゃないでしょう？　昔、ロンドンのクラブでご一緒したことあったわよね」

希里子はそう言って、「先輩」の膝に手を置いた。その手は膝から腿《もも》をさすり、だんだん上に移動してくる。

「昔の話ですよ。ロンドンに赴任《ふにん》していたのは、今よりもずっと若いときだったから」

そう言って「先輩」はさりげなくその手をはずし、夫に訊《たず》ねたことを妻にも質問した。

「あの子は……お嬢さんは元気かな。スカウトされて、芸能界入りを考えているという話を今、聞いたんだが」

「そうなのよ。新しい事務所なんだけど、バックが凄いの。芸能界のドンっていう人ともつながりのあるところで、凄く力があるから絶好のチャンスだと思うんだけど、どうもあの子がハッキリしなくて」

父親とは違うことを希里子は言った。

「そうですか。本人の意見をじっくり聞いて、よく考えさせたほうがいい。あの子は、優しいからまわりの考えに流されやすい。一生のことだから、くれぐれも慎重《しんちょう》に……」

「はいはい判りました。あなたらしい意見だわ。でもね、石橋が壊れるまで叩《たた》いてる人生なんて、つまらないと思わない？　なんでも思い切ってやってみて、飛び込んでゆくの。私はそうしてきたわ。最初はどうなるかと思うけど、そのうちどうにかなるものよ」

さすがに「先輩」はそれ以上の不機嫌《ふきげん》さは見せずに苦笑した。

女の夫も、外国人がよくやるような、ちょっと困った顔をして大袈裟《おおげさ》に肩をすくめて、それで話を終わらせた。

「思い切ってやってみる、か。まあ、君は今までずっとそうやってきたんだからな」

そう言って二本目のタバコに火をつけた男は妻に小声で話しかけた。

「それはそうと、彼は……今まで一緒に踊っていた彼だが、ワイレアの件、何か言ってたか？」

「ううん。別に。あなたの腕を信じているって。損失が出るとは思っていないんですって」

そうか、と返事をした男は難しい顔になった。

と、にわかに場内が騒がしくなった。

どやどやと足音高く店内に現れた十人くらいの集団が、周囲のテーブルや椅子《いす》を蹴散らしながら、こちらに突進してきたのだ。

男は驚いて彼らを凝視《ぎようし》し、「先輩」はただならぬ雰囲気を察知して腰を浮かせた。

目出し帽を被《かぶ》った黒ずくめの格好は、異様を通り越してもはや不気味《ぶきみ》だった。

その集団が向かった先は彼らのテーブルではなく、その手前の、例の騒がしい一団のところだった。

彼らは、黒ジャンパーや黒アノラックの背中から金属バットを抜くと、いきなりテーブルを叩き割った。

言葉にならない罵声《ばせい》をあげた集団は、次の瞬間、その金属バットを人間に向けて振りかぶった。

テーブル席に座っていたカネのありそうな若い男たちの一団を、一斉《いっせい》に襲い始めたのだ。

場内は、騒然となった。

頭や身体を金属バットで殴打《おうだ》する鈍《にぶ》い不気味な音が響き、罵声に怒声、悲鳴が交錯《こうさく》した。

やがて攻撃はその中の一人、中央に座り、一番金回りが良さそうで、かつ態度の大きかった男に集中した。男は抵抗するすべもなくフロアに崩れ落ちたが、その背中や後頭部を黒ずくめの集団は、なおも狂ったように金属バットで殴《なぐ》り続けた。

仲間が全員倒れ、うめいている中で、その男は何とか逃れようと必死にもがき絶叫《ぜっきょう》している。よく聞き取れないが助けてくれ許してくれ、カネなら返すから……というようなことを言っているようでもある。だが次第《しだい》に声も出せなくなり、這《は》いずって逃げようとする動きも鈍くなり……やがてフロアの上の血まみれの肉塊《にくかい》になった。

それを見届けた目出し帽の黒ずくめ集団は、目的を達したようにさっと引き揚《あ》げた。

場内の甘ったるい匂いは、ほどなく鉄錆《てつさび》のような生臭《なまぐさ》い血の臭いに取って代わられた。

男も「先輩」も、目の前で起きた惨劇《さんげき》に呆然《ぼうぜん》と凍《こお》り付き、動くことも出来ない。

だが、希里子だけは目を見開いて口元に大きな笑みをうかべながら、ことの成り行きをじっと見つめていた。

# 第一章　佐脇、都へ行く

「おらおら、かかって来いや！」

深夜の歓楽街に怒声が響いた。

殺気の籠《こも》った叫びに、酔っ払いが慌てて飛び退《の》くと、さほど広くない飲み屋街の通りにたちまち人の輪が出来た。その中心にいるのはヨレヨレの安物スーツを着た中年男と、みるからにガラの悪いチンピラ風の若者五人だ。

「なんだよオッサン。おれたちと揉《も》める気かよ」

チンピラのリーダー格の若者が挑発《ちようはつ》した。

「頭おかしいんじゃねえのか？　誰に向かって喧嘩《けんか》売ってんだよ？」

「あ？」

中年男は首を傾げた。

「誰に向かって、だと？　お前らみたいなイキがってるだけのくそガキなんざ知らねえよ」

「聞いて驚くなよ」

リーダー格の若造が顔を歪《ゆが》めて凄《すご》んだ。

「おれらの高田《たかだ》先輩は東京に行って『銀狼《ぎんろう》』の幹部になってるんだぜ」

若造は胸を張ったが、中年男はなんの反応も示さない。

「おい。聞こえてんのか？　東京の『銀狼』だぜ？」

「なんだそれは？　漫才《まんざい》のコンビか何かか？」

中年男はヘラヘラ笑い、若造たちは逆上した。

「ナメてんのかコラ」

リーダー格が三白眼《さんぱくがん》で顎《あご》を突き出して凄む。

「だから高田って誰だ？　お前らの優秀な先輩の話聞いて、どうしろってんだ？　東京で頑張ってるね～凄いね～って恐れ入ればいいのか？　え？」

若造たちはお互いに顔を見合わせて笑った。

「オッサンよ。高田先輩って言えば、東京でもそのスジじゃあ知られてるスゲー存在なんだぜ。まあオッサンは知らないんだろうけどよ。お前みたいなチンケなジジイ、一発でぶっ殺されっぞコラ」

若造たちは一斉にメンチを切ってきた。

「高田……ああ、アイツか。あの腑《ふ》抜けの腰抜けの、キンタマ抜かれたようなダメ野郎のことか」

中年男は心当たりがあるのか、合点《がてん》したように頷いた。

「おれが知ってる高田ってのは、ひ弱で、チンポに毛が生えてないようなチンケなパシリだったたな。家は金持ちだったが……そうかあいつ、今は東京か。不良に目をつけられて、いいようにパシられてたが、結構ヤルことはヤッてたぜ」

高田という不良少年なら婦女暴行容疑で引っ張ったことがある。実家の金と地元の不良集団の威光をバックに、強姦《ごうかん》を繰り返していたのだ。

「そういう、クソガキの中でも一番使えねえカスを崇拝《すうはい》するって事は、お前らは高田以下の、生きてる価値もないクソそのものってことだな」

若造たちは想定外なことを言われたようで、二の句が継《つ》げなかった。

「あのフニャフニャ野郎、東京でもパシリやってるのか?」

リーダー格の若造が、手の指をぽきぽきと鳴らした。

「うるせえジジイだな。てめえ殺されるの覚悟《かくご》なんだろうな」

中年男は返事の代わりに安物のジャケットを脱《ぬ》ぎ捨てた。

「おいジジイ。ギックリ腰になっても知らねえぜ」

半グレの若い連中に嘲笑《ちょうしょう》された中年男は脂《あぶら》ぎった顔に笑みを浮かべた。

「大口叩くな。このど素人《しろうと》が」

「なんだとコラ」

　嘲笑された半グレたちはいきり立った。

「この二条町《にじようちよう》でおれを知らないヤツはど素人だって言ってんだよ」

「なんだとコラ。もういっぺん言ってみろや！」

「何度でも言ってやる。お前ら、若さと数だけが頼りか？　おまけにヘタレな先輩まで引き合いに出してるようじゃ終わってるな」

　リーダー格の若造が、意味不明の叫びを上げて中年に突進した。

　が、中年男が目にもとまらぬ動きで拳《こぶし》を突き出した次の瞬間、若造は倒れていた。その顔は大量の鼻血で血まみれだ。

「こんなチンカスがリーダーか？　目の前におれの拳骨《げんこつ》があるのに止まれないんだからな。ブレーキの壊れた車は制動装置の整備不良で二点減点だぜ。プラス酒気帯《お》びで二十五点。ハイ免取《めんど》り決定！」

　ヘラヘラ笑われて怒り狂った他の四人が、一斉に襲いかかった。

　しかし一見して全然強そうには見えないこの中年男は、立て続けに足払いをかけ顔を殴り鳩尾《みぞおち》を突き顎を蹴り上げて、一瞬にして四人全員を倒してしまった。

「や……やるじゃねえか、オッサン」

　一番軽傷の、足を掛けられて倒された若者が立ち上がった。その手にはワインのボトルがある。殴りかかろうとしたが、中年男はまたもヒョイと身体をかわして、相手の首筋にチョップを決めた。

「げ」

若者はそのままつんのめって道路に転がった。

「もう止《や》めろ。だいたいお前らが悪かったんだからな。おれはただ、女の子が嫌がってるのに、お前ら全員が無理やりホテルに連れ込もうとしてたから止めただけなんだからよ」

「無理やりじゃねえ！　合意の上ってヤツだ」

他の三人も立ち上がり、手近のビール瓶を割ったりビールケースを振りかぶったり、あるいはシャッターを閉める棒フックを手に向かってきた。

「言っとくが、おれはこれでも警官なんだぜ。おれに刃向かうと公務執行妨害《しっこうぼうがい》ってことになるけど、いいのか？」

「ポリ公が飲み屋の用心棒かよ。オマワリのアルバイトって禁止だろ？」

「知ったことか。この界隈《かいわい》はおれのシマなんだよ。勝手な事はおれが許さん」

そう言いつつ中年男は棒フックを手にした若造にずんずんと迫った。思わず逃げ腰になった相手の顔を殴る、と見せかけて股間《こかん》に膝蹴りを喰らわせ、よろめく相手から武器を奪った。

「コノヤロー！」

一人がビールケースを投げつけたが男は腕で撥《は》ねのけ、逆に棒フックで相手をさんざんに打ちすえる。

最後の一人が背後から割れたビール瓶を手に忍び寄ったが、野次馬の「志村《しむら》、うしろうしろ!」の声に振り向きざま、棒フックでビール瓶をなぎはらい、続いて頭をタコ殴りにする。

倒れ込んだ若造を、男は思いきり踏《ふ》みつけた。それだけでは足りないと言わんばかりに、ジャンプして両脚で胸を踏みつぶした。肋骨《ろっこつ》が折れるような嫌な音がして、若造は血を吐いてのたうち回った。

ビールケースを投げつけようとして滅多《めった》打ちにあった方も、頭を含む全身を無数に殴打されて意識を失い、倒れたきり動かない。

それでも中年男の勢いは止まらず、ぴくりともしない若造の脇腹にケリを入れている。

リーダー格と股間を蹴られた二人は、仲間を見捨てて逃げ出した。

「判ったか! お前らは俺の相手じゃねえんだ! 百年早いんだこの野郎!」

さすがに野次馬の酔っ払いが見兼《みか》ねて止めに入った。

「な、兄さん。このへんで……このへんで止めないと、こいつら死んじまう」

「あんたか、おれを志村と呼んだのは」

殴られると思ったのか酔っ払いは思わずのけぞったが、中年男は頭を下げた。

「ありがとよ。おかげで助かった。だけど、もっと早く止めに入って欲しかったぜ」

礼を言った中年男は、ポケットからスマホを取り出した。

「救急車を二台。場所は二条町の真ん中辺り。かなり重度の打撲《だぼく》だな。おれ? 鳴海《なるみ》署刑事課の佐脇《さわき》ってもんだ」

それを聞いた酔っ払いは、目を剝《む》いた。

「あんた、マジに刑事かよ……」

佐脇と名乗った中年男は、ヘラヘラと笑って返事の代わりに酒くさいゲップをした。


「佐脇さん……マズいですよ」

深夜の病院の廊下《ろうか》に若い男の声が響いた。

鳴海市にある唯一の救急指定の国見《くにみ》病院の集中治療《ちりょう》室前には、さきほどの中年男・佐脇が疲れた顔をして座っていた。そこへ駆けつけたのは、パリッとしたスーツを着込んだ、長身の若いイケメンだ。

「おお、水野《みずの》君。どうしてお前が?」

「複数の一一〇番通報と、救急からウチに連絡があったんですよ。刑事が地元の半グレと派手な立ち回りをしてボコボコにしたと。これはもう佐脇さんしかいないし、行き先は国見病院だろうと」

「おれのお守《も》り役か。ご苦労なことだな」

佐脇はタバコを取り出したが、集中治療室の前なのでさすがに吸うのを止めた。

「ねえ佐脇さん。元の鳴龍会《めいりゅうかい》の連中も迷惑してましたよ。用心棒をしてくれるのはいいがやり方が荒っぽすぎて、あれじゃ客足が遠のいてありがた迷惑だって」

「好き勝手文句ばっかり言いやがって」

佐脇はまたタバコを取り出して、今度は堂々と火をつけて煙を吐いた。

「飲み屋とフーゾクの街に揉め事はつきものだろ。仕切っていた鳴龍会は今はなく、ロクでもないクソガキが入り込んできて、今や二条町はヒドいもんだ。お前も知ってるだろ。女が安心して歩けねえ、商売にも差し支《つか》えてるって、どこの国の話だよ。鳴海は日本じゃねえのか？」

二条町は鳴海だけではなくこの地方随一《ずいいち》の歓楽街だが、その治安を維持してきた地元の暴力団・鳴龍会は、暴力団を締めつける国の方針もあり、解散してしまった。

そして今は、以前から鳴龍会と昵懇《じっこん》の関係だった悪徳刑事・佐脇が、用心棒同然の振舞いをしている。しかしこれは警察の業務ではなく、また佐脇のボランティアでもなく、佐脇は当然のようにみかじめ料をせしめている。その結果、二条町の健全な発展と治安維持のためという大義名分のもと、毎夜のように暴力沙汰《ざた》が繰り返されている。ほとんどが酔っ払いやチンピラの悪質な狼籍《ろうぜき》、またはインチキなフーゾク店と客との間の揉め事で、大したこともなく終わる。だが、中には用心棒である佐脇の腹の虫の居所が悪くてチンピラに因縁《いんねん》をつけてボコボコにしてしまうケースもあった。

二条町発展の事実上の功労者でもある佐脇だけに文句も言えず、飲み屋街のオーナーたちや旧鳴龍会の残党（バラバラになって風俗業などに勤《いそ》しんでいる）は困り果《は》てている。

当然、佐脇が属する鳴海署の面々も苦り切っているのだ。

「気持ちは判らなくもないですが……ハッキリ言って、今の佐脇さんは暴走してますよ」

「どこがだ？」

問い返されるとは思っていなかった水野は、しばらく上司を睨《にら》むように見つめた。

「もしかして、マジに判ってないんですか？」

「だから、何をだ？」

どう話せばいいのか思案するように水野が言葉を探していると、中年の男女四人がバタバタとやって来てあたふたと集中治療室に入り、悲鳴を上げた。

「あれは、佐脇さんが半殺しにした半グレの親ですよ」

横目で見やった水野が言うと、佐脇は無言で頷いた。

やがて病室から出てきた四人は、佐脇を取り囲んだ。

「あんただね。ウチの子をあんな風にしたのは」

「あの子は何にも悪くないのに！」

「刑事だってね。警察だったら何もしてない子供を死ぬ寸前まで痛めつけてもいいとでも思ってるの？」

「警察なら暴力より言葉を使いなさいよ！　あんな暴力振るって、体罰教師よりひどい！」

女親は口々に佐脇に言い募《つの》ったが、感情的な彼女たちを見る佐脇の目に殺気が満ちてくるのに気づいた男親が、まあまあと割って入った。

「夜中の二条町にいて酔っ払っていたんだから、良い子だとか何にも悪くないとは言わないが、刑事さん、あそこまでやらないといけなかったんですかね？　意識不明で骨折までしてるんですよ？」

「何度も注意したが、あの二人を含めた四人が凶器を持って向かってきたので、やむなく応戦したまでのこと。むしろ撃ち殺すべきだったかもしれないな」

その言葉に、子供を溺愛《できあい》している母親たちがますますヒートアップした。

「撃ち殺す？　どういう意味ですかそれは！」

一人が佐脇に殴りかかろうとしたが、悪漢刑事はその手を摑《つか》んだ。

「いいですか、アンタ方は自分の出来損《できそこ》ないのガキが何をしてるのか全然知らないだろ。自分の育て方の失敗には目をそむけて、良い子だの本当は優しい子だのとタワケたことばかり言ってるから、バカが図に乗るんだ」

「なんだって？　聞き捨てなりませんな」

今度は男親が出てきた。

「納得がいくように説明して貰《もら》いましょうか。なんなら、出るところに出てもいいんだ」

「やれやれ。子供が子供なら親も親だ」

佐脇はタバコをポケット灰皿に放り込むと、噛《か》んで含めるような口調で話し始めた。

「あんたらの優秀なご子息たちは、午前零《れい》時を過ぎた二条町で浴《あ》びるように酒を飲み、毎晩のように婦女暴行を繰り返してるんですよ。今夜も合コン帰りの女の子を無理矢理ラブホに連れ込もうとしてたんで、割って入ったらご子息たちが逆上しましてね」

「一方的な見方ですな。警察はそうやって冤罪《えんざい》を作ってるとも言える」

男親の一人は公正を装《よそお》った言い方をした。

「まあ、逃げた二人はもうすぐ捕まるでしょう。元気な彼らが真実を話すと思いますよ」

「どうせ密室で暴力を振るって調書をでっち上げるんでしょう？」

「二条町には防犯カメラが二〇箇所以上設置してあります。その映像を見れば判るでしょうよ。ＣＧで画像を捏造《ねつぞう》してるとか言わないでくださいよ。鳴海署にはそんな予算はないですからね。それに、ご子息たちがクダを巻いていた店の従業員の証言も集められますよ」

「それは、あんたが買収して都合《つごう》のいいこと言わせるに決まってるだろ」

「だから、防犯カメラの映像を見ればいいと言ってる」

その男親と佐脇は睨み合った。

……結局、佐脇の目力《めぢから》が勝った。

負けた父親は、他の親たちに「行こう」と声を掛けて、そそくさと立ち去った。

「何もしていない良い子どころか、アイツらは、女の子をレイプするだけじゃなくてＡＶにまで送り込んでるんだ。ウラかオモテか知らないが」

親を見送って佐脇は集中治療室に入ったので、水野も慌ててその後を追った。

ガラスの向こうには、全身に包帯を巻かれて酸素吸入を受けて、点滴などのチューブが刺さりまくった状態で寝ている二人の男の姿がある。

「倉島《くらしま》の矢部《やべ》、覚えてるだろ？」

「ええ。『睢鳩山《みさごやま》女児死体遺棄《いき》事件』でお世話になった倉島中央署の矢部刑事ですよね？」

「その矢部からの情報で、二条町を根城にして女の子を拐《かどわ》かしているグループがいると。そいつらは女の子に『東京でアイドル・デビューさせてあげる。芸能界に凄いコネがある』とかウマい事言っては東京に送り込んで、ＡＶに出してるんだよ。アイドルＡＶとか言ってな。二条町だけじゃなく、全国にそういうネットワークを張り巡らせて、モノになりそうな女の子を東京に送り込んでるらしい。そして東京で、そのネットワークの中心にいるクズ野郎が、アイツらが言っていた『高田』なんだそうだ」

佐脇の口調は怒りを隠せない。

「その『高田』の命を受けて鳴海でスカウトに勤しんでるのがアイツらだ。先輩に言われれば尻尾《しっぽ》を振って、なんでも咥《くわ》えて持ってゆくってわけだ」

佐脇は、どん、とガラスを叩いた。

「おれの知ってる高田は、線の細いケンカの弱い意気地《いくじ》の無い、それでいて相手が女だと暴力を振るってはレイプを繰り返すクズだった。つまりあいつもまた東京でパシリにされてるだけなんだろうが、そんなクズの下で動いてるのはもっとクズだろう?」

毒づく佐脇に、水野はおそるおそる言った。

「とは言え……やり過ぎですよ。連中の親が人権派の弁護士を雇《やと》って警察を訴《うった》える準備をしているらしいですよ。ここに来る前に弁護士会から一言あったもので」

ガラスの向こうで横たわっている二人の半グレは、かなりの重傷だ。包帯の隙間《すきま》から覗く顔が紫色に腫《は》れ上がっている。

「ああいう親は、理屈《りくつ》には長《た》けてるし自分だけが正しいと思ってるから、敵に回すと厄介《やっかい》ですよ」

「知ったことか。バカ親もバカガキもまとめて粉砕《ふんさい》だ!」

「こんな時にひかるさんがいてくれたらなあ……」

水野は思わず愚痴った。

いつもなら佐脇を宥《なだ》めるはずの磯部《いそべ》ひかるは、佐脇が重度の火傷《やけど》を負《お》って入院中に、単身東京に出てしまった。以前から誘いのあった芸能事務所と契約し、細々《こまごま》したリポーターの仕事などをこなして、東京発の番組にこまめに顔を出している。

もっぱらの噂《うわさ》では、佐脇の女癖《おんなぐせ》の悪さに堪忍袋の緒《お》が切れて、長年の愛人関係を清算したのだということになっている。

退院してから荒れている佐脇を見れば、その噂は間違っていないのだろう。

「佐脇さん。帰りましょう」

水野は上司を促《うなが》した。


その翌日。T県警鳴海署の刑事課には微妙な空気が漂っていた。

佐脇の昨夜の立ち回りの顚末《てんまつ》が既に広まっているのだ。田舎はヒマなので、噂話はすぐに伝播《でんぱ》する。

部屋にあるテレビは朝のワイドショーを流していて、刑事課の面々は書類をいじりながらチラ見している。

その中で、仕事そっちのけで鑑賞しているのが課長代理の光田《みつだ》と、そして佐脇だ。

『では、ここからは、凶悪化する「半グレ集団」の話題です。取材してくれた磯部ひかるさんです』

お、出たぞ、と刑事部屋に声が上がった。

ひかるが緊張した面持ちで画面に現れる。

『先日、品川区《しながわ》の天王洲《てんのうず》にあるクラブで凄惨《せいさん》な殺人事件が起きました。会社経営者・野上《のがみ》義郎《よしろう》さんが集団で襲われて金属バットで殴打され、脳挫傷《のうざしょう》と多臓器不全で亡くなったのです。犯人は不明ですが、その手口から、いわゆる「半グレ」集団である「銀狼」との関連が疑われています』

画面には、殺人現場となった品川のクラブの様子が映し出された。血溜《ちだ》まりが生々しく残り、叩き割られたテーブルや椅子《いす》が散乱する現場には凄惨さがまだ残っている。

『この「銀狼」にまつわる暴力事件は数多くあります。二年前の池袋《いけぶくろ》の駐車場で、やはり金属バットを使った殺人が起きましたが、その容疑者もこの「銀狼」の幹部でした』

スタジオで取材の前振りをするひかるは、しばらく見ない間に、驚くほど垢《あか》抜けていた。頬《ほお》のラインが引き締まって、別人のように洗練《せんれん》されて見える。

地元・うず潮テレビのリポーターだった時にトレードマークにしていた巨乳も、衣裳《いしょう》で抑え込んで目立たなくしている。しっかりした仕立てのよいジャケットを着た上品な姿だ。

「自慢《じまん》の巨乳があの服じゃ全然目立たないじゃねえか」

「いや、バストで勝負するのはもう……」

いつもの調子で軽口を叩きかけた光田だが、佐脇が不機嫌そうにしているのを見て言葉を切った。

「……でも、いい女になったよな。元から東京で仕事してるみたいだ」

佐脇をチラチラ見ながら光田はわざとらしく続けた。

その佐脇は、デスクに足を載せてふんぞり返り、禁煙のはずの刑事課でタバコをスパスパ吸いながら画面を見ている。

「こっちに居たころの、巨乳の気のいいおねえちゃんだったひかるのほうがずっといい」

「逃がした魚は大きいってか」

光田がチャチャを入れたが、佐脇は全然乗ってこなかった。それが今の佐脇の心情を如《によ》実《じつ》に表して、部屋にはまた微妙な空気が流れた。

『その「銀狼」の幹部である男性に話を聞くことが出来ました』

『なかなかインタビューに応じて貰えないので、これは大きなスクープですよね』

ひかるに向き合ったアナウンサーが大いに煽《あお》って、取材ビデオが流れた。

「銀狼」幹部は、顔を映さず首から下のみの映像だ。音声も変えられている。筋肉隆々《りゆうりゆう》の、驚くほどマッチョな肉体に黒のタンクトップが貼りついている。

その胸には髑髏《どくろ》をかたどったシルバーのペンダントがぶら下がり、指にも同じく髑髏の形の指輪。筋肉が縄のように盛り上がった二の腕にも、髑髏と蛇《へび》が絡んでいるようなタトウーが入っている。

「みごとな筋肉だな。筋肉バカっぽいな」

すかさず光田が茶化《ちゃか》す。いつものように軽口を叩くのは光田だけで、他の刑事は佐脇に遠慮して押し黙っている。

「あれはステロイド使ってる筋肉っすね」

いつの間にか刑事部屋に紛《まぎ》れ込んでいた警務課庶務係長の八幡《やわた》が空気をまったく読まずに、いつもの軽い調子で口を出したが、周囲に睨まれたので首をすくめた。

形式的な挨拶《あいさつ》の後、ひかるのインタビューが始まった。

『＊＊（ピー音）さんは、どういう経緯で「銀狼」に入ることになったんですか？』

『俺の場合は他のみんなと事情が違ってて。他のメンバーはだいたい東京出身ですけど俺はオヤジの仕事の関係で西日本の田舎に引っ越して……言葉も違うし転校生だしで、地元の不良に目つけられて、ずいぶんヤキ入れられました』

『あなたが？　信じられないですけど』

『いや、今と違って、そのころのおれ、凄く貧弱で腕力も無かったですから』

マッスルな肉体に憧《あこが》れてウェイトトレーニングを始め、東京に戻ってからも身体は鍛《きた》え続け、格闘技も本格的に習い、今のこの身体をつくった、と某幹部は語った。

『強くてナンボの世界ですから。強けりゃ根性も座ってくるしね』

「おれ、こいつのこと知ってるかもしれない」

テレビを見ていた刑事の一人が声を上げた。

「地元の不良に始終カツアゲされてる中学生がいて。生活安全課の篠井《しのい》からも相談を受けたことがある。親の仕事で田舎に引っ越してって言ったが、それ、鳴海のことじゃないかな。話し方と身振りが、なんか、似てるんだよなあ」

「馬鹿な。中学生にこんなキン肉マンがいるかよ」

「だからガキの頃は貧弱で腕力も無かったって本人が言ったでしょ！」

光田のツッコミにその刑事は苛立《いらだ》った口調で返した。

「ちゃんと聞いててくださいよ」

「なるほどね。鳴海繋がりだから、ひかるちゃんはこの幹部に取り入ることが出来たんだな」

訳知《わけし》り風に光田が頷いた。

『田舎に居た頃はいい思い出がないっすね。カツアゲされたりパシられたり、こっちは被害者なのに、いつも不良とつるんでるってレッテル貼られて、警察にも容赦《ようしゃ》なくシメられてたんで。地元の不良には警察もなんだかんだ言って当たりが柔らかいんですよ。地元のしがらみっていうか、親戚《しんせき》に警察がいたりしてね。でもこっちはフツーの転勤サラリーマンで余所者《よそもの》だから。それはもう徹底《てってい》的にやられました。中でもタチの悪い刑事がいて、何度か病院送りにされたりして』

「おい誰だ？　不良とはいえガキを何度も病院送りにした刑事って？」

光田が聞こえよがしに言うと、全員の目は、自然と佐脇に集まった。

「おれか？」

佐脇はビックリして見せた。

「全然、記憶にねえよ」

悪漢刑事は次のタバコに火をつけて煙幕を張るように吹かした。

が、首を傾げた。

「……いや、もしかして……もしかすると……」

佐脇の脳裏《のうり》には、ある少年が思い浮かんでいたが、すぐに否定した。

さんざん叩きのめし、もう二度とこの鳴海の土を踏むなと事実上「所払い」にしたその少年は、画面に映っている筋骨隆々の男とは似ても似つかない貧弱で根性もなく、なんの取り柄《とえ》も見所もないクソガキだった。ただし着ている服も持ち物も、中学生とは思えないほどリッチではあったが。

『普通、中学校の頃って、女の子に興味が出てきて、初恋したり初めてのデートしたりするもんでしょ？　なのにその田舎の刑事は、不良はみんなレイプするもんだと思い込んでいて、俺らが普通にナンパしたり遊んでたりしてるところに乗り込んできて、俺らをさんざんぶちのめして。アレは鬱憤《うっぷん》晴らしというか、ストレス解消というか、警察で嫌なことがあって、俺らはその捌け口《はぐち》だったんだろうと思いますよ。それか、可愛い女の子に縁がない嫉妬《しっと》か。とにかく問答無用で暴力振るわれて。学校でのイジメなんか、可愛いもんでした。まるで俺が友達に命じて悪いことをさせてる、みたいな言いがかりをつけられて。こっちが何か言っても全然聞く耳持たなくて、先入観つーか思い込みで決めつけてくるから、話にも何にもならないわけよ。あの時はホント、腹が立ったなあ』

画面の中の筋肉男は、胸の髑髏のペンダントをちゃらちゃら鳴らしながら答えた。

『だから、「銀狼」に入って大人に対抗しようとしたと？』

『イヤイヤ、そんな単純じゃないっす。だけどね、駄目な大人のサンドバックには、もう二度とならないと誓《ちか》いましたね。こっちが嫌だと言ってるのに無理矢理タイマン勝負に持ち込まれて、結果、何度か足とか手の骨折られて入院しましたもんね。それはその時の俺が弱っちかったからで。要するに、弱い者イジメですよ。じゃあ俺が強くなればいいんだって思ったのはその時で』

佐脇が気がつくと、光田や八幡をはじめとする刑事部屋に居合わせた全員が、佐脇を注視していた。

「なんだよ。こんな犯罪者のクソガキにいちいち反論するのもバカバカしい。全部このバカの捏造だし、コイツの言う田舎が鳴海だってのもお前らの勝手な想像だろ。おれを悪者にするなっての！」

イライラしてきた佐脇は、まだ半分も吸っていないタバコをぐりぐりと消して、新しいタバコに火をつけた。

その時、光田のデスクの電話が鳴った。

「お。内線だ。署長からだぞ。署長もこれ見てて佐脇大先生に一言あるんじゃないのか？」

ニヤニヤしながら電話に出た光田は、「承知致しました」と電話に最敬礼した。

「佐脇、すぐ署長室に行け。なんか今回は様子が違うぞ。署長の声がマジだった」

歴代の署長は、いわば鳴海署のガンである佐脇をクビにするか他所《よそ》に異動させるか、何とかして処分しようとしてきたのだが、誰も果たせないまま現在に至っている。

どんな無茶も服務規程違反もスルーされてきたのは、県警上層部や県議会議員や県庁幹部のスキャンダル情報を佐脇がしっかりと握っていたからでもあるし、人事に力のある方面に、これまで惜《お》しげもなくカネをばら撒《ま》いてきたからでもある。スキャンダル情報も、カネも、佐脇が地元の暴力団・鳴龍会との深いつながりから入手していたものだ。

しかし、その鳴龍会も、警察庁が全国的に展開した暴力団壊滅キャンペーンで、ついに解散してしまい、佐脇としては情報とカネの源泉を断たれてしまった。

佐脇にとって潮目《しおめ》が完全に変わってしまったのだ。

た。

「おい佐脇。今度は正式にクビを宣告されるかもしれんぞ」

いつもは佐脇を揶揄《からか》っている光田が、真剣な口調になった。

「その時はちょっと考えてやる。お前は鳴海署には必要だからな」

「だが上はそうは思ってないってことだろ」

佐脇は椅子の背に掛けた安物のジャケットを着込み、ヨレヨレのネクタイを締め直した。


「佐脇巡査長。辞令の内示だ。君には出向《しゅっこう》して貰いたいところがある」

新任の署長・三輪《みわ》警視の最初の仕事がこれだった。

「どこに飛ばそうって言うんです？　そっちの都合通りにモノゴトが運ぶと思わない方がいいですよ」

この一言で、今までの佐脇は異動の内示をことごとく蹴ることができた。

「今度ばかりは例外だ。前任者から、くれぐれも君の扱いには注意してかかれと申し送られているが、この異動は先方からのたっての希望でな。佐脇巡査長、じきじきに君を指名してきた。言わば引き抜きだ。今度こそ受けてもらうぞ」

「だから、どこに行けと言うんですか？」

署長の三輪の隣には、署の刑事課長の公原《きみはら》が立っているが、嬉《うれ》しさのあまりこぼれそうになる笑みを押し殺すのに悪戦苦闘している。

「聞いて驚くな。警察庁だ」

署長は、この言葉の威力を佐脇に染みこませようと、間を置いた。

「警察の総本山・警察庁の、入江《いりえ》官房参事官直々のご指名だ。君と入江警視長とはいろいろと因縁のある仲だそうだな？　まあ人と人とのつながりは、どこでどう転ぶか判らんという典型《てんけい》だな」

「なんの冗談です？　私のような万年巡査長が警察庁に出向出来るわけがないでしょう？」

佐脇が驚くのも無理はない。

地方公務員である県警のノンキャリア警察官が、警察庁という中央の警察官僚組織に移るには、第一に所属する県警の推薦《すいせん》を得て国家公務員に転籍する、という手続きが必要だ。そして推薦の対象者は、三十歳までに警部に昇進するほどの優秀な人材であるのが原則だ。この推薦制度は、「ノンキャリの星」と呼ばれるほどの優秀な人材を地方警察からピックアップして、中央に登用するために設《もう》けられたものだからだ。しかし、佐脇は昇進試験を一切受けることなく年を重ね、あげく扱いにくいロートルのための非公式な階級である「巡査長」に収まった、いわば「脱落者」なのだ。

「原則はあくまで原則であって、例外を設けるのを阻《はば》む理由にはならない」

公原が極めて小役人的な言い回しをした。

「今回は、警察庁の幹部である入江参事官のご指名であるからして、謹《つつし》んで拝命するように」

三輪署長も重々しく言った。

「本日を以《もっ》て国家公務員となって、警察庁官房に勤務して貰う」

「つー事は、二階級か三階級特進して警部以上になるってことですかね？　まあ私も、そろそろ巡査長を卒業してもいいかな、とか思い始めていたところで」

「階級は、今のままだ。というか巡査長は正式な階級ではないから、身分としては巡査って事だな。いわゆる一兵卒。それが嫌なら向こうでせいぜい汗を流して精進《しょうじん》して、警察庁内で昇格させて貰う事だな」

「嫌だと言ったら？」

「警察を辞めるしかないだろう？　しかし今さら警備会社でガードマンってのも侘《わび》しいだろうねえ。これまでの君の結構な生活は、大きな声では言えないが、警官だからこそ賄賂《わいろ》が入って潤《うるお》うから出来た事だしな。前なら鳴龍会に迎え入れて貰う手もあったが、頼みの綱《つな》の鳴龍会も既にないんだしな」

「しかし……巡査の私がサッチョウに行って、何をやるんです？　まさかキャリアの連中に仕える下僕《げぼく》ですか？」

「そうだとしたら、実に愉快《ゆかい》だな！」

署長と刑事課長は、心から嬉しそうに笑った。

＊

愛車バルケッタを懇意《こんい》にしている中古車屋に売り飛ばされてしまったので、飛行機嫌いの佐脇は、長距離バスと新幹線を乗り継いで東京へ向かった。

道中、佐脇のスマホに電話してきた入江は開口一番に謝った。

『今、新幹線ですか？　無理を言って悪かったですね』

一張羅《いっちょうら》、つまり着たきりスズメのスーツを着込んだ佐脇は、飲みかけの缶ビールを片手に、デッキに移動しつつ電話を受けた。

「いや、あまりに突然の話で、おれ自身まだ戸惑《とまど》ってるんだが」

『でも、佐脇さん自身、この出向、もしくは転籍を渡りに船だとは思ってませんか？　鳴海署では少々、どころではなく浮いてたんでしょ？』

「相変わらずストレートな物言いですな。アンタもそろそろサッチョウのトップを狙う地位にきたから、私を個人的用心棒にしようって魂胆《こんたん》じゃないんですか？　アンタも敵が多そうだし」

『いやいや、私の敵はヤクザとか殺し屋じゃないんでね、佐脇さんみたいな荒っぽい人に頼んでも意味ないんですよ。政治家とか役人の武器はドスとかチャカではなく、策略を用いますからね』

「それじゃあまるで、私が腕力だけのバカみたいじゃないですか」

『違うとでも？』

　入江の口調は相変わらず皮肉だ。

『まあ、完全な人間などいないのは判っていますが、佐脇さん、アナタの場合は、例の件……結城晶子《ゆうきあきこ》さんの件で、いわば過《あやま》ちをずっと引き擦《ず》ってたんですよね。もっと早く彼女に会いに行って本当のことを言い、謝罪すれば、あれだけの事件は起こらなかったかもしれないのに』

「今のおれにそれを言うか。古傷に塩をすり込むのはアンタの流儀だろうが……」

　結城晶子は、まだ二十代だった佐脇が婚約していた女性だ。

『申し訳ない。反論出来ないことを言い立てて追い詰めるのは、友人として正しいやり方ではありませんでしたね。まあ私としては、あんなことがあった後でも、佐脇さんがケロッとして暮らしているのかどうか、それを確かめたいと思いましてね』

「おれなりに悔やんでいる。あいつに死刑判決が出て確定して執行されたら、仏門に入ろうかと思わないでもないくらいにな」

『くらいにな、ですか。じゃあ本気で出家するつもりではないわけだ』

佐脇は思わず通話を切り、飲みかけの缶ビールを呷《あお》った。

佐脇を乗せた新幹線が滑《すべ》り込んだ東京駅のプラットフォームには、仕立てのいい紺《こん》のスーツをビシッと着こなして、髪もきっちり整えた五十絡みの男が佐脇を出迎えた。

「先ほどは失礼しました。今の佐脇さんの心境の正直なところを知りたかったので」

入江は佐脇のカバンこそ持たないが、まるでVIPを警護するかのように先導してきびきびと歩き、新幹線の日本橋《にほんばし》口に案内した。

二人が駅の外に出ると、黒塗りのセダンが静かに近づいてきた。

「乗ってください。ホテルまでお送りしましょう」

「さすがに高級官僚は違うね。運転手付きの車があるのか」

「別に、たいしたことではありません……東京での滞在場所はどうするんですか?」

「どうするんですかって、おれを呼び寄せたのはそっちなんだから、そっちで手配するのがスジだろ」

いえいえ、と入江は如才《じょさい》のない笑みを浮かべた。

「もしかして、先に東京に来てご活躍《かつやく》の、彼女のところに転がり込む約束でも出来ているのかと」

「妙な気を回さないで貰えるかな。アイツとは目下冷戦《もっか》状態だ」

佐脇はムッとして見せた。

「ではこちらで用意した宿にひとまずお入りください。君、車を出してもらえますか？」

運転手役の制服警官は小さく頷いて、ホテルに向かった。

「こちらも正直なところを申しておきます。私、このたび官房参事官になったんですけれども」

「また偉くなったんだってな。もう上の方が少ないだろ。この後、局長、官房長、次長とトントン進んで、長官が目の前か」

いえいえとまんざらでもなさそうに、入江は日焼けした顔を綻《ほころ》ばせた。

「その日焼けも接待《せったい》ゴルフか」

「違いますよ。これは要人警備に駆り出されましてね」

「アンタみたいなお偉いサンが、現場仕事なんかするわけないだろ。おれは素人じゃないんだぜ」

気まずい雰囲気になるかに思えたが、入江はいっこうに気にしないで話を続けた。

「実は今、私、けっこう困った事態になっておりましてね。まあ、私くらい昇進が早いと、敵、とまでは言いませんが、妬《ねた》んだり嫉《そね》んだりする人も多いわけです。そこで他ならぬ佐脇さんの知恵と腕を是非ともお借りしたいと、今回無理なお願いをしたわけです」

警察庁トップへの道を順調に歩んでいる入江だが、現在強力なライバルから足を引っ張られており、今の地位と今後の出世が危《あや》うくなる心配がある、と打ち明けた。

「この前の、鳴龍会壊滅作戦の成功については、地元の現場で実行に当たったのが、他ならぬ佐脇さんでした。私はそういう恩義を重んじるタイプでしてね」

そう言った入江は、身を乗り出して佐脇を見つめた。

「気味悪いな。おれに口づけでもする気か？」

「そうやって茶化さないでください。前の事件……結城晶子の連続殺人事件で、婚約者だった彼女を転落させ、結果、殺人鬼にまでしてしまったのはアナタだ、という批判があるのですよね？」

「ああ。さんざん週刊誌に書かれたし、ネットでもおれは袋叩きだ」

「法的には佐脇さんに責任はありませんが、警察といえども世論を完全無視とは行きません。鳴海署内でもアナタに対する風当たりが強くて居辛くなっていると聞いたので、なんとか佐脇さんの窮地《きゅうち》を救えないものかと思いましてね」

「じゃあ、おれの力を借りたいというのは、ウソですか」

「あー、あながちウソではありません。むしろ、かなり当てにしております。なんと言っても佐脇さんは暴力団壊滅に関して実績がありますから。そして私は、全国の暴力団を壊滅させる、という役回りを引き受けているわけで」

「しかしおれの持論はね、暴力団壊滅には絶対反対だ。その事は知ってるでしょう？　ヤクザを潰しても、輪をかけてロクでもない半グレの連中がその穴を埋《う》めるだけだ、とおれが言った通りになってるでしょうが。半グレは加減を知らないガキばかりだから警察の言うことなんか聞きもしないが、ヤクザは苦労人のオッサンの集団だから、警察と如何《いか》に仲よくするか日夜研究している。それだけ扱い易《やす》い。それくらい、入江さんだって百も承知でしょう？」

入江は、判ってますと言うように頷いた。

「これ以上ヤクザを締めつける一方だと、西南《せいなん》戦争みたいなことが起きますぜ」

だいたい、暴対法や暴排条例にある暴力団員排除の規定は人権侵害なんじゃないのかと佐脇は持論を口にした。

「車買うのにローンも組めないって……ヤクザはいつもニコニコ現金払いじゃないとモノも買えないってことになる」

「ヤクザを辞めればそういう制約はなくなるのですから、人権侵害ではありません」

「自動車保険にも入れない件はどうなる？　強制保険だけじゃ事故った時、賠償金《ばいしょうきん》が払いきれないだろ？　カネがないヤクザにぶつけられたり轢《ひ》かれたりした被害者は泣き寝入りですか？」

「保険の問題に関しては、関係業界の対応が行きすぎているところもありますね。関係省庁や機関と調整しなければいけないのは確かです」

「けどなあ」

佐脇はタバコを取り出して、吸っていいかどうかも聞かずに火をつけた。

「目下の急務は暴力団より、ほぼ野放しの『半グレ集団』を如何に取り締まるかってことじゃないのか？　鳴海でもあいつら、相当好き勝手やってるぜ」

「主な半グレ集団については、法の網《あみ》を掛けるべく既に手は打ってますよ。もちろん暴力団同様、半グレの連中も取り締まります。警察庁は連中を『準暴力団』として壊滅させる方針を決定しました。これには私の、警察キャリアとしての命運が掛かっていますからね」

ただですね、と入江もポケットからタバコを取り出すのか……と思ったら手にしているのは葉巻だった。

「私をやっかむ連中が警察庁の中におりましてね。マスコミへの露出が多いのが気に入らないのでしょう。広報は重要ですから乞《こ》われるままに顔を出して、警察庁の方針について訴えてきただけなんですが」

「磯部ひかるの、例の半グレ幹部へのインタビューも、アンタが手配したのか？」

「いえいえ、ひかるさんとは以前からの知り合いというだけで、それは佐脇さんもご存じの通りですよ」

「つまりあれだな、サッチョウの中には、アンタが気にくわない、だからアンタの方針にも反対だってヤツがいるって事か。おれみたいに敵が多いと大変だな」

「所帯が大きいし、優秀でおのおの一家言《いっかげん》ある人材が集まってますからね、意見もそれぞれありますよ。警察庁としては、組織として決まったことには、全員が従って貰わないと困るんですがね」

二人を乗せた車は、西新宿《にししんじゅく》にある高級ホテルに滑り込んだ。

「え？　こんな高いところ？　おれは払えないぞ」

そう言った佐脇を、入江は疑わしそうな目で見た。

「溜め込んだ賄賂はもう使いきったんですか？　まあ、ここは取りあえずの仮住まいということで。費用はこちらが負担します」

車を降りた佐脇は、ドアボーイに荷物を運ばせて悠々《ゆうゆう》とチェックインした。

「宿泊者名簿には費用を出すヤツの名前も書くのか？　アンタか？　サッチョウか？」

「佐脇の名前で予約を入れてあります」

案内された部屋は高層階のセミ・スイートで、来客に対応して、仕事にも充分使える広さがある。

「豪勢だな。まあ、サッチョウは親方日の丸だから、遠慮なく世話になりますよ」

佐脇の部屋に入ってきた入江は、ソファに腰を落ち着けた。

「佐脇さん、あなたの役職は、警察庁官房参事官付き。つまり私の助手みたいな感じです。身分はT県警の時の巡査のまま。すべて異例の扱いです」

「そこまでして、出来の悪い田舎の不良警官を呼びつけたのには、当然、魂胆があるんだよな?」

佐脇はカバンをクローゼットに放り込み、上着を脱いだ。

「ルームサービスでコーヒーでも取りましょうか?」

「密談ですな。喫茶室《きっさしつ》じゃ話せないことか」

ニヤリとした佐脇は、入江の向かいに座った。

「魂胆は、あります。佐脇さん、アナタにちょっと動いてもらいたいことがある」

「先刻ご承知と思いますけど、県警を離れたおれには捜査権も逮捕権もないんですよ。アンタだって警視長という凄くエラい階級だけど、同じく捜査権も逮捕権もないし拳銃も持てない。こんな二人が、どう動くんです?」

「ハッキリ言いましょう。実は、佐脇さんにある女の子の安否を確認していただきたいのです。保護者からの捜索願も出ていないし、その子からも連絡は定期的に入っているらしいので、警察としては家出人として捜すことはできない。しかし私には、彼女がどうやら困った状況に置かれていると信じるべき、いくつかの理由があるのです」

「だから、そんなことなら私立探偵の出番でしょ。晴れて警察庁に出向してきた人間のすることじゃないと思いますがね」

「晴れて出向？　佐脇さん、アナタご自分の立場が本当に判ってますか？　それにアナタだって私が潰されるのは困るんじゃないんですか？」

「なんだそれ。アンタ、勝手におれの後《うし》ろ盾《だて》になってるつもりらしいが、それは完全な誤解というか、アンタの独《ひと》り合点だろ？　妙な私用におれを使わないで欲しいね。こっちでもおれの給料は税金から出るんだろ？　国費であんたの探偵をやれってか？」

それはと入江が言いかけたとき、ドアのチャイムが鳴った。

「まだルームサービスの注文もしていないのに」

佐脇がブツブツ言いながら立ち上がってドアに向かった。

「開けた途端《とたん》に銃が乱射されたりして？　狙いはおれじゃなくてアンタだったりして？」

「それは派手なアクション映画の見過ぎでしょう」

佐脇がドアスコープを覗くと、立っていたのは磯部ひかるだった。

「なんでお前がいるんだ？」

驚きながらドアを開けた佐脇に、ひかるは氷のような口調で言い返した。

「お前呼ばわりしないでくれる？」

磯部ひかるは、実物を見ても、以前とは別人のように垢抜けていた。

ドキュメンタリー映像で着ていたのと同じ、センスの良いスーツを身につけている。巨乳を抑えて目立たないようにしているのも同じ。顔つきが引き締まり、以前は癒《いや》し系だった雰囲気が、鋭いものになっている。

「いや、大したもんだ。見違えたな」

佐脇はひかるをソファに案内して、自分はベッドに腰掛けた。

「以前が家ネコなら、今はヒョウかヤマネコぐらいの違いがある」

「東京のマスコミはやっぱり弱肉強食だもの。うず潮テレビにいた頃のようなわけにはいかないのよ」

ひかると久々に顔を合わせて、佐脇はバツが悪い。ひかるが東京に出てしまったのも自分のせいだと判っているから、何も言えない。

「……こうして磯部さんもここにお呼びしたのは、お二人に折り入ってお願いしたいことがあるからです」

場を取り持つように入江が口火を切った。

「このオジサンが呼ばれるのはまあ、判らないでもないですけど、なぜ私が?」

不思議そうなひかるに、入江は説明した。

「あなたは、あのドキュメンタリーで……大変良い番組だと思いましたが……『銀狼』の幹部にインタビューしている。『銀狼』の中心メンバーがマスコミの取材に応じたのは、実に初めてのことです。あなたが取材にこぎつけるのはさぞや大変だったでしょうし、それなりの信頼関係も築《きず》けているのではないかと思います。そんな磯部さんのお力を借りたいのです」

「まさか。警察庁のエリートの人に私ごときが力を貸すなんて、そんな」

ひかるはお世辞で謙遜《けんそん》している風でもなく、本気で驚いている。

「私、何も知りませんよ」

「タカツキカク、という芸能プロがあります。半グレ集団の中でも一番有名で、全国的なネットワークを持つ『銀狼』のOBがやっている芸能プロダクションです。ご存じですか?」

「名前程度は、テレビ局に出入りしていれば耳に入ります。評判は……あまりいいとは言えないところですけど、そこがどうかしましたか?」

「そのプロダクションに何かと悪い噂があることは、私も知っているんです。自分でも少し調べてみたので」

「サッチョウのエリートが職権を使って調べれば、判らないことなどないでしょうなあ」

佐脇は茶々を入れた。

「それが、一概《いちがい》にそうとも言えません」

入江はマジメに受け止めた。

「既存の暴力団なら、その資金源もどういう仕事をしているかも、ほぼ想定内です。しかしタカツキカクを経営しているのは、『銀狼』OBです。連中に関しては従来の手法では捜査し切れない部分が多いんです。つまり、法で取り締まれないグレーな部分があって」

「ほうらみろ。法律で取り締まれた暴力団の方が、おれの言うとおりまだマシじゃないか」

佐脇は鼻先で嗤《わら》ったが、ひかるは察しの良さをみせた。

「なるほど。私が『銀狼』OBである人物とのインタビューに成功したから、ここに呼ばれたんですね」

「そういうことです。私の後輩の娘さんが……まだ高校生なのですが、そのプロダクションにスカウトされて、アイドルになるために家を出て寮《りょう》に住んでいる……ということになっているのですが、実際のところは現在、彼女と連絡が取れない状態になっているのです。その少女が今どうしているかを確認してほしい、これがお二人へのお願いです」

「だから、そんなことなら、私立探偵で充分用が足せるんじゃないのか？　ひかるはともかく、わざわざ田舎からおれを転籍させるほどのことじゃないだろ？」

佐脇の言ったことが聞こえなかったかのように、入江はテーブルに数枚の写真を並べた。

「大多喜奈央《おおたきなお》。高校一年の十六歳」

写真の中では、清楚《せいそ》で利発そうな、しかしみるからに内気で控《ひか》えめな少女がはにかんだ笑顔を見せている。どこかで見たような気がする、と佐脇は思った。

「親御さんは心配していないのですか？」

ひかるが至極《しごく》もっともな疑問を口にした。

「実の両親ではなく、入江さんが心配しているというのがよく判らないのですが」

入江はひかるに「ごもっともです」と頷いた。

「事情を説明しますと、実は、その子の父親は私の大学時代の後輩で、ファンドの運用をしております。そして、どうやら扱っている資金に危険な筋からの投資がかなり含まれている……はっきり言ってしまえば『銀狼』ＯＢの資金を運用している疑いが濃厚なのです」

「それはどのみちヤバい金だよな？　だけど、それと娘の捜索とどんな……」

口を挟む佐脇を入江は苛立った口調で遮《さえぎ》った。

「順を追って話しているのです」

ひかるがとりなすようにまとめる。

「つまり、こういうことでしょうか。その娘さんの父親は仕事上で『銀狼』と関わりがある。そして娘さんが『銀狼』系列の芸能プロにスカウトされた。『銀狼』と利害関係ができてしまった父親は動けないので、その代わりに入江さんが……という事ですか？」

ひかるの言葉に入江が頷き、佐脇も口を出した。

「あれだろ？　そういう半グレの連中が運用してるカネってのは、元を正せば振り込め詐欺《さ》とか未公開株詐欺《ぎ》とか、どうせロクでもないことをして作ったんだろ？　実家が大金持ちというならともかく、若いくせに大金を握ってる連中は、大方、犯罪か犯罪スレスレのことに手を染めてるぜ。貧乏人《びんぼうにん》のヒガミと思ってもらっていいが」

「まさにその通りです」

入江は佐脇にも頷いた。

「いや、その通りというのは佐脇さんのヒガミではなく、連中の資金源という意味ですが。裏の世界で資金を作り、摘発《てきはつ》を逃れて足を洗い、まんまと正業に就《つ》いた人間は頭がいい。ここから先は危険と見極める判断力も優れているし、動物的な勘もあります。残念ながら従来の手法しか知らない警察には、ほとんど取り締まる術がありません」

なにしろ「銀狼」のような組織は実態が判らず、誰がリーダーなのかトップにいるのかそれすらもはっきりせず、外からは窺《うかが》い知れないゆるやかなネットワークで繋がっている集団なので対処のしようがないのだ、と入江は沈痛な表情で言った。

「ですから、いわばその組織に呑《の》み込まれてしまった後輩の娘さんが現在どうなっているのか、無事でいるのか、困ったことになってはいないのか、それを調べるにも私一人では、どこから手をつけていいか判らないのです。仮にも警察庁の上層部にいる人間が、情けない話ですが」

「情けないと言うが、サッチョウってのは捜査機関じゃないんだし、自分の手足がないんだから、仕方ないっちゃ仕方ないな」

佐脇は珍《めずら》しく入江の立場を慮《おもんばか》った。

「とは言え……こう言っちゃなんだが、どうせ他人の娘なんだろう？　どんないい子か知らないが、イマドキの娘だ。プロダクションにスカウトされて、本人もアイドルになりたいというのなら好きにさせるしかないだろうが？　どうしてそこまでアンタが心配するんだ？」

「お節介《せっかい》は重々承知していますが、芸能界に入りたいというのが本当に彼女自身の意向なのかどうか、私には信じられないのです。昔から知っている子です。大人しくて勉強が出来て、芸能界に憧れるようなタイプでは全くありません。そして今言ったように、彼女……大多喜奈央の父親に、『銀狼』の人間が大金の運用を任せています。その金がどうなっているのか私が訊ねても、後輩は答えをはぐらかし続けています。運用が順調であれば順調だと言うはずですが、言わない。おそらく損を出してるか焦《こ》げ付いてるか、状況は芳《かんば》しくないのだろうと想像できます。だとすれば最悪、彼女はある種の『人質』として彼らの手元に置かれている可能性が出てきます。それを私は危惧《きぐ》しているのです」

「それは心配なことですね」

ひかるは頷いた。

「たしかにそのプロダクションは、いろいろと悪い噂のあるところです。ちょっと耳にした話ですけど……」

ひかるは必要もないのに声を潜《ひそ》めた。

「アイドルとしてスカウトされたはずの、びっくりするほど清楚で可愛い美少女が、いつの間にか同系統のプロダクションに移籍して、AV女優としてデビューしていたって事があったんです。いったいどういう手を使っているんでしょうね」

「そりゃあれだろ。そのアイドル候補の美少女を手込めにして、裸や犯《や》ってる最中を写真やビデオに撮《と》って、お前AVに出ろ、こんなもの撮られたらもう清純アイドルじゃ無理だとか、いくらでも脅《おど》して言うこと聞かせる手は考えつくけどな」

佐脇はお気楽な調子で放言した。まったく真剣な様子がない。

しかし、入江の顔色は悪いし、それを見るひかるもひどく心配そうだ。

「佐脇さんは茶化していますが、私は本気でそういう事態を心配しています。そんなことになってしまう前に、彼女の心と身体に取り返しのつかない傷がつく前に、無事に連れ戻したいのです。そのためには彼女と会って説得して、彼女が自分の意志で家に戻る、あるいはプロダクションを辞めると、彼女の口から言わせなければならないでしょう」

「それをおれにやれって言うんだな？　判った。一肌脱ごうじゃないか」

入江の様子を見ていた佐脇は、頼みを受けることにした。

「筋が違うとは思うが、こうしてわざわざ東京に出てきても、することは特にないようだから、仕方ないだろ。ここで入江サンに恩を売っとくのも悪くねえ」

憎《にく》まれ口を叩いて、タバコに火をつけた。

「しかしだ。現職の警察官として言わせてもらえば、こいつは難しいケースだぜ。本人も親も納得しているところに無理やり警察が入っていって、ああしろこうしろアイドルなんてやめろ家に帰れなんて、普通は言えないよな。それこそ民事不介入ってやつだ」

「ですから、佐脇さん。今回私はあなたに『警察の人間』として仕事をお願いしているのではありません。むしろ一度、その立場から離れていただきたい」

「あ?」

佐脇は目を丸くした。

「給料は国が出すが、フリーな立場で動けって言ってるのか？　場合によっては法を犯してでも、とにかくその娘を連れ戻せと?」

「そういう意味に取っていただいて結構です。責任は私が取ります」

「どう取るんだよ！　捕まるのはおれだぞ。その時あんたは逃げるに決まってるだろ！あんたは自分のキャリアがなによりも大事なんだからな。その娘が心配だと言ってるが、実のところは違う事情もあるんじゃないのか？　後輩が『銀狼』に殺されたりしたら、お前さんも巻き添えを食っちまうとか」

佐脇は湯沸《ゆわ》かしポットの周囲を捜して「一流ホテルってのは茶菓子も用意してないのか」と毒づいた。

「……温泉旅館じゃないんだから、饅頭《まんじゅう》なんかは置いてないわよ」

そう言って入江を気の毒そうに見たひかるは、「じゃ私がお茶でも淹《い》れるから」と気を利《き》かせて立ち上がった。

「しかしあんた、どうしてその娘のことがそんなに気になる?」

入江は、佐脇のタバコを一本抜いて火をつけると、思い切り吸い込んだ。

「大多喜は私にとっては大事な後輩であり、財政的なパートナーでもあります。佐脇さんが指摘した通り、私も資産の運用を任せています。彼が家族がらみでトラブルに巻き込まれれば私自身の経歴にも傷がつく。今日これからのパーティに出てみればあなたにも判るでしょうが、私は現在、今後のキャリア形成のうえで、きわめて重要な段階に差し掛かっているのですよ」

「ちょっと待った。今日これからのパーティって、なんだ?　聞いてないぞ」

入江はお茶が入るのを待てず、冷蔵庫からジンジャーエールを取り出して、プルタブを開けた。

「このホテルで、私の出版記念パーティがあるのです。警察庁が実施《じっし》してきた暴力団排除キャンペーンの意義や、それに賭《か》ける熱意、これまでの効果などについて網羅《もうら》し、さらに今後についても私の考えを述べた本です」

「全国の暴力団への挑戦状ってことだな」

まあそう取られてしまうかもしれませんね、と入江は笑った。

「私の知己《ちき》も多く来てくれる予定ですので、是非、お二方もご出席ください」

そこへ、ひかるがお茶を淹れてきたので、佐脇は音を立てて啜《すす》った。

「つまり、あんたがこれからのし上がるぞ宣言をするって事だな。そういうタイミングで、スキャンダルめいたことはどんな小さな事でも困ると、そう言うわけだな?」

そうです、と入江は頷いた。

「おれは今まで、いろいろとアンタに助けて貰ったのは事実だ。最初は敵同士だったのにな。世話になりっぱなしというわけにもいかんだろ。いつかデカい恩返しの要求が来ると思ってはいたが、こういう形で来るとはな」

佐脇はひかるの方を見やった。

「ひかる。お前はどうする?」

「私、その子の……大多喜奈央ちゃんでしたっけ? 彼女のことが、かなり本気で心配になってきたから、出来る事は限られてると思うけど、力になりたい」

佐脇は、ひかるに皮肉な笑みを浮かべて、溜息交《ためいきま》じりに「判ったよ」と言った。

「大いに助かります。なにしろ私も大多喜も、表だっては動けないもので」

そう言った入江は立ち上がって二人に握手を求めたが、佐脇は断った。

「おれはバレンタインデーとハロウィンと握手が嫌いなんだ」

そうですか、と入江は安堵《あんど》した表情で言った。

「私は準備があるのでこのへんで。スピーチもしなければなりませんし……お二人はパーティが始まるまでどうぞここでごゆっくり。久しぶりの再会で、つもる話もあるでしょう」

入江は佐脇とひかるを残して、ホテルの部屋から出ていった。

「……なんだこれは。おれは東京でデカいヤマでも担当するのかと思ってたのに」

「またそんな素人みたいなことを。警視庁と警察庁を混同してるでしょ」

「いや、警察庁が事件を捜査することだって……」

そう言いかけて、佐脇は黙った。

「そうよ。警察庁に捜査本部が立つことなんてないの。間違ったのが判ったのなら、素直に認めればいいのに」

そう言われても、佐脇はスマンともゴメンとも言わず、黙ってお茶を啜った。

「まあいいわ。あなたは一生そのままよね。そのトシになって変わるわけがないものね」

「そうやっておれを人間失格の、終わった男みたいに言うな」

ひかるは、冷蔵庫から勝手にウィスキーのミニチュアボトルとソーダを出して、グラスに注いだ。昔なら「あなたも飲む？」と必ず聞いただろうが、それもない。

「……あの時、あなたが本当に死んだと思って、私は本気で泣きながらカメラの前に立ったのに。リポーターが泣きながら放送するなんて、一生の不覚だわ」

「いや、あの時は……あの時は仕方なかったんだ」

「判ってるわよ。敵を瞞《あざむ》いて油断させる必要があったって言うんでしょ。だったら先に、そういう連絡をしてくれてもいいでしょ」

「敵を瞞くには味方からと言うだろ。お前さんに巧《うま》い芝居《しばい》が出来るとは思えなかったんだ」

そう言ってひかるを見ると、彼女は涙ぐんでいた。

これはいかん、とさすがの佐脇も、居住まいを正して、ひかるに頭を下げた。

「……済まなかった。お前さんの感情まで、考えが及ばなかった」

まあいいけど、と彼女は部屋のティッシュを抜いて目頭を押さえた。

「あなたが生きていたのが判ったんだから、笑って流すことも出来た。だけど……違うの。私が腹を立てて、今でもまだわだかまってるのは、別のことなの。判る？」

「いや……判らない。朴念仁《ぼくねんじん》のオッサンに、玄妙なる女心を教えてくれ」

「ほらまた、すぐそうやって茶化す」

ひかるは立ち上がって窓外を見て、呼吸を整えた。

「佐脇さん、あの女をまだ忘れていないでしょ? 結城晶子。あの女、一体何人殺してるの?」

「判っているのは八人……、大阪での行方《ゆくえ》不明事件も彼女の犯行だと思われるが証拠不十分。よって裁判になっているのは鳴海での放火殺人三件を含む六つの事件だが」

「そんな殺人鬼を、あなたはまだ愛してるんでしょ!」

振り返ったひかるの顔は、般若《はんにゃ》のように怖ろしかった。

「ずっと昔、あなたといろいろあったことは知ってる。でも、どんな不幸な過去があったとしても、あの結城晶子みたいに連続殺人鬼になるのはほんの一握り……いえいえ、あの女くらいでしょ? あなたが贖罪《しょくざい》の気持ちを持つのは止められないし、仕方がないと思う。けど、自分だって殺されそうになっておきながら、まだ忘れられないどころか、気持ちが残ってるって言うことが、どうしても許せないの! 私と出会ってからもずっと、心の中にはあの女がいたって事でしょ! あの女のことを考えながら私を抱いてたって事でしょ!」

返す言葉もなかったが、佐脇はようやく言った。

「……お前が怒るのは無理もない。だが、晶子がああなってしまったのは……」

「ほうら、ね」

ひかるは佐脇に指を突き付けた。

「私の言ってる通りでしょう?」

「しかし、晶子は」

「あの女を名前で呼ばないで!」

ひかるは立ち上がって叫んだ。

「……彼女はいずれ死刑になる。少なくとも三人殺してるんだから、これはもう死刑以外に考えられないだろう。だから、もう忘れろ」

佐脇は、取り出したライターを意味もなく何度も押した。カチカチという音だけが響く。手持ち無沙汰《ぶさた》で、何かを弄《いじ》っていないと気持ちが落ち着かないのだ。

「お前が彼女を憎む必要はない。もう死んでいるようなものだ。誰も助けることはできない」

「ほら、その声、その言い方」

だが、ひかるの腹立ちはまったく収まらない。

「まるで彼女のことを気の毒だと思ってるみたいじゃない? なぜ同情するの? あんな、人の命を虫けら同然にしか思ってない女に? 自分だって殺されかけて、何ヵ月入院したと思ってるの? その事も許すの?」

苛々と部屋の中を歩き回っていたひかるは深呼吸して、いきなり力が抜けたようにソフアに腰を落とした。

「……まあいいわ。あなたの言うとおり、結城晶子のことは忘れることにする。あんなひとでなし、世間からすっかり忘れ去られてしまえばいいんだわ」

まるで最初から存在しなかったみたいに、と憎々しげに吐き捨てるひかるに、佐脇は、そこまで言うことはないだろう、と言い返したくなるのを自重《じちょう》した。

元来、ひかるはこんなに感情的な女ではない。「銀狼」を取材した仕事も冷静で目配りがきいており、無駄に煽情《せんじょう》的なものではなかった。そんな彼女がここまで怒るのは、やはり自分とは永年の付き合いだからなのだ。

男という生き物は、なぜか悪女に惹《ひ》かれる悪癖《あくへき》がある。正月には神社に行き葬式には寺に行く典型的日本人でも、アダムとイブの故事はすんなり受け入れられる。佐脇もそんな一人だが、それでももう、晶子のような真性の悪女は金輪際御免《こんりんざいごめん》だ。きれいな薔薇《ばら》にはトゲがある。そのトゲすら魅力に思え、危険だと判っていても離れられなくなるのが悪女の魔力なのだが、さすがにもう、その怖さは身に染みた。

晶子のようなモンスターと渡り合い、生きるか死ぬかの修羅場《しゅらば》をくぐり抜けた今となってみれば、長い付き合いのひかるには、何物にも代えがたい安心感がある。少なくとも、佐脇が死んだと思って泣いたひかるが佐脇の命を狙うことは絶対にない。ほかの女と寝れば怒っても、寝首をかく事はないだろう。

「何の言い訳もできないし、ムシが良すぎると自分でも判っているんだが……」

佐脇はソファから床に降り、膝を突いて頭を下げた。

「おれのことを許してくれないか。また前みたいに、お互い気楽にやりたいんだ」

「土下座なんかしないでよ！　みっともないから。あなたのそんな格好は見たくないんだから！」

口調はキツいが、ひかるも床に座り込み、佐脇の手を取り顔を覗き込んだ。

顔と顔が接近して……そのまま抱き合い、ホテルの部屋の広い床に倒れて、上になり下になりして、激しいキスを続けた。

「言っとくけど、これですべてを許したわけじゃないからね」

息をはずませながらひかるが言う。

「ンなこたぁ、判ってるよ。お前の執念深さは百も承知だ」

ひかるは起き上がって真面目な顔になった。

「あのね、私がこの前のインタビューをした『銀狼』のメンバーは、高田というの。佐脇さんは覚えてる？　彼はあなたのことをハッキリ覚えてて、今でも激しく憎んでた」

「高田か。やっぱりな」

佐脇は頷いた。

「顔は映ってなかったが言うことを聞いてたら、あいつの言う田舎が鳴海で、悪い刑事というのはおれのことかという気もした。しかし、おれが知ってるガキの頃の高田はひ弱なくせに狡猾《こうかつ》で、女と見れば突っ込むことしか考えていないクソだったんだぞ。あんなガタイのいいやつじゃなかった」

「だから東京に来てから鍛えたんですって。クスリも使ってると思うけど、実際に目の前で見てみると全身筋肉オバケの凄いカラダだった。グロテスクなほどにね。とにかくそのカラダで『マッスル高田』とか呼ばれて、『銀狼』の中枢《ちゅうすう》にいるのよ。そして鳴海時代のことを今でも仲間たちに言い回ってるって。佐脇というワルデカに捕まって意味もなくリンチされたって。『あのマッポは世界最悪だ』って」

「そんなにホメられても困る、とでもおれは言うべきなのかな。意味もなくってことはない。あいつは相当のワルだった。しかも女ばかり餌食《えじき》にする弱い者いじめだ。まあお前は、片方の言い分だけ鵜《う》呑みにするバカじゃないと思ってるけど」

「今のは警告したつもり。東京にあなたが居ると知れたら、マッスル高田が襲ってくるかもよ。とにかく今の『銀狼』は、指定暴力団以上の、本当にヤバい暴力集団なんだから。さっきあなたがAV女優について言ってたこと、あれ、本当だから」

「可愛いアイドル予備軍がAVデビューしたってことか?」

「そう」

ひかるは真顔で頷いた。

「あなたはどうせ当てずっぽで言ったんでしょうけど、実際にそのとおりだから。タカツキカクってそういうプロダクションなの。入江さんには刺激が強すぎると思ったからボカしたんだけど。アイドルって可愛いだけじゃ人気出ないし、売り込みにもお金がかかる。でもAVなら、アイドル級に可愛ければすぐ売れるし、AVの製作会社に出演料を吹っかけることも出来る。つまり即金で大儲《おおもう》けできるのよ」

「なんか、昔の人買いみたいな話だな」

「事実上、人買いでしょう。それで、連中は、一度目をつけた女の子をレイプして、物凄いプレイを強要して、それをビデオに撮って脅すの。本人だけじゃなくて家族にまで危険が及ぶような脅し方をするから、気が弱い女の子は、言いなりになるしかないと思い込んで……いえ、それはただの脅しじゃなくて、本当に家族に手を出したケースもあるの。AVはイヤだと断固拒否したら、恥ずかしい画像をネットで公開されたり、実家周辺や親の仕事関係先にまで写真をばら撒《ま》かれたり。その結果、父親が仕事を辞めたりして一家が夜逃げに追い込まれたケースもあるのよ。いえ、これは噂ではなくて、実例として証拠もあるんだけど、当人が訴えていないし、これ以上騒がないで欲しいと言われてしまったので、番組で取り上げることが出来ないの」

そういういきさつで家族との縁を切らされたアイドル候補がAV嬢としてデビューしたものの、一本か二本に出たきり行方《ゆくえ》不明になったケースもあるという。

「その子は殺されて産廃《さんぱい》に埋められたという噂まであるの。逃げて警察に駆け込もうとしていたらしくて。見せしめよね。おれたちに逆《さか》らうとこうなるって言う……ヤクザより荒っぽいよね。殺人ビデオを撮られて撮影中に殺されたっていう話もあるけど、それはさすがに都市伝説よね」

佐脇は腕を組んで唸《うな》るしかなかった。

「あながち都市伝説だと言い切れないのが、怖いよな」

ひかるは時計を見て、「アラいけない」と立ち上がった。

「そろそろ入江さんのパーティの時間よ。私、取材も兼《か》ねてるので先に行かなきゃ。ちょっとバスルーム借りるね」

ひかるは化粧《けしょう》を直しにバスルームに飛び込んだ。

「なあ。パーティが終わったあと、部屋で飲み直そうや」

佐脇はドアの外からひかるに声を掛けた。

＊

ホテルの広い宴会場で、『入江雅俊《まさとし》出版記念パーティ』が始まっていた。

中に入ろうとした佐脇は、受付で止められた。招待状を見せろというのだ。

「さっき入江本人から来てくれと言われたんだが」

そう言いつつ、T県警時代の警察手帳を出して見せた。警察庁勤務用の身分証はまだ貰っていない。

「佐脇……さん？　T県警の？」

受付の人間がぎょっとした表情になった。

「何を驚いている。おれはどんな風に有名人なんだ？」

ついそう訊いてしまったが、受付の人間は曖昧《あいまい》な笑みを浮かべて、中へどうぞと言うばかりで目も合わせない。

会場にはスーツ姿の男たちが集まり、おのおのグラスを片手に談笑している。彼らの中の誰が官僚かマスコミ幹部なのか一般人なのかは、佐脇には咄嗟《とっさ》に見分けがつかない。

入江はあくまで現役の警察官僚だから、本は出してもこのように派手な個人的なパーティを催《もよお》すのは異例なのだが、「警察と暴力団との闘い」について書かれた本のパブリシティということで、誰も表立っては横槍は入れられないのだろう。

会場では、ひかるがテレビ・クルーを引き連れて取材をしていたし、他の局や新聞社の人間も来ている。マイクを向けられているのは、佐脇も新聞やテレビで見た事のある警察庁・警視庁の最高幹部、そして政治家だ。有名どころのニュースキャスターもいる。彼らは今日は取材する側ではなく、来賓《らいひん》としてここに居るらしい。

「まさに暴力団撲滅《ぼくめつ》の大キャンペーンよね」

いつの間にか佐脇の横に立っていたひかるが耳打ちしてきた。

「会場に入るときにおれが警察手帳を出したら、それを見た受付の野郎の様子が変だったんだが、アレはなんだ?」

「たぶん、警察庁にまでアナタの悪名が轟《とどろ》いてるんでしょ。まあ、これまでさんざん無茶をしてきたんだから仕方ないわね」

ひかるはさらりと言った。

「そういう、いわば凶状持ちみたいなヒトが入江さんの晴れの舞台に現れたんだから、受付もビビったんじゃないかな」

「だけどおれを呼んだのはその入江だぜ」

「そうね。なぜ呼んだのかしら。まあ今日は入江さんの売り出し大作戦の初日だから、それなりに考えてのことでしょ。反対派とかライバルへの威圧じゃないの?」

「ライバル?」

たしかに入江はそういう存在を口にしていた。

たとえばあの人、とひかるが指差したのは、入江とはまったくタイプの違う男だった。

年格好は同じだが、入江より太めで人当たりが良さそうで腰の低い、陽性な男。高級官僚といえばみんな入江みたいにスマートでクールなものだと佐脇は思っていたが、その男は正反対だ。ガタイが良く、商店街の八百屋《やおや》か、自動車修理工場のオヤジと言ってもおかしくない、いかつい顔に庶民的な雰囲気を漂わせている。周囲の人と談笑しながらガハハと大きな笑い声を上げている。とっつきにくい入江とは大違いだ。

「着ているスーツも高級官僚のお仕着せみたいな紺のスーツではなくて……あれは多分アルマーニね。流行遅れかもしれないけど、あえてそれを狙ってる感じ」

「誰なんだ？　あの男は」

「直原良平《なおはらりようへい》。警察庁刑事局組織犯罪対策部の暴力団対策課長で、階級は警視長。階級的にも経歴的にも、入江さんの本命のライバルね」

「入江の方が少しリードしてる感じか？」

「そうね……課長と参事官だと、ほぼ同格なんでしょ」

「なんでしょって訊かれても、田舎の警察と警察の総本山じゃ世界が違うからなあ」

それにしても、出世レースを入江と争っている直原にしてみれば、入江がこんな派手な出版パーティを開き、警察幹部も多数顔を出しているとなると、心穏やかではないだろう。

「しかしあの直原ってやつ、入江とは好対照だなあ。いかにも堅物の官僚の見本みたいな入江と違って、あいつは商店街のオヤジそのもので、ニコヤカで腰が低いじゃないか」

「頭を下げるのはタダだから幾《いく》らでも下げるというタイプかもよ？」

ひかるの人物評はあくまでクールだ。

「で、あの直原って人は、次の人事で警視庁の刑事部長に転出するらしいの。以前には城南《じょうなん》署の署長もしてるから、戻ってきたら局長クラスにはなるでしょうね。このパターンは暗黙の出世コースになってるのよ」

城南署の所轄地域には、あの集団撲殺事件が起きた天王洲のクラブがある。

「王道の出世コースか。ってことは、入江が抜かれる可能性もあるってことか?」

「そうね。入江さんはここしばらく外に出てないみたいだから、転出先の実績によっては形勢が逆転することは大いにあるし……」

ひかるは佐脇をじっと見た。

「暴力団壊滅に失敗したら、入江さんは失脚よ。メインから外れていくでしょうね」

「おれには関係ない」

佐脇はタバコを取り出したが、どうもこの会場は禁煙らしい。

「入江を後ろ盾として頼りにしているわけでもないし」

「さあ。今まではともかく、これからはそうも言ってられないんじゃない?」

ひかるは楽しんでいるように微笑《ほほえ》んだ。

「お前……ちょっと先に東京に来たら、えらく『デキる女』っぽくなったな」

ひかるの言いたいことは判る。鳴龍会というバックがなくなったのだから、と言っているのだ。金と後ろ盾はあっても邪魔にはならない、とは佐脇も思うが、今さら入江にすり寄るのも業腹《ごうはら》なのが本当のところだ。

「では、始めさせて戴きます」

ステージでは何処《どこ》かのテレビ局のアナウンサーがマイクの前に立っている。

「本日はお忙しいところ、入江雅俊出版記念パーティにお越し戴き、誠に有り難《ありがと》うございます。では、まず、『警察対組織暴力～激闘の一二〇日』について簡単にご紹介させて戴きます。この本は、警察庁で暴力団壊滅の陣頭指揮を執ってきた入江参事官が、これまでの経緯を国民に報告し、また今後は全国十団体を壊滅に追い込み日本から暴力団を一掃《いっそう》するという展望を述べるもので、警察官僚の著書としてはリアルタイムで現状を追った、画期的なものになるでしょう。では、まず、この本を書いた入江雅俊から、みなさまにご挨拶を申し上げます」

いつもより数段は高級そうなスーツに身を包んだ入江がマイクの前に進み出た。

「入江でございます……。この本について、私が言いたかったことをすべて司会の方に言われてしまいまして」

入江のスピーチは手慣れたものだ。頭脳明晰《めいせき》で気迫もある「出来る男」風のシャープな顔を綻《ほころ》ばせ、ここで間合いを取る。この笑みには一見エリートらしからぬ愛嬌《あいきょう》があるので、入江の本質である冷徹《れいてつ》さを見抜く者は少ない。

「入江のライバルの……直原か、あいつは入江と単なる出世競争をしてるだけなのか？暴力団についてはどう考えているんだ？」

入江のスピーチにはまったく興味がない佐脇は、ひかるに訊いた。

「直原さんは、暴力団を壊滅させるという入江さんの考えには真っ向から反対よ。反対する理由も佐脇さんとほとんど同じ。だから佐脇さんはむしろ、直原さんと仲良くなれるかもね」

警察庁は一枚岩ではない。それも考えてみれば当然だろう。戦後の一時期まで、暴力団と警察は持ちつ持たれつな関係があったのだし、暴力団には社会の落ちこぼれを吸収する機能もあった。だからこれまでのように、暴力団を巧くコントロールして生かしていく方向性を探る人物やグループがいても当然だ。

ステージ上では上気した入江の挨拶が終わり、入江の恩師の、東大教授で社会評論家としても著名な人物が、如何に入江が警察官僚として素晴らしい業績を上げ、この本の内容が優れているかを熱っぽい口調で語り始めた。

「あの直原ってのはキャリアなんだから、ああ見えても東大とか出てるんだろうな？　まあ、学歴のないおれからすれば、東大でもどこでも変わりはないんだがな」

そこでひかるは、会場の隅で撮影していたクルーに呼ばれて佐脇から離れた。

さっきから佐脇がジロジロ見ていたのに気づいたのか、直原が近づいてきた。

「T県警から来られた佐脇さんですね？　お初にお目にかかります。直原と申します」

丁寧に頭を下げて名刺を差し出す。

「あ。これはどうもご丁寧《ていねい》に」

悪徳刑事とは言え一応オトナである佐脇も名刺を差し出そうとしたが……。

「あの。転任したばかりで新しい名刺がまだ」

「いえいえ、佐脇さんのご高名はかねてから存じ上げております」

直原はにこやかに言った。その物腰は本当に苦労人の、中小企業の社長のようだ。

「手柄《てがら》を立てるのはある意味、型破りな人間と昔から相場が決まっておりますから。凡人《ぼんじん》には真似《まね》のできない、佐脇さんくらいのパワーのある方じゃないと、ね」

褒《ほ》めているようで含みもありそうな微妙な言い回しをするが、その目は穏やかで悪意など微塵《みじん》も感じさせない。

「現場から離れるとどうしても安全運転に走りがちなので、どうかウチに新風を吹かせてくださいよ。それが佐脇さんのような『推薦組』の役目でもありますので」

「そうはいきません。風を吹かせすぎて田舎の警察からトバされてきたんですから、警察の総本山でバカな真似は出来ませんよ」

「案外常識的なんですね。イマドキの無頼《ぶらい》は程が宜《よろ》しいようで」

皮肉なのかどうなのか、これまた微妙な事をにこやかに言われると、佐脇も返答に困ってしまう。

それが直原の狙いなのかもしれない。

「いや、失礼なことを申してしまったようで済みません。ただね……」

相手は佐脇の耳元に口を近づけた。

「入江さんには油断しない方がいいですよ。ハシゴを外されたら大変だ」

直原の目は笑っていなかった。

「これは本心から言っています。老婆心《ろうばしん》でもありますが、余計なことでしたら失礼」

この男が入江を良く思っていないことは、今日の主賓の恩人が挨拶をしている最中なのに、それを完全に無視して喋っていることで明らかだ。

ステージ上では入江の上司に当たるらしい年配の男がマイクの前に立って乾杯の音頭を取った。

「それでは、この本を上梓《じょうし》した入江君の労をねぎらい、出版を祝って、乾杯！」

会場の全員が乾杯をして、正式な歓談タイムになった。

「ご推察の通り、私は入江さんとは、いささか異なった考え方を持っておりますので」

直原は自分の視線の先に入江が立ち、こちらを見ているのを認めると、昔の芸人が舞台で一礼するように大仰《おおぎょう》な挨拶を送った。そして佐脇に向き直って付け加えた。

「入江さんには『地位ある人は資産運用には気をつけた方がいい』とお伝えください。では、またの機会に。ごきげんよう」

直原が去って行くのを待っていたかのように、いや、待っていたのは明白だが、入江が中年の男女を連れてきた。男の方は堅気の人間には見えない、襟足《えりあし》や揉み上げを伸ばした髪型で派手なジャケットを着ている。ノーネクタイで開襟《かいきん》のシャツの胸元からも、金のネックレスが覗いている。

女の方は明るい色に染めた髪をショートカットにして、見事なボディラインを際立たせる大胆なカットのドレスを着こなしている。脚が長くスタイル抜群で、目鼻の造作が大きくてあでやかな、モデルのような美熟女だ。

「どうです？　盛況でしょう？」

入江は緊張から解放されたのか、試合の後のスポーツ選手のように爽《さわ》やかな口調だ。

「自分で言うか？　そんなだからアンタ、無駄に敵を増やすんじゃないか？　そもそもおれは飲み食いに忙しくて、アンタの演説は聞いてなかったから」

「あの男と何を話したんです？」

入江が視線を送って示したのは、直原だった。

「別に。サッチョウに新しい風を吹き込んでほしいとか、それがおれの役目だとか」

入江は苦笑して傍《かたわ》らの男女を紹介した。

「真に受けちゃ駄目ですよ。彼は、私やあなたの足を引っ張ることしか考えてませんから。お判りだとは思いますが」

「資産運用には気をつけろ。それをアンタに伝えてくれ、とも言ってましたけどね」

それを聞いた入江の声は急に小さくなった。

「あの男の言いそうなことです。たいしたことでもないのに思わせぶりに言いふらすので」

その直原も、別の人物と談笑しながら、チラチラとこちらを見ている。

「ところでこのお二人は」

声を切り替えた入江は、自分の傍らにいる中年男女を紹介した。

「投資顧問会社の社長で私の後輩の大多喜悦治《えつじ》君と、その奥さんです」

二人は佐脇に向かい、口々に宜しくと頭を下げた。

「そして大多喜さん、こちらが今度、私の下で働いて貰うことになった、警察庁官房の佐脇さん」

ども、と佐脇も頭を軽く下げた。

「奈央さんの件なんだが……君たちもいろいろ心配だろう？ どうなっているか調べてもらうために、この人に頼んだ。見かけはしがないオジサン風だが、結構凄腕の刑事でね。地方でだが、いくつもの大きな事件を解決している」

反応したのは妻の方だった。

「まあ本当に？　うちの娘のことをそんなに気に掛けていただいてたなんて。入江さん、ほんとうにありがとう」

チャームポイントの大きめの唇を思い切り横に引いて、大多喜の妻はにっこりと笑った。まさにビッグスマイルだが、その目は笑っていない。それどころか「ああ鬱陶《うっとう》しい」と言わんばかりの冷たい光がほんの一瞬、その色の薄い大きな瞳を過《よぎ》るのを佐脇は見た。

「私、奈央の母の大多喜希里子と申します。佐脇さんの事はいろいろと存じてますわ。東京でも有名ですよ。この前の……連続殺人の犯人を、大火傷を負いながら捕まえたんですよね？」

「いや、そんな華々しいものでは……」

佐脇にとって、結城晶子の事件は軽い形では触れて欲しくないが、そんな心情を希里子が知るよしもない。

「テレビでしか知らないんですけど、佐脇さんは犯人のあの女と……その、因縁浅からぬ仲だったとか？」

「ああ君。そういうことはみだりに口にしない方が……」

遊び人のように見える亭主の方が慌てて遮《さえぎ》り、佐脇に頭を下げた。

「いやどうも。初対面の方にぶしつけで申し訳ありません……」

佐脇は、希里子を見つめて「いえいえ」と呟《つぶや》くように言った。

「男はね、悪女に惚《ほ》れるんですよ。気が弱い男はハナから敬遠するけど、根性の座った男は悪女にこそ燃える。難攻不落の山に登頂するのと同じようなファイトが湧くんです。あの女は、そういう女でした」

「要するに、征服欲を刺激されるのね？」

希里子は、佐脇をじっと見つめて微笑んだ。

「そうだ。大多喜君、君に会わせておきたい人がこの会場に来ている。投資業務に関する案件が専門の弁護士だ。海外の法律にも詳しい。何かあった時のために、知り合っておいて損はないと思う」

早い方がいいから、と入江は大多喜を連れて行ってしまった。

希里子は二人を見送ってから、傍らの佐脇に囁《ささや》いた。

「佐脇さん。あなたの目には、私も悪女に映ってるんでしょうね？　高校生にもなる娘がいるのに、年相応じゃない若作りをしてる痛い女だって」

佐脇も、ずっと希里子から目が離せなくなっていた。

「いや、男も女も年を食うと肉体的には確実に劣化《れっか》しますが、逆に熟成して新たな魅力を放つ数少ないヒトもいる。その一人を目の前にして不快の念を抱くどころか、その魅力の虜《とりこ》になっているんですよ」

「ああら。見かけによらず、回りくどい言い方をなさるのね」

いかにもセックスが好きそうな、熟しきった美女に佐脇は弱い。しかも性格が悪そうだと尚更《なおさら》ツボにハマってしまう。これは業《ごう》とでもいうべきものか。

悪女はもうこりごりだ、と思ったはずなのにな、と佐脇は内心自嘲《じちょう》した。

「……魚心あれば水心、ってところかしら？」

察しの良い方って好きよ、と言いつつ希里子は露骨に佐脇に躰を近づけてきた。まさに「スリ寄る」というのにふさわしく、周囲の目など一切気にせず、大胆に躰を擦りつけてきたのだ。

さすがに佐脇も怯《ひる》んだ。こういう強引さは魅力を感じるラインから少し外れる。しかも、入江のパーティなのだ。あまり妙な真似は出来ない。

「こういうのは不味《まず》いだろ。おれはあんたの娘さんを捜すのに動くんだぞ。なのに、のっけから……」

「あら。周りの人はそんなこと誰も知らないわよ？」

希里子はまったく動じるところがない。

そんな彼女に話しかけてきた男がいた。ポニーテイルにした髪型に細身の躰を黒いスーツに包んだ若い男だ。高級官僚や警察関係者に政治家、各種マスコミの人間など、一様に年輩で社会的地位のありそうな男たちばかりの中で、この男の若さは目立っていた。しかも堅気ではない空気を放ち、鋭い目付きが油断を感じさせない男が、儀礼的な笑みを浮かべて「希里子さん……」と声を掛けてきたのだ。

「……ちょっと失礼」

これ幸いと佐脇は希里子から離れ、そのままレストルームに向かった。レストルームは宴会場のすぐ隣だ。

用を足して手を洗っていると、レストルームの鏡に希里子の姿が映った。

ここは男性用なのに、と驚く暇もなく、希里子は佐脇の首に両腕を回し、抱きついて唇を合わせてきた。

電光石火の展開に、佐脇の男の血が瞬時に沸騰《ふっとう》した。

二人は、阿吽《あうん》の呼吸で個室になだれ込み尻でドアを閉め、互いの唇を、舌を貪《むさぼ》った。

彼の手が希里子のドレスを這うと、さほど大きくはないが、硬くて、ほどよい弾力のある胸に行き着いた。

揉みしだくにはちょうどいい大きさの、形のよい乳房だ。ドレスとブラ越しに乳首をコリコリと爪《つめ》でくじってやると、彼女は熱い溜息をついた。

「あの人、最近抱いてくれないの」

「それでおれを代用品に？」

「そんな失礼な。あなたに会った瞬間、びびっと来たのよ。あそこが」

希里子は佐脇の手を持つと、自分でドレスの下に誘《いざな》った。

パンティ越しにも、股間が熱く湿っているのが判った。

佐脇が彼女の首筋に舌を這わせると、希里子はひくひくと全身を震わせ、股間がきゅっと締まる感触があった。

「もう、我慢できないわ……」

「いや、ここじゃ不味いだろ」

誰が来るか判らないアンタのダンナが来るかもと佐脇が言うと、彼女はローレン・バコールが「野暮《やぼ》は言わないで」と言うように手を振り下ろした。

「できない理由ばかり並べないで」

そういいながら佐脇のスーツを探り、胸のポケットにあるルームキーを探り当てた。

「二七一九号室……このホテルの部屋ね」

勝手に取り出して番号を確認する。

「先に部屋に戻っていて。すぐに行くわ」

「しかし……」

希里子は人差し指を立てて佐脇の口を塞《ふさ》いだ。

「私が最初に出るから。いいわね」

そう言って個室から出ると、彼女は鏡に向かって化粧を直し始めた。そこに男性客が入ってきてギョッとしても、希里子は悠然と化粧を直す手を止めない。

かった。

「済みません。間違えちゃって。すぐ済みますから」

ドアの隙間から様子を窺っていた佐脇は、希里子の堂に入った態度に感服せざるを得なかった。

レストルームを出た佐脇は逡巡《しゅんじゅん》しながらも、部屋に向かう足をとめることが出来ない。

「据《す》え膳は必ず食う」が主義とはいえ、悪女はもうこりごりではなかったのか。

だが希里子のテニスボールのような乳房の弾力と、股間の熱い湿りが、掌《てのひら》と指に残ったまま消えない。

部屋に戻り、ドアを閉めた途端、チャイムが鳴った。

すぐに開けると、希里子がしなだれかかってきた。

「こういうの、いいわよね。スリリングで」

「大胆すぎねえか?」

「あら。刺激的な方がいいでしょ?」

希里子はそう言いながら、またキスをしてきた。

二人は舌を絡めながらベッドに倒れ込んだ。

佐脇はドレスの裾をまくり上げてモロに指をパンティの中に潜り込ませ、秘部を弄った。

「?」

佐脇は首を傾げた。そこには、あるはずのモノがなかったからだ。

佐脇の反応を希里子は面白そうに眺め、喘《あえ》ぎながら言った。

「ブラジリアンワックスよ。全部処理してるの」

パンティを下ろすと、つるりとした、そこだけ幼女のような花弁はしとどに濡れて、佐脇の指先が触れると、彼女の全身がぴくりと動いた。

無毛の恥裂の中にあからさまに見える秘芽も硬く膨らんで、これも摘《つ》まんだり押しつぶしたりしてやると、彼女はその指戯に合わせて腰をくねらせた。

そのくねりが、震えるほどに色っぽい。腰のくびれが男を誘うようで艶《なま》めかしく、肩を震わせると、硬くてツンと上を向いた乳房も一緒にぷるぷると揺れる。その蠢《うごめ》きがなんとも劣情《れつじょう》を掻《か》きたてずにはおかない。

そのうちに、希里子の腰の振りが激しくなってきた。瞳がうっとりとかすんだように潤みはじめ、息づかいも激しくなってきた。

「ねえ、指はいいから……そろそろ」

官能の赴《おもむ》くままに妖《あや》しく揺れる熟した女体からは濃厚なフェロモンが立ちのぼり、希里子は欲望を剝《む》き出しにしていた。

佐脇は彼女を剝きにかかった。高価そうなドレスだから傷《いた》めないようにボタンを外し、ジッパーを下げて脱がせると、そのままブラも取った。

形良くツンと上を向いた乳房の上に載った希里子の乳首は硬く勃《た》ち、ルビーのように紅く色づいている。

それを佐脇は鷲摑《わしづか》みにして下から揉みあげ、べろりと下から舐めあげた。

「あふう……」

くびれたウェスト、ふるふると揺れる美乳、長く、形のよい脚……。

そしてそのあいだの無毛の花芯は、洪水のようにぐっしょりと淫液を湧き返らせ、しとどに濡れていた。

佐脇がその割れ目の奥まで指を挿し入れ、ぐりっと抉《えぐ》ってやると、彼女はまたも「ああっ」と悲鳴をあげた。深く挿し入れた指先がGスポットに命中して、ぐいぐいと掻き乱すうちに「ひいいいっ！」とさらに大きな声を上げた……と思った次の瞬間、希里子は気を遣ってしまった。

「あんたのスケベなオマンコが、おれの指をひくひくとしめつけてるよ」

「なんだか……刑事さんとは思えない言葉づかいね。本当はヤクザだったりして？」

「地元では、ヤクザよりヤクザらしい刑事って呼ばれてますよ」

彼は希里子の見ればみるほど美しい形をした乳房を舐め回し、乳首をちゅばっと音を立てて強く吸いながら、ふたたび彼女を快感に追い上げていった。

乳房の美しさは特筆すべきものがあるが、佐脇の目を楽しませ、興奮させるのはそれだけではない。彼女の秘部には、あるはずのモノがないからだ。いわゆるパイパン状態で秘裂がクッキリと見え、その眺めは見れば見るほどに猥褻《わいせつ》極まりない。

佐脇の左手は希里子の脇腹から平らな下腹部を愛《め》でるように徘徊《はいかい》し、女の躰だけが持つ優美な曲線をたっぷり味わった。

そのソフトなタッチに、希里子の肌はふたたび桜色に色づき、しっとりと汗が滲《にじ》んできた。

左手をバストに伸ばすと同時に右手の指で、Gスポットとぷっくりと硬く膨らんだ肉芽の両方を同時に刺激してやる。

「はあああああぁっ！」

乳房への丹念な愛撫、秘核とGスポットへの指先攻撃。

彼女の全身が淫《みだ》らに燃えてきた頃をみはからって、その下半身に顔を移動させ、つるりとした股間に埋めた。両手でクリットを覆《おお》う表皮を剝いて、舌をあてがった。

「ひいいっ。いやあああっ」

希里子は悲鳴をあげた。

かまわず舌先で秘芽を擦りあげ、舌全体で秘部をべろりと舐めあげる。

「あ。あう。あああ。ン……」

クリトリスを舐めあげる舌先は、勢い余ってラビアにも触れた。女の最も敏感な場所を執拗《しつよう》に愛撫されて、希里子は背中を反《そ》らして切ない声をあげた。

と次の瞬間。彼女の躰はまたもがくがくと痙攣《けいれん》しはじめた。

「あ！　あああっ！」

絶叫を残して彼女はオーガズムに達した。イクイクと言う言葉も出せないほどの、突然のアクメだった。

痙攣の余韻《よいん》を残しながら、彼女は潤んだ目で彼を見上げ、その背中に両手を絡ませた。

「ああ。またイってしまった……」

その顔は陶酔《とうすい》して、蕩《とろ》けそうになっている。

「ようし。じゃあこれからが本番だ」

満を持した彼は、硬く逞《たくま》しい肉棒を彼女の秘腔にあてがった。

「は。はあああああん……」

充分に濡れた女芯に、モノはずるりと根元まで収まってしまった。

佐脇が腰を使いはじめると、希里子は全身を震わせ、悲鳴をあげた。

パワーを漲《みなぎ》らせた彼は、さらに指を彼女のアヌスに挿し込んだ。

「ああ、そ、そこはダメ……よ、弱いの……ああっ！」

彼女がまたも軽くアクメになったのを見た佐脇はアヌスから指を抜き、両手で彼女の腰を抱え込むと、激しい抽送をぐいぐいと開始した。今度は単純なピストンではなく、時に浅く弱く、時に強烈に奥の奥まで、という先の読めない展開で緩急自在に熟女を翻弄《ほんろう》し、突如グラインドを混ぜた。

「う。ううう……」

夫とはご無沙汰だとか言っていたが、これほどの感度のいい躰で、しかも女ざかりなのだから、ここまでのヨガりようも無理はない。

佐脇はなおも腰を使い続けた。

「そうだ。そこだ。もっと感じろ!」

彼は腰を回し、希里子の淫襞のすべてをぐりぐりとトレースしていくような、執拗なグラインドを続けた。

と、そこで本能のままにいきなり体を起こし希里子の躰を反転させると、挿入したまま後背位に転じた。

「あんたのお尻はとても魅惑的だ……このまろやかな曲線と、この柔らかな感触……」

肉襞の中の、さっきまでとは違う場所を強烈に責められて、希里子はすでに言葉にならない、野獣のような呻《うめ》きをあげるだけだった。

「おお、いくぞっ、イってしまう!」

「あ、あたしもっ！」

二人はほぼ同時に絶頂に達し、がくがくと激しく全身を痙攣させた。

力が抜けた二人は、ベッドにぐったりと倒れ込んだ。

佐脇は、この女ならまたすぐに抱きたいと感じていた。そしてたぶん、希里子もそう思っているに違いない。

入江に頼まれた仕事の当事者と、こうして躰の関係になってしまったのは不味かったのかもしれない。いや、たしかに不味いのだが、頼まれた仕事に手を抜きさえしなければいいのだ、何も問題ないのだ、と佐脇は自分に言い聞かせた。

だが、何か大事なことを忘れているような気もする。

まあいい。久々にスッキリした余韻の中で一服しよう……。

脱ぎ捨てた服を漁《あさ》ってタバコを捜していると、ドアのチャイムが鳴った。

「いかん！」

忘れていた大事なことを思い出した。パーティの後、ここでまた逢おうと磯部ひかると約束していたのだ。ひかるはたぶん、セックスする気でいるはずだ。佐脇自身がそのつもりだったのだ。

チャイムが再び鳴った。

仕方がない。

佐脇はバスルームで全身を濡らし、腰にバスタオルを巻いた格好でドアを開けた。

案の定、廊下にはひかるが立っていた。

「入江さんが捜してたわよ……」

そう言いながら部屋に入ろうとするひかるを、佐脇は押しとどめた。

「悪い。今、風呂に入ってたんだ」

「それは見れば判る。私も入るから」

「いや、その、今はちょっとマズくて」

「なにが?」

そこで、ひかるの顔が変化した。眼光鋭く佐脇の背後をうかがい、さっき見せたような般若の形相《ぎょうそう》になった。

「誰か居るのね?　判った。判ったからそれ以上何も言わないで!」

佐脇が口を開こうとしたのを、ひかるは止めた。

「もう何年あなたとつるんでると思ってるの?　全身からセックスの匂いが立ちのぼってるわよ。顔からも女のアソコの匂いがするし」

ひかるは笑顔になった。しかしそれはこの世で最も怖ろしい笑顔だ。

「それに、床にも女物の服が……ああ、見覚えあるわ。ナルホドね、そういうことだったのね。よく判りました」

ひかるの笑顔はますます引き攣《つ》ったが、それ以上は何もいわず、くるりと踵《きびす》を返した。そしてエレベーターホールに向かって足音も高く歩いて行ってしまった。

「ねえ、どうしたの?」

ベッドからは希里子の甘ったるい再戦の誘い声がした。

# 第二章　二人の美少女

パーティ会場で、入江から大多喜夫妻に引き合わされたのは、「さっさと仕事を始めろ」という意味だ。

安否を確認すべきその少女・大多喜奈央の母親である希里子と寝てしまい、おまけにその現場をひかるに押さえられてバツが悪い佐脇だが、仕事は仕事だ。夫妻に詳しい話を聞かなければならない。

大多喜悦治に貰った名刺には、自宅兼事務所の住所が記載されていた。場所は、品川区北品川の、通称「御殿山《ごてんやま》」だ。

第一京浜の北品川交差点を左折して東京マリオットホテルに近づくと、各国大使館と並んで、大多喜の豪邸があった。

道に面した一階部分は広い駐車スペースになっていて、シルバーのメルセデスと同じくシルバーのレクサスが鎮座している。その上に、二階建ての邸宅がある。白い外壁に平らな屋根、横長のモダンな建物だ。庭の樹木の隙間から、大きな窓が見える。駐車スペースの上が、広い庭になっているようだ。

見るからに高級そうで、しかも、佐脇の目からしてもセンスがいい。鳴海ではほとんどお目にかかれない、名のある建築家の設計と思われる大邸宅だ。

だが、すぐ近くの道路に黒いワンボックスカーが駐まっていた。九人乗りの大型で無骨な車だ。ガレージに高級車ばかりが並ぶこの住宅街では、かなり目立つ。

石組みの門柱に塡《は》め込んだカメラ付きインターフォンを押そうとしたときに、屋敷のドアが開き、二人の男が出てきた。一応、黒いスーツにネクタイを締めたビジネスマン風の格好をしているが、一人は金髪、一人はスキンヘッドで、どちらも耳や鼻にピアスをしているから、マトモなビジネスマンではなさそうだ。

「では今日のところは」

二人の男は玄関口で挨拶をし、門に向かってきたが、その表情は険しい。

二人を送り出してドアから見送っていたのは希里子だった。

「あら、佐脇さん」

彼女はニッコリして佐脇を手招きした。

鉄製の門のところで二人の男と擦れ違い、佐脇は中に入ったが、背後ではエンジンを吹かす音がして、黒いワンボックスカーが走り出した。

「今のお客さんは?」

「え。ああ、主人の方の……どうぞ、お入りになって」

希里子は何かを誤魔化《ごまか》すように言い、佐脇を中に案内した。

彼女はパーティの時と同じような、躰にぴったりとした鮮やかなプリントのドレスを身につけていて、スレンダーな美しい曲線を惜《お》しげもなく見せている。耳たぶには大きなダイヤのピアス。腕にもダイヤを連ねた細いブレスレット。足元はヒールのある室内履きに履き替えている。

ゴージャスな女だ。まるで野生動物のようにと、佐脇は改めて感嘆した。

東京の、それも金のある人間の周辺にはこういう女がいるのだ。だが、その女を夫に黙って抱いたというのに優越感のようなものが全く感じられないことが、自分でも不思議だった。むしろ希里子の夫である大多喜に同情というより、仲間意識のようなものを感じてしまう。

ナントカ被害者友の会、のような言葉が頭に浮かんで、佐脇は内心苦笑した。

大多喜の邸宅は日本式の洋風家屋とは違って、玄関から素通しでリビングに繋がっている開放的な作りだが、よく見ると家族団欒《だんらん》の場としてのリビングではない。

応接セットはあるが、仕事用の大きなデスクがあり、書類が収まるキャビネットも並んでいるので、ここはオフィスというべきだろう。デスクにはパソコンが置かれ、複数の液晶ディスプレイに表示された株価か何かの数字が絶えず変化している。

対照的に応接セットのガラステーブルの上には何もない。

普通のオフィスと違うのは、床がピカピカに磨かれた大理石で、大きなピクチュア・ウィンドウからは緑したたる庭が見渡せることだ。そして、応接セットも、とびきりの高級品だ。

「あなた。佐脇さんがお見えよ」

今行く、と奥から声がして、ナプキンで手を拭《ふ》きながら夫の悦治が現れた。白いシャツにネクタイ姿のその顔は青ざめ、額や首筋にも冷や汗をかいていて、目が血走っている。

佐脇でなくても、何があったのかと心配してしまう有様だ。

「あ、いえ、今日はちょっと相場が荒れてましてね。いえね、こういうことはこの仕事をしてる以上、日常茶飯事《さはんじ》なんで。むしろどう逆転するか、相場を逆に張って儲けるかの腕の見せどころでね。荒れ相場は楽しいんですよ。アドレナリンが湧いて」

そう言ってニヤリと笑うが、佐脇の目にはその笑みは引き攣っているように映った。

「相場を扱ってると、大損することもあるわけでしょう？　そういうとき、自分の金を預けて損失を出された客は怒るんじゃないですか？」

「だから、そういうときは、損した穴を埋める以上の儲けを出すんです。倍返し、とまではいきませんがね。そうすれば客も文句言いません」

そこで希里子が口を挟んだ。

「これはウチじゃなくて他所《よそ》の話ですけど、ついこの間も、主人と同じ仕事をしている人が大変なことになって……入江さんからも気をつけなさいって忠告されました」

大変なことって何なのだ、と話の前後が見えない佐脇にかまわず希里子は続ける。

「入江さんはちょっと心配しすぎですよね？　私たちはごく普通に生きてるだけですから、そんな恐ろしい目になんて遭うわけがないのに」

「ええと、話が全然判らないのですが」

「ああ済みません。こいつはいつも話の順序がおかしくて」

戸惑っている佐脇に、悦治が説明を始めた。

「いや先日、天王洲にある、うちのが良く遊びに行く店で事件がありましてね。正体不明の連中が金属バットで客の一人をめった打ちにして殺害した、例の事件です。たまたま私たちもそれを目撃してしまって……参りましたよ」

「それもすぐ近くのテーブルだったんです。至近距離ですよ！」

希里子が口を挟んだが、わくわくしたその口調は街で偶然スターを目撃した、とでも言わんばかりだ。悦治は対照的に、思い出すのも嫌、という表情だ。

「その場には先輩の入江さんもいたんですが……どうすることも出来なくて。入江さんからは、きみも大きなカネを扱ってる以上そういう危険とは常に隣り合わせだから、気をつけたほうがいい、と言われまして」

「そうですか。あれはひどい事件でしたね」

そう言ったきりどう話を繋げばいいものか佐脇は戸惑い、しばらく沈黙が支配した。

「ええと……私は、その入江さんに頼まれて、あなた方の娘さんの現状を確認することになっているのですが……娘さんから定期的に連絡は入るんですよね？」

ええまあ、と悦治が応えた。

「何をしている？　と聞いたら、レッスンと、それから、まだ下積みなのでプロモーションのようなことをやらされている、と具体的によく判らない答えが返ってきまして」

「声はどうです？　元気そうですか？　それとも強制されているような感じがあるとか？」

佐脇は悦治の前で、さすがに男女の仲になってしまった希里子とは話がしにくい。

それを察してか、彼女は奥に消えた。

「娘さんはスカウトされて芸能界に入りたい気持ちになったそうですが、入江さんによると、彼女は大人しい性格だそうですね。親御さんとしては派手な芸能界でやっていけるのかと心配はされなかったのですか？　しかも親元から離れて、今は寮に入っているのでしょう？」

「たしかに、あの子の性格を考えると、競争の激しい芸能界はキツいかもしれません。しかし、本人の意思を尊重することも大事でしょう？」

悦治の口調からは子を思う親の心情があまり感じられなかったが、佐脇はとりあえず、寮の住所や電話番号などを聞き出した。

「とにかく一度娘さんに会ってきますが……親として寮に面会に行ったりしないんですか？」

「仕事が忙しくて……なにしろ相場というやつは世界中で立ってましてね。ディスプレイをご覧になればお判りのように、それこそ二十四時間動いてるんです。なので私もこうして張りついている必要があるわけですよ」

「しかし夜は天王洲のクラブに遊びに行ったりなさってるんですよね？」

正直なところ、娘に関心はあまりないことがバレそうになってか、悦治は絶句した。

「はい、そのへんで」

悦治が答えに窮《きゅう》したのを助けるかのように、希里子がワゴンを押して入ってきた。それには洋酒各種と、ローストビーフやグリルドチキン、キャビアやフォアグラを載せたカナッペなど、ほとんど料理と言ってもいい豪華なつまみが載っている。

「ちょっとブレイクなさっては？　お酒でも飲んでゆっくり話しませんか？　ワインが宜しければセラーから出してきますけど」

「あ、いや、今、酒は結構です」

「あら？　佐脇さんってけっこう無頼の刑事で、勤務中の飲酒は黙認されてたって噂を聞きましたけど?」

「そんなことはありません。それはデマです」

佐脇は胸を張って答えたが、ワゴンには美味《うま》そうなシングルモルトやラムやシェリーなどのボトルが並んでいる。強く勧められれば「仕方がない」と言いつつ飲むつもりだった。

しかし希里子も悦治もあっさりと引き下がり、トニックウォーターを注いだグラスを佐脇の前に置いた。

「ね、あなた。ベイリーズが切れちゃったの。買ってきてくださる?」

希里子は夫に買い物を頼んだ。

「家政婦に頼めばいいだろう」

悦治は面倒くさそうな顔で答えたが、希里子は即座に言い返した。

「今日、あの人はお休みなの。あとマカロンも切れてるわ。それとお夕食の時に鴨《かも》のテリーヌと美味《おい》しいカマンベールとポールのバゲットが急に食べたくなったから、それも買ってきて」

「ポールって……品川駅前って車駐めるの大変なんだぞ」

悦治は首を振った。

「ねえ、お願いよ。奈央のことは私からこの刑事さんに良く説明しておくから。ね」

そう言って睨むようにじっと見つめる希里子には勝てないらしい悦治は、立ち上がって溜息交じりに「他には?」と訊いた。

「あっち方面に行くのなら、ディーン・アンド・デルーカでバッファロー・チキンも買ってきて」

判ったよとジャケットを羽織って、希里子の夫は出ていった。希里子の意図は明白だ。

メルセデス特有の音がして、窓越しに走って行くのを見送ると、希里子は佐脇の横ににじり寄った。パーティの時と同じように、すらりとした全身を擦りつけてくる。

「今日は仕事で来たんだが」

希里子は、佐脇の「魚心」を見抜いている態度で、完全に自分のペースを保っている。

「この前、ホテルから怒って帰ったお嬢さんはその後どうしてる? パーティ会場でも少しお話ししたけれど、とってもバストが大きかったわね。ああいう子、好きよ。彼女、磯部ひかるさんって言うのよね? 『銀狼』の取材をしてるんでしょう? 番組を見たわ」

「どうもこうもね、国交断絶状態だよ。近いうちに宣戦布告があるかもしれない」

「それはお気の毒……そんなつもりじゃなかったのに」

そう言いながら希里子は、佐脇の唇に重ねてきた。

舌が繰り出されると、佐脇も当然、拒《こば》まない。ねっとりとしたディープキスが続き、佐脇の手は彼女のボディを這って、ドレスの下に潜り込んだ。

「さっきも訊いたが、おれと入れ違いに帰って行った連中、どう見てもカタギには見えないし、アンタの亭主もなんだかビビってたみたいじゃないか？」

「こういう事しながら、そういう話をするわけ？」

希里子は上気して息を弾《はず》ませながら言ったが、焦《じ》らしているわけでもないようだった。

「ウチの人が神経質すぎるだけよ。さっき話に出た天王洲のクラブでの殺人ね、殺されたのが同業者だから、最近ピリピリしてるの。ただの偶然に決まってるのに」

「だが入江さんはお宅の一家のことを、かなり心配してるようだが」

「さあ？　まあ入江さんのお金も預かって運用してるから、それは心配ではあるでしょうけど」

それはそうと、と希里子は顔を離して少し淫《みだ》らな笑みを浮かべた。

「ねえ。そこのガラステーブルの下に仰向《あおむ》けに寝てみない？」

テーブルの下に？　と怪訝《けげん》な顔をした佐脇に、希里子は言葉を重ねた。

「いいもの、見せてあげる」

そう言って立ち上がった彼女は、膝を持ち上げてヒールのある室内履きを片足ずつ脱いだ。

ストッキングも何もつけていない、綺麗に手入れされた素足。この脚を見せつけようとでも言うのか？

　さらに希里子はスカートをたくしあげると、白いレースのパンティも脱ぎ捨てて佐脇に手渡した。

「ほら、あなたと向かいあってお話ししていただけで、こんなに濡れちゃったわ」

　その言葉のとおり、パンティのクロッチ部分は、ぐっしょりと濡れている。

　さ、早くと急《せ》かされた佐脇がテーブルの下に仰向けになり、ガラストップを下から見上げる体勢になると、希里子はそのテーブルの上にまたがった。

「わたし、趣味でポールダンスを習っているの」

　彼女は左右に百八十度の開脚をして、佐脇が下にいるガラステーブルに、股間をぴったりとくっつけた。

　女の大事な部分が、ガラスに密着した。

　希里子にアンダーヘアが無いのは昨夜の情事で知ってはいたが、こういう形で、改めて間近に見せつけられるとは思わなかった。

「凄いな。脱毛に手間がかかって大変だろ」

「そんなことしか言えないの？　ねえ」

　彼女は腰をくねらせ、ガラス面に密着した秘部を蠢かせて見せた。

「脱毛ジェルを使えば簡単よ……それとも、剥き出しって嫌い？」

　生殖器は、人間もまた動物なのだと、否応なく見せつけられる部分だ。

今、佐脇の目の前の、ガラスの向こうで蠢くモノは、アワビか宇宙生物か、とにかくエロとはまた別のモノにしか見えない。

佐脇のそんな気持ちを感じ取ったのか希里子は、他の服も脱ぎ捨てて全裸になった。

「それじゃこういうのは、どう?」

開脚したまま前傾姿勢になり、胸の双丘を佐脇に見せつけるようにふるふると動かして見せた。

「あまり興奮しない? それじゃ手と口でしてあげるわ」

当惑している佐脇を冷笑するように眺めながら、全裸の躰をくねらせていた希里子は、テーブルからさらに身を乗り出し、テーブルからはみ出した彼の下半身に手を伸ばした。

ズボンのジッパーを下げて半立ち状態のペニスを取り出すと、そのまま手でしごき始める。その間にも、テーブルのガラス越しに佐脇の目の前にさらされた股間を、激しくくねらせ、ガラストップに擦りつけるのをやめない。

本気でイヤなら止めさせるはずの佐脇だが、なすがまま状態だ。

「……あんたら、娘の事はあんまり心配じゃないみたいだな」

「そんなことはないわよ」

「だったらどうしてこういう事になる? 他人のはずの入江が、一番心配してるみたいじゃないか」

「あら、そうお感じになる？」

希里子は相変わらず両脚を百八十度広げた状態のまま、その上半身をテーブルからせり出すと、佐脇のペニスをぱくりと口に含んだ。

「あんた……中国雑技団みたいだな」

ペニスに舌を這わせている彼女は返事をしない。カリを舐め回し、ひたすら舌を這わせていく。

舌の動きに合わせて、佐脇の目の前の秘処がさらに激しくガラス面に擦りつけられ、前のめりになってテーブルから乗り出した希里子の乳房が妖しく揺れた。

「う。ううむ……」

意外な成り行き、そしてあまりにも剥き出しな、無毛の女性器を間近に見せつけられて萎《な》え気味だった佐脇のモノは、巧みなフェラでぐんぐんと元気になってしまった。

ガラス越しに、まるで生物観察施設で見るようなと言うべきか、内視鏡映像をリアルタイムで見ているようなと言うべきか、希里子の性的興奮がその女性器に及ぼす変化が、さながら医学実験のように、手に取るように見えてしまう。

希里子のその部分は、次第《しだい》に興奮が高まって、ガラスを曇《くも》らせるほどに熱と湿気を帯《お》びてきていた。最初透明だった粘液が、今は白濁《はくだく》してガラス面になすりつけられている。

肌色の肉だけではなく、内側のピンクの肉襞までが、水槽にぴったり貼り付くアワビのように目の前に展開し、広がったり縮まったりしている。

その動きにつれて淫液がとめどなく溢れ出る様子がハッキリ判ると、エロと言うよりグロだと思って引いていた佐脇の劣情も刺激されてきた。

希里子は、乳房をふるわせ、女陰を激しくガラスのテーブルトップに擦りつけ、腰をくねらせ続けている。

あからさまに大きく膨らんだ秘核がガラスに擦られるうちに、やがて希里子は全身をひくひくと波打たせ始めた。

これは、一番恥ずかしい部分をこれでもか、と佐脇に見せつけて露出の快感を得るのにプラスして、ガラステーブルを使った摩擦オナニーでもあったのか、と佐脇が思い至った時にはすっかり希里子の術策にハマっていた。

巧みな舌戯で、一気に、ほとんど無理矢理に高められたこともあるが、あっというまに射精に至ってしまったのだ。しかも希里子のバキュームは強力で、佐脇の精をありったけ、まさに吸い尽くすかのように激しく吸引された。

「あ。あああ……」

佐脇の射精を喉で受けとめ、さらに興奮したのか、希里子も一気に絶頂に達した。

「……こんなの初めてだ」

「なあに？　レイプされたみたいな？」

レイプとは違うが、気分としてはそれに近いかもしれない。

「どうせなら、ノーマルにやろうぜ」

そうねと、希里子がテーブルから離れ、ソファに仰向けになったところに佐脇が覆い被さった。

「あんた、ああいうのが好きなのか？」

そう訊かれて希里子は淫らに笑った。

「いろんな事が好きなのよ。セックスには常識もルールも邪魔なだけでしょ？」

まあな、と佐脇は彼女の唇に重ねた。

「だが娘の事は……どうでもいいのか？　それとも、入江に派遣されたおれが邪魔か？」

「そんなことはない。だけどあの子のことはそんなに心配してないの。私はね」

「ダンナもなんだかどうでもいい感じだったが？」

「あの人はあの人なりに心配はしてるのよ……でもホラ、今はこんなことになってるんだから、目下の一大事をなんとかするのが先じゃなくて？」

ディープキスをするうちに、佐脇の逸物は復活していた。

「やっぱり、キッチリとオトシマエはつけないとな」

佐脇が彼女に跨《また》がって挿入しようとした、まさにそのとき、表に車がとまり、切り返して車庫に入ろうとするタイヤの音が聞こえた。

「帰って来ちゃった！」

二人は慌てて身支度《みじたく》を調《ととの》えて、何事もなかったような顔で、悦治を出迎えた。

「言われたモノは買ってきたよ」

悦治は不機嫌な顔で、紙袋を妻に差し出した。

「話はどこまで進んだ？」

「正直、あんまり進んでませんね。どうも、あなた方ご夫婦と入江さんとの間には温度差がある。娘さんのことが心配ではないんですか？」

「それは、入江先輩が警察のヒトだからでしょう。なまじ世の中の裏側を熟知していると心配性になる」

紙袋を受け取った希里子は、キッチンに引っ込んだ。

「誤解されては困るんですが、私たちは娘を放任しているわけではないし、無関心でも放置しているわけでもないのです。あの子の希望を聞いて、私たちなりに調べましたよ。芸能界は競争が激しいし、若い女の子を食い物にしようとする連中もいないわけではない。油断もスキもない世界だということは十分に判っています。だから、そのへんのところも含めて、あの子が入りたいと言ったタカツキカクについて、洗えることは洗いましたよ。その上で、娘を預けても大丈夫だと思ったんです」

「じゃあ、入江さんの取り越し苦労だと言うんですか？」

ええまあ、と悦治はワゴンからバーボンのボトルを取り、大きめのグラスに氷をざらっと入れてロックを飲んだ。

「そうなると、話が変わってきますね。親御さんがそんなに心配していないのだったら、第三者がアレコレ言うべきではないのかもしれませんね」

しかし、入江とこの夫婦のどちらが信用出来るかと言えば、考えるまでもなく入江だろう。この二人が正直だとはとても思えない。

「一応、娘さんの部屋を見せて貰っていいですか？」

悦治は難しい顔になった。

「それは、どうなんだろう……ある一定の年齢になった子供の部屋は、無断で入るべきではないと思うんですが」

「そういう、一見子供の人格を尊重する理想的な親が、子供のSOSサインを見逃したり、窮地に追いやってしまったりするんですよ。普段から子供のことをよく判っている親なら、信じてまかせる、という信頼関係もアリでしょう。しかしオタクの場合は……」

「いや、だから男親がね、根掘り葉掘り聞くと、あの年頃の女の子は嫌がるんですよ。只でさえ男親は汚い存在なんだから」

佐脇さんは独身だから判らないでしょ、と悦治は不満気だ。

「結構。私が勝手に見たということにしてください。どこです？」

佐脇は立ち上がった。たぶん階段を上がった二階だろう。

「あ、この部屋です」

後から追ってきた悦治が自分からドアを開けた。

部屋は八畳くらいの洋室で、女の子にしては地味な、濃紺のベッドカバーの掛かったベッドに机と椅子。本棚には学習参考書のほかに、歴史や自然科学に関する書籍が並んでいる。英語のペーパーバックもある。漫画や小説の類は見当たらない。どう見ても真面目で優秀、いかにも成績の良さそうな女子高生の部屋という趣《おもむ》きだ。

あまり物を飾るのが好きではないのか、ぬいぐるみとかマスコット、フィギュアの類も置いていない。机の上には水晶か何かの鉱物標本。そしてどこか海外で、ほかの若者たちと一緒に写っている写真があるだけだ。

「これは？」

と尋《たず》ねた佐脇に悦治は「それは奈央が夏休みに短期留学した時のものです」と答えた。

アイドルの写真も、芸能関係の雑誌なども、この部屋には見当たらない。

「普通、アイドル志望だったり芸能界に興味のある子なら、部屋中にポスターや写真をベタベタ貼ってるもんじゃないんですかね？」

「それは……」

悦治はしばらく口ごもったあと、ようやく答えた。

「地方の女の子なら、そういうこともあるでしょう。遠く離れているだけ憧れが強いですからね。しかしうちの娘は生まれた時から東京にいるんです。芸能界といっても、特別なものじゃないんですよ」

「そんなものですかなあ」

クローゼットを開けると、大人しい色とデザインの女の子の服がきちんと仕舞われていた。

部屋の中と同様、整理整頓《せいとん》されている。

机にあったノートを広げてみると、きれいで読みやすい字が整然と並んでいた。

こういう子が芸能界に入りたいと思うものだろうか？

いやいや、それは偏見というものだろう。アイドルになりたいのはみんな派手でミーハーで勉強嫌い、などと決めつけるのは良くない……。

佐脇はそれでも内心、首を傾げていた。

「私には、この年頃の女の子の気持ちは全然理解出来ません」

「そうでしょう？　親にだって判らないんだから」

自分で言うとおり、悦治が娘のことを判っているとは全く思えない。

「あの……いいかしら」

ドア陰から希里子が顔を出した。

「支度が出来たので、お食事、してってくださいな」

すでに亭主には間男していたのを感づかれているかもしれないし、これ以上長居しても娘の奈央について詳しく訊けるとも思えない。

佐脇は辞去することにした。

＊

うどんを食べるとおツユが真っ黒なのにカルチャーショックを受けてほとんど残し、ラーメン屋に入ると、これまた東京ラーメンのあまりに軽い味が食い足りず、仕方なく全国共通の味であろうハンバーガーを食って飢《う》えを満たしていると、入江から電話が入った。

『どうしたんですか？　登庁しないんですか？』

そう言われて、意外だった。

「え？　サッチョウに出勤してタイムカード押さなきゃイカンのですか？」

『一応、正式な辞令が出て転属になったんですからねえ、新しい勤《つと》め先に全然顔を出さないというのはマズいでしょう？　上司として私が困る。監督責任を追及されてしまいます。辞令交付とかの正式な手続きを、まだ全然やってないでしょう？　あなただって一応公務員なのですから、役所としての警察の形式主義ってモノを知らないわけでもないでしよう』

「ああ、では今から向かいますよ」

佐脇は紙ナプキンで口を拭《ぬぐ》って立ち上がろうとした。

『ところで、大多喜のところに行ったんですよね？　なにか成果はありましたか？』

どうやら入江の電話は、呼び出しではなかったようだ。座りなおして答える。

「そうですね。あの夫婦は自分たちの娘をあんまり愛していないことが判ったのと……それとあの亭主、ちょっとヤバいんじゃないですかね。スジの悪そうな連中が出入りしてるみたいですよ」

『そうですか……』

そう言った入江は、しばらく黙ってしまった。

『で？　佐脇さん、今どうしてるんです？　芸能プロの寮の住所は当然聞き出したんですよね？　聞き込みには行ったんですか？』

「なあ入江さんよ。そんな素人みたいな真似してどうするんだ？　調べもしないで、いきなり敵陣に乗り込めっていうのかアンタは？」

そうは言ったものの、大多喜夫妻の、あのやる気のない態度を目の当たりにすると、なぜ入江が実の親以上に心配するのかがますます不可解になってくる。佐脇としても、今ひとつ積極的に動く気になれない。

「まあそれはおいおいやります。今からサッチョウに顔を出した方がいいんなら……」

『いえ、私は今、違うところにおりますので、今から来られてもどうしようもないんです……その代わり、夜、空けといてください。品川のある場所で待ち合わせましょう。天王洲の駅の近くです。今ちょっと忙しいので』

詳しい事は後ほどと言って、電話は切れた。

言われてみれば、新しい職場である警察庁に出勤はしていないが、いついつに来いという具体的な指示はなかったのだ。それを考えると、この転属自体、正式なモノなのかどうか疑問が湧いてこないでもない。

それなら夜まで東京見物、といってもお上りさんが行くような場所を巡るのはバカバカしい。どうせならインターナショナルなオノボリサンになろうと、海外のガイドブックにも載っているという高尾山《たかおさん》に行ってみることにした。

山頂まで登ったり駅近くのそば屋でビールを飲んだりしているうちに、あっという間に夕方になってしまった。

うどんはダメだがソバには関東の黒いツユが合う。

ソバをお代わりして啜《すす》っていると、入江から再び電話が入った。

『ではお約束どおり、これから品川のクラブで待ち合わせましょうか』

「クラブ？　オネエチャンがいる高級な」

『またそんなお約束のボケをかまさないでください。昔はディスコと言っていたような形態の店です。りんかい線か東京モノレールの天王洲アイル駅で降りて「クスコ」と言えばすぐ判ります。例の撲殺事件が起きた店です。事件の時とは店名が変わっていますが。そこに二十三時に』

ずいぶん遅い時間だ。

「もっと早い時間に行って、さっさと帰ってくるわけにはいかないのか?」

『遊びに行くんじゃないんですよ。別にアナタを接待しようと言うんじゃないんです。今夜そのクラブに、大多喜奈央さんが来るかもしれない、という情報を摑んだので』

移動を考えても、まだ時間はたっぷりある。

判りましたと返事をした佐脇は、ビールとつまみのお代わりをした。

時間を潰さなければならないが、別の店に移動するのも面倒だ。

杯を重ねてほろ酔い気分でスマホを弄り、乗り換えを検索してみると、「高尾山口」から「天王洲アイル」まではどのルートを使っても一時間三十分程度かかる事が判った。

思ったより遠い。東京なんて狭いところにギッシリと何もかもが集まっていると思っていたのに。

少々慌てた佐脇は残ったビールを急いで飲み干し、つまみの「天ぷらの台抜き」をかき込んで店を出た。

東京は意外に広い。しかも高尾山は東京のかなり西に位置していて、天王洲のある品川はその反対の端だ。東京を東西に横断する格好になる。

首都の地理に不案内なオッサンは慌てて電車に飛び乗った。

新宿《しんじゅく》・大崎《おおさき》と乗り換えて、九十分近く掛けてやってきた天王洲アイル駅からビル街を歩いていると、路上に駐まった見覚えのある車から、入江が降りてきた。いつものように濃紺スーツの高級官僚姿だ。

「電話したとき、飲んでたんでしょう？　まだ酔いが残ってるんじゃありませんか？」

「大丈夫。電車に揺られて完全に醒めましたよ」

佐脇は入江のお堅いスーツ姿をジロジロと見た。

「役所からそのまま行くんですか？　そのカッコじゃ浮いちゃいませんか？　浮いていいのはお船だけってネ」

「あのクラブに来るのは若者だけではありません。それなりの社会的地位のある大人も来ますよ。ですからこういう格好でも大丈夫なんです。むしろ中途半端にカジュアルだと、センスの悪さがバレて笑いものになるくらいです」

ああそういうモノですかと、佐脇は入江にくっついて行った。

「タカツキカクと関係の深い、さる財界人が今夜ここに来るという情報を掴みましてね。

そういう時には……いわば接待要員として必ず新人アイドルか、その予備軍が駆り出されることになっているんです」

「ほう?」

佐脇はタバコに火をつけた。

「さすが、入江さんの情報網は広いですな」

そう言われた入江は苦笑するだけで受け流した。

大方、クラブの従業員に金を渡すか、もしくは警察情報を利用して弱味を握り、奈央が来るという情報を摑んだら連絡するよう命じていた、というところだろう。

若者たちが続々入っていくエントランスで行列に加わり、入場料を払って中に入ろうとしたところで、門番役の黒服が「身分証明になるものを見せてください」と言いだした。

「未成年は入れないので」

「おいおい、五十のオッサンを捕まえて何言ってる? おれたちがトシを誤魔化してる可愛い高校生に見えるか?」

佐脇が嚙みつくと、入江は苦笑してあっさり運転免許証を見せた。

「こういう事は形式ですから。彼らも後からトラブルになるのが嫌なだけですよ」

入江に促される形で佐脇も運転免許証を見せて、中に入った。

場内は熱気に溢れ、腹に堪《こた》える重低音がずんずん響いている。薄暗い中、時折ストロボが光り、レーザー光線が闇を切り裂くように巡回している。
フロアでは若者たちが音楽というか騒音なのかよく判らない「音」に合わせて踊ってい
る。というか身をくねらせている。
そのフロアを囲むようにテーブル席がある。
席に案内された佐脇たちは場内を見渡し、フロアではなく客席を観察した。
「あの辺が、いわゆるＶＩＰ席です」
入江が手で示したのは、一段高くなった壁際に、三方を区切られて、周囲から隔《へだ》てられ
た席だった。そこからならフロアを上から一望できる。一般席はダンスフロアを囲んで、
スツールのような椅子と小さなテーブルが隙間なく並べられているだけだが、特別席であ
るそのスペースには、ゆったりとしたソファが置かれ絨毯《じゅうたん》も敷かれている。
「あの席は別扱いでね、専用のスタッフがついてリムジンでの送り迎えもあるそうです。
昔の芝居小屋の御大尽《おだいじん》席のようなものでしょうか」
そう説明していた入江の表情が急に硬くなった。
ＶＩＰ席にいる奈央が目に入ったからだ。写真でしか彼女を見たことがない佐脇でも、
奈央はハッキリと見分けられた。
ハッとするような美少女が緊張した表情で、全身をこわばらせるようにして座っている
からだ。

一見して高校の制服のような白いブラウスとチェックのミニスカート、ハイソックスを奈央は身につけているが、ブラウスはシースルーで、白い清純そうなブラが透《す》けている。スカートもひどく短い。奈央は始終その裾を引っ張って、半分以上露《あら》わになった太腿を必死に隠そうとしている。

一人の男を挟んで奈央の反対側に座っているのは、愛らしい奈央とは対照的な、キツい感じでクッキリした顔立ちの美人だ。おそらく奈央と同じアイドル予備軍なのだろう。たぶん奈央と同年配なのだろうが、そちらの美少女の胸は大きく突き出している。いわゆる「巨乳」だ。そのせいもあって、少し年上に感じるような色香がある。

彼女は奈央よりさらに露出の多い、下着かと見まごうような黒いレザーのボンデージファッションを纏《まと》っている。たわわなバストのふくらみが、いやが上にも強調されたデザインだ。ボンデージ風レザースーツのバストトップは、金属の鋲《びょう》で飾られている。ロケット型の爆乳を同じくきわ立たせるデザインだ。下半身はいまどき珍しいハイレグで、網タイツを穿《は》いた見事な長い脚に、黒エナメルのヒールを履いている。

そして奈央と巨乳少女に挟まれていわば「両手に花」状態でヤニ下がっているのが、いかにも金回りのよさそうな中年の男だ。着ている服は悪趣味すれすれの遊び着で、ヘアスタイルもウェーブをかけてサイドに流し、襟足をすっかり覆うような遊び人スタイル。

ちょっと見は整った顔立ちで、年相応の格好をしていればそれなりの紳士に見えないこともないのに、わざと遊び人風の若作りをしているところが悪趣味だ。

「……あの男、どこかで見たことがあるなあ」

　佐脇が首を傾げていると、入江がさらりと教えた。

「あれは極東製紙の三代目ですね。四方田《しもだ》寧《やすし》氏」

「三代目って……極東製紙と言えば、ウチの……鳴海の近くにも工場がある名門の大手製紙会社じゃないか。そこの社長が、あんな遊び人の成金オヤジみたいな格好をするか？」

「あの会社は完全な同族経営で上場もしていないですからね。取締役は全員身内、株もほとんど一族で持っているので、金を貸してる銀行も何も言えない。経営的には黒字だし、あの社長には怖いものがないんですよ。それをいいことに六本木《ろっぽんぎ》や西麻布《にしあざぶ》での、夜ごとの豪遊や芸能人との交際が取りざたされています」

　遊びの延長で「銀狼」ともつながりがあり、その「銀狼」と通じているという噂のある所轄《しょかつ》の警察からも大目に見られているので、ああいう遊び方ができるのだと言う入江の表情には、憤《いきどお》りのようなものが浮かんでいる。

「それでもこのまま行けば、いずれマスコミ沙汰になるでしょう。芸能人のタニマチを気取るのは一部の財界人にとって、麻薬のような魅力ある遊びです。最初は虚栄心を満たすために芸能人を侍《はべ》らせて酒を飲んでいたのが、やがて芸能界との派手な付き合いそのものが目的になってしまう。過去には未成年アイドルとの淫行で逮捕され、地位を失った新興企業の経営者もいましたね」

二人の視線の先にいる極東製紙の四方田社長は、二人の美少女の肩を抱いたり、代わる代わるにうなじに顔を埋めて匂いを嗅いだりしている。どうせ「若い女の子はいい匂いがするね！」などと言っているのだろう。

少女たちは二人とも明らかに嫌がっており、必死に我慢している様子がありありと窺える。

そんな社長の周りには、明らかに堅気ではない面々が座っている。一見しただけで、社長を取り巻く状況がすでに普通ではなく、危険水域に入っていると判る。判っていないのはのぼせ上がった当人だけだ。

御大尽気分に酔っている社長のすぐ側、奈央を挟んだ隣にいるのは、黒いタンクトップを着た筋肉男だ。二の腕や胸に盛り上がった筋肉を見せつけている。獰猛《どうもう》な顔立ちのスキンヘッドで、これでもかと全身に装着したシルバーのアクセサリーをじゃらじゃらさせ、その視線は、社長が両側に侍らせているアイドル候補生をなめ回すように、ニヤニヤと視姦している。

顔はともかく、その筋肉に、佐脇は見覚えがあった。

こいつはひかるが出たニュース番組で流れたインタビューを受けて、好き勝手に喋っていた筋肉野郎こと高田ではないか？

その筋肉男が突然、奈央に何か言った。そしてミニスカートの裾を引っ張る手を外させ、奈央の膝頭に手をかけると、無理やり股を開かせた。

うほほ、と社長は喜色満面になり、美少女の両腿の間を覗き込もうとした。

奈央は、泣きそうになっているが、必死で我慢している。

「ちょっと……あの狼籍《ろうぜき》はなんですか？」

佐脇が立ち上がろうとしたのを入江は止めた。

「まあ、もうちょっと様子を見ましょう」

「なに水戸黄門みたいな事言ってるんだ！」

佐脇は反撥《はんぱつ》した。入江はもう少し大きな罪状で押さえる方がいいと思っているのだろう。しかしその間、奈央は恥辱《ちじょく》を味わい続けることになるのだ。

「この段階で介入しても無駄です。彼女たちは自由意志でここに来ている、アイドルになりたくてタカツキカクに入ったからだ、と言われてしまえば引き下がるしかなくなります」

「あの子が本当に自分で決めたことならね。入江さん、あんたも奈央が自分で決めた事かどうか、それが疑問だったんじゃないのか？」

佐脇はそう言いつつＶＩＰ席の監視を続けた。

筋肉男は奈央に無理じいを続けている。すると……うしろに黙って控えていた痩《や》せた若者が、筋肉男の耳元で何かを言い、奈央の膝頭にかけていた手をはずさせようとした。

さすがに社長と筋肉男の乱暴狼藉を見兼ねたのだろう。

だが、筋肉男はさっと立ち上がりざま、痩せた若者を思いきり殴りつけた。

ドスッという鈍い音がして、若者はそのままフロアに昏倒《こんとう》した。

「おい」

ここで再び佐脇が立ち上がろうとした。こういう光景を見ると条件反射で腰が浮いてしまうのだ。

「おやめなさいって。あれではまだ、仲間内のケンカです」

再び、入江が止めた。

「それよりあちらの男性に、見覚えがないですか?」

ＶＩＰ席の中で入江が指し示した方向に座っているのは、社長や奈央たちと距離を置き、冷静にロックグラスを傾けているポニーテイルの男だった。

細身で黒ずくめのファッションに身を包んでいる。派手にアクセサリーをつけた筋肉男とは対照的に、腕時計以外の装身具は何も身につけていない。だが、その全身から、殺気のようなものが濃厚に立ちのぼっている。

入江の出版記念パーティに来て希里子と話していたやつに間違いない。

そのポニーテイルは、社長の破廉恥《はれんち》な行為を無視しているようだ。同じＶＩＰ席にいるのだから、ツレのはずだが。

一方、佐脇たちに見張られているとは夢にも思わない四方田社長は、若者が殴り倒されたのも余興のように思ったのか、拍手して水割りか何かのグラスを空けると、今度はキツ目の巨乳美少女に狼籍のターゲットを変えた。

黒いレザーの服を着せられた彼女も、奈央に負けず劣《おと》らず社長に触られることを嫌がっているが、筋肉男が社長の機嫌を取るように、ヘラヘラしながら彼女の黒いレザースーツの胸元に手を伸ばした。

美少女がそれから逃れようと全身を背《そむ》けた。だが、次の瞬間、筋肉男が「ほら!」と言わんばかりに高々と差し上げた手には、金色の鋲が輝いていた。

その飾り鋲は、美少女の黒いレザースーツの、片方のバストトップからもぎ取ったものだった。胸の部分、それも膨らみの頂点に当たる部分は着脱式になっていたのだ。

美少女は必死に胸を両手で覆い隠したが、筋肉男は飾り鋲を床に投げ捨てて、美少女を後ろから羽交《はが》い締めにした。

飾り鋲を外されたレザースーツのバストトップからは、美少女アイドル候補生の薄桃色の乳頭が完全に露出した。

彼女の大人びた美貌とはミスマッチな、清純で可憐《かれん》な乳首が、くり抜かれた穴から、隠すこともなく、男たちの目に晒《さら》されてしまった。

乳首だけが露わになるという姿は、ヌードモデルがしなを作って写っている一昔前のエログラビアなら、ひたすらに下卑《げび》て下衆《げす》で下品なものだが、この場合は違った。少女の躰の、見てはならない聖なるものを見てしまった、と思わせるのに充分な、猥褻と言う以上の、ショッキングな背徳感が漂っている。

美少女は整った顔立ちを歪《ゆが》ませ、羽交い締めにしている筋肉男に必死に抵抗している。叫ぶ声が佐脇たちの席にまで聞こえてきた。

「てめぇ何すんだよ！　離せよ！　いい加減にしろよ！」

きつい外見にふさわしく元ヤンと言ってもいい荒っぽい言葉だが、筋肉男に後ろから両腕を押さえつけられているので、いくらもがいても、胸を隠すことはできない。

「おい、あの子は不良少女とか非行少女とか、そういう女なのか？」

「いえ、大多喜奈央と同じ、アイドル予備軍だと思いますよ」

「なにか？　東京ではアイドル予備軍が枕営業でもなんでもするのが常識で、こういうのは日常茶飯事なのか？」

佐脇の憤りをよそに、「社長、こいつ格好つけてるから、もう片方も取っちゃっていいっすよ！」という筋肉男の声が、佐脇たちの席にまではっきりと聞こえてきた。

社長と呼ばれた年輩の男は嬉々《きき》として少女に襲いかかり、剝き出しにされている左の乳首にむしゃぶりついた。佐脇たちのいる席にまで、チュウチュウと吸いたてる音が聞こえてきそうだ。

　社長は美少女の胸を吸いながら、もう片方のバストトップについている飾り鋲も毟《むし》り取ってしまった。両方とも剝き出しにされた乳首を、指先でくりくりと嬲《なぶ》っている。桜色だった乳首はみるみる紅く硬くなり、美少女の表情も屈辱と羞恥《しゅうち》、そして衆人環視の中で敏感な場所を嬲られているショックのためか、真っ赤になっている。

　社長の執拗な愛撫を逃れようとしても、筋肉男にがっしりと押さえ込まれているので少女は身動きも出来ず、何か叫ぼうとすると別の男に口を塞がれるので、いやいやをするように頭を振るだけで、この屈辱に耐えるしかない。

　その真横にいる奈央も、社長の毒牙を逃れたものの、朋輩《ほうばい》がひどい辱《はずかし》めを受けているのを見て、ショックを受けているようだ。今にも泣き出しそうな表情で震えている。

「おい。もういいだろう。そろそろこのへんで助さん角さんの出番だろ」

　我慢を重ねた佐脇がのそりと立ち上がったが、入江も今度はさすがに止めなかった。

　佐脇はそのまま、奈央たちのいるＶＩＰ席にのしのしと迫っていった。

「お取り込み中悪いけどね社長さん。そいつはちょっとヤリ過ぎなんじゃないですか？」

　ＶＩＰ席を横から覗き込みそう言った佐脇は、言い終わらないうちに一段高くなった席によじ登り、社長の右腕と左肩をぐっと摑んで、力尽くで美少女から引き剝がした。

「……あ？　何だきみは」

口の周りをよだれだらけにした社長は、行為を中断されて怒った。

「なぜ邪魔するんだ！　失敬だなきみは。こんな場所で野暮を言うんじゃないよ」

佐脇は怒りを抑え、最大限に礼儀正しく続けた。

「こんな場所って言いますが、ここは一応公共の場なんじゃないですか？　あんたがその子に何をしてるか、おれにだって見えた。公然猥褻罪だ。その子は嫌がってたから強制猥褻でもある。それにその子が未成年なら……淫行条例ってやつにも引っかかるな」

「猥褻罪だとか淫行条例だとか、不作法だなきみは。私を誰だと思ってる？」

「極東製紙の社長さんでしょう？　大企業の社長ともあろうものが何やってるんですか？　バカですかあんた」

「何？　バカだと？　一体誰に向かってモノを言っているんだ！」

逆ギレした社長は顔を真っ赤にして立ち上がり、佐脇を指さしてわめき始めた。

「遊びの席で余計なお世話だ！　だいたいなんだお前は？　私のことを調べたのか？　どこのマスコミだ？　名誉毀損《めいよきそん》とプライバシーの侵害で訴えてやるからな。何様のつもりだ！　警察でもあるまいし」

「ところがその警察なんだな、おれは」

佐脇はニヤリとした。

社長は一瞬怯んだが、「だったら証拠を見せろ」とわめき立てた。

お安い御用だと胸ポケットに手を入れた瞬間、佐脇は困った。東京に来て、まだ一度も警察庁に登庁していない。新たな身分証を手にしていないことを思い出したのだ。

「おい、どうした。お前はニセ警官か！　どうせこんなカワイコちゃんと遊べないヤッカミだろ、この貧乏人のスケベオヤジが！」

社長は、ここぞとばかりに佐脇に罵声を浴びせた。

「あ、社長……お言葉ですが……」

美少女を羽交い締めにしていた筋肉男が、彼女から手を離して社長に告げた。

「こいつは本物です、社長。ただし最低最悪のマッポで、しかも東京の人間じゃない。T県から来たポッと出の田舎のポリです」

「何？　T県？　T県ってどこにある？　日本か？」

社長は虚勢を張って喚《わめ》き続けたが、筋肉男はまあまあと抑える側に回った。

「ただの田舎のクソ刑事です。見逃してやってください」

筋肉男の外見は見違えるほどに変わっているが、その声には聞き覚えがあった。

「お前は……やっぱり高田か。ずいぶんと豪勢な筋肉をつけたもんだな」

筋肉男、こと高田は、ニヤリと笑って応じた。

「ああ。覚えててくれたか。あんたには昔、ずいぶん世話になったよな」

高田は、社長に向かって佐脇のことを簡単に説明した。

「暴走族からもカネを取ってたクソ野郎でね」

「しかし高田。お前はガキの頃は女の子にも泣かされる貧弱で臆病でバカなクソだったのに、ずいぶん変わったな。今は筋肉モリモリのクソか」

「ああ。おかげさんでね。鳴海にいた頃はたしかに貧弱だった。だからお前みたいな極悪野郎に勝てなかった。だから東京に来てステロイド飲んでジムに通って肉体改造したんだ。もうあの頃みたいなヒヨワなおれじゃないんだぜ」

「おでんのチクワが磯辺揚げになったようなもんか？　外見はゴテゴテしてるが、中身はやっぱりスカスカってな」

せせら笑う佐脇に高田はいきなり逆上した。

てめぇぶっ殺す！　と奇声を上げ佐脇に飛びかかってくる。

が、激突寸前に体をかわされ、突進した勢いが止まらずにそのまま、一段高くなったVIP席から、下のフロアに転落した。

きゃああ！　と悲鳴が上がって、周辺から人が飛び退いて大きな輪が出来た。

それを追って佐脇が飛び降りると期せずしてタイマン勝負になった。

「相変わらずだな。筋肉はついてもやっぱり脳味噌《のうみそ》は昔のままか」

「なんだとこの野郎！」

仲間たちの前で罵倒されたのが悔しいのか、高田の上半身は怒りで赤く染まった。

突進してきた高田が素早く繰り出すパンチを佐脇は数発受けたが、足払いを掛けて倒してやった。すぐに起き上がって襲いかかる高田を、今度は背負い投げにする。

ストリートファイトVS正統派の柔道、という形になったかと思いきや、佐脇はまたも立ち上がった高田の鼻に拳を見舞った。

ドバッという擬音が実に正確な表現に思えるほどに、高田の鼻からは大量の鼻血が噴き出した。しかしそれでも筋肉男は怯むことなく佐脇に向かってくる。

「おいおい。まずはマスでもかいて鼻血を止めろ。お前は中学生か」

高田の形相が、完全に変わった。

今度は手近にあったスツールを持ち上げ、それを振りかざしつつ向かってくる。

だが、またも佐脇に体をかわされて空振りに終わってしまった。

「おい高田!」

場内のどこからか声がかかり、金属バットが放り投げられた。

それをキャッチし、がっしと握った高田の血だらけの顔に、満面の笑みが浮かんだ。

「佐脇。死んで貰うぜ!」

どりゃあああと叫びながらバットを振りかぶった、その時。

バットを持つ高田の右腕を摑んで捻りあげる男がいた。

さっきから場の喧噪《けんそう》とは一切無縁な顔をして酒を飲んでいた、ポニーテイルの男だった。

「この辺で止めておけ。まずいだろ」

「そ、総長……」

総長と呼ばれたポニーテイル男は、自分のポケットからハンカチを出すと高田に渡した。

「とにかく顔を拭け。流血の惨事だと思われると困る」

はい……と高田はあっさりと引いた。どうもこの男には絶対に頭が上がらないらしい。

「とんでもない色ボケ集団だと思っていたが、あんたは話が判るようだ。ならば頼みがある」

「言ってみてください」

ポニーテイルの「総長」は冷静な声で佐脇に答えた。

「悪いが、そこのお嬢さんは連れ帰らせてもらう。おれはその子の両親から、家に連れ戻してくれと頼まれてるんだ」

「それは無理だ」

冷たい目をした「銀狼」の総長が首を振った。

「どこの馬の骨かも判らないあんたに、大事なウチの商品を渡すわけには行かないだろ。

高田の昔馴染《むかしなじ》みらしいが、昔は警官でも今はどうだか判らない。地元のT県じゃ有名なデカかもしれないが、ここではただの怪しいおっさんでしかない。そこらへん、弁《わきま》えてくれ」

「なるほど」

そこでようやく、入江が出てきた。

「捜査権がない佐脇さんには引き渡せない、そうおっしゃるなら、私では如何かな?」

入江は、警察庁官房参事官の身分証を「総長」に見せた。

「私はこの通り、れっきとした警察庁の人間です。刑事ではありませんから、やはり逮捕も捜査も出来ませんが、それは後から面倒なことにはならない、という意味でもあります。ここは、この人の言う通りにしてやってくれませんか?」

「総長」は入江の身分証をしげしげと眺めたあと、氷のような眼差《まなざ》しで入江を、頭のてっぺんから爪先まで、値踏みするように見た。

「警察庁官房参事官か。入江サンとやら、あんた、奈央の何なんだ?」

「私は奈央さんのご両親の古くからの友人です。奈央さんを連れ戻すことを、ご両親から頼まれておりましてね」

「母親にも?」

「ええ、そうです」

細身の黒いスーツに黒いシャツを着た「総長」は、しばらく無言で入江を見ていた。

「希里子が……そんなはずはないんだがな」

奈央の母親をキリコと呼ぶ間柄《あいだがら》なのか？　という疑問を佐脇は抱いたが、当然ながら、それは入江も同じだろう。

「奈央の親をダシにしてるだけなんじゃないのか？　警察庁の入江さんよ」

「ダシにする、という意味が判りませんが、古くからの知人が私を頼ってきたのです。ひと肌脱ぐのは当然でしょう？」

ふふん、と「総長」は鼻先で嗤《わら》ったように見えたが、その冷たい表情には変化はなかった。

「そっちの彼女もです」

入江はきつい美貌の巨乳少女を示した。

「衆人環視の中で猥褻な嫌がらせを受けていたのを目撃した以上、このまま放置するわけにはいかない。私には逮捕権も捜査権もないが、所轄に連絡してしかるべき人間を寄越させることは出来る。彼女を解放しないのなら、それなりの覚悟をしなさい」

入江はそう言って、四方田社長を睨みつけた。

今まで怖いもの無しだった分、打たれ弱そうな社長は、入江が警察庁の人間だと判った途端に青ざめ、小さくなっている。

「いかがですか、四方田社長！」

入江に問いただされた瞬間、社長はビクッとして飛び上がった。

「お、仰る通りです……」

身元も何もかもバレていると悟って気弱になった四方田寧社長は、「銀狼」の総長を説得し始めた。

「あの……どうかここはひとつ、穏便《おんびん》にして貰えないか？　こういうことが公になると困るんだ、私は」

総長は冷静に頷いた。

「そうですか。社長がそう仰るのであれば、そのようにしましょう」

高田がフロアに転落してから騒然としていた場内は、やっと深夜のクラブでは普通の喧噪に戻った。

クラブの入り口で佐脇と入江が待っていると、二人の少女が青白い顔でやって来た。

「彼女たちのコートを出してあげて」

入江がクロークの者にいうと、係の黒服は首を振った。

「お預かりのものはありません」

「え。こんな格好のままここまで来たのか？」

佐脇は思わず声を上げた。春とは言えまだ夜は寒いのに、こんな超軽装のまま連れてこられたのか。

「取りあえず、出よう。その、寮に戻らないととか、いろいろあるだろうが、とにかく今は、ここから出て自由になるのが先だ」

入江はそう断言して、携帯電話で自分の車を呼んだ。

クラブの駐車場で待機していた入江の専用車が、すぐにエントランス前にやって来た。

「君たち、夕食は？　とにかく何処かで食事しよう」

入江は二人の少女をせき立てるように車に乗せた。

「ええと、君は……奈央さんの事情は知っているが、君の名前は」

奈央と一緒に『救出』した美少女はまだ名前も知らない。

「佳美《よしみ》、と言います。遠藤《えんどう》佳美」

「遠藤佳美さん？　住所は？」

非行少女を補導したときのような口調になっていたことに気づいたのか、入江は謝った。

「ああこれは申し訳ない。遠藤さんはどこまで送っていけばいいのかな？」

「あたしは、小山《おやま》。宇都宮《うつのみや》の手前の」

「昔、遊園地があったところですね」

ここで入江は、彼女たちの超軽装をどうにかすべきだとやっと気がついたのか、自分の上着を脱いで奈央に掛けてやった。

「佐脇さん、あなたも」

と促されて、佐脇も自分の上着を佳美に掛けてやった。こういう、二枚目がやると似合いそうなことはやり慣れていない。

深夜も開いているショッピングセンターに車で向かい、彼女たちが着るマトモな服を買い与えた。まさか、乳首丸出しのレザー・スーツのままで親元には帰せない。それは奈央も同じだ。

入江は、奈央にはシースルーのブラウスの上に羽織るパーカー、佳美には同じくシャツとインナー、そしてジーンズを買い与え、店の試着室で着替えさせた。

カーテンを開けて出てきた二人は、ごく普通の女子高生といった風情《ふぜい》の女の子に戻っていた。

そのあと、車はこれまた深夜でもやっている、ファミレスに少し毛が生えた程度のレストランに向かった。

「根掘り葉掘り聞くつもりはありませんが、これっきりというわけにもいかないので」

入江は、佳美からいろいろと聞き出した。

「君もスカウトされてタカツキカクに入ったの？　それと、奈央くんにも訊きますが、君のお父さんはアイドルになりたいという君自身の希望があって、君があのプロダクションに入ったと言っている。それは本当ですか？」

「あたしは……」

佳美が奈央よりも先に、ポツポツと話し始めた。

「芸能界に入りたいと思ってました。日曜に渋谷《しぶや》や原宿《はらじゆく》を歩いてれば芸能プロにスカウトされると聞いたので、自分では目立つ格好だと思う服を着て、毎週日曜に東京に来て……」

「それでスカウトされた、と？」

訊ねるのはもっぱら入江で、佐脇は聞き役だ。自分のような強面《こわもて》のオヤジは口を挟まない方がいいと思っている。

「よく判らないんですが、スカウトというのは、早い者勝ちなの？　スカウトされても返事を保留して、幾つかの事務所を比較検討したりするんですか？」

入江はあくまで優しく訊ねている。

「あたしの場合は、最初に声を掛けてきた人に、とにかく話を聞いてほしいと言われて、近くのマックに入って熱心に勧誘されました。自分で言うのもアレですけど、あたし、けっこう自信があったから、幾つでも事務所が声かけてくれると思ってたんですけど、実際にはタカツキカクだけで……一ヵ月、毎週日曜に行ってたのに。だから、あたしじゃダメなのかなあって思い始めたときだったし、スカウトの人が凄く熱心で……ウチの所属にはこんな売れっ子もいるからって」

佳美は五人ほどの芸能人の名前を挙げた。それは田舎のオヤジである佐脇でも知っている名前だった。バラエティにもよく出るグラドルに、派手な衣裳と振り付けが話題の歌手、セクシー・タレントとして週刊誌にもよく載る巨乳アイドル……。

「そのあと、事務所が近くだからって、オフィスに連れて行かれたら……大勢の人に取り囲まれて、とにかくサインしろって」

佐脇が奈央を見ると、佳美の話を聞いて頷いている。

「だけど、あたしだっていろいろスカウトのヤバい話は知ってたし、どうせなら大手の芸能プロじゃないと、とも思ってたし、もう少し粘《ねば》って別口を待ったほうが、という気もしてきたので、何度も帰ろうとしたんですけど……」

入江は大きく頷いて見せた。

「威圧的な雰囲気でサインを強要されたって事だね？」

「こんなに時間取って話をしたのに、また改めてとか他所の話も聞きたいとか何だそれは、大人をナメてるのかって大きな声を出されたりして……」

そこまで言うと、佳美は怒りを露わにした。

「あたしそういうのは嫌いだし、特に上から物言われると物凄くムカつくから、ああいう時じゃなかったら、どんなに暴れても絶対、契約書にサインなんかしなかったと思うんですけど」

　佳美は、スケ番ってほどではなくても自分は中学高校時代、地元じゃ結構知られた不良だったから、と笑った。

「暴走族の知り合いも多かったし、ずっと喧嘩上等でやってきたんで、あそこにいた連中を引っ掻いてでも蹴ってでも、ほんとに嫌だったら絶対、事務所から出て行けてたと思うんです。……あ、警察の人にこんなこと言っちゃいけなかったですか?」

　一気に喋った彼女は、そこでナイフとフォークを取り、出されたハンバーグを口にした。

「取り囲まれて、数でプレッシャーかけられて、それで仕方なくサインするなんてありえないですよ。あんなヤツら、ほんとに手を出す度胸《どきょう》なんかないんだから。数じゃなくて気合い、勝負を決めるのはこっちの気合いなんですよ!」

　いらいらして、ナイフを置き、何かを捜すような手つきをした。

　たぶんタバコだろう、と自分もヘヴィースモーカーの佐脇は察した。

　自分も吸いたくなったので、ポケットからタバコを出して佳美に差し出してやる。

「吸いたいんだろ?」

　入江は険しい目付きで二人を見たが、佐脇は構わず佳美に吸わせた。

　彼女は慣れた手つきで一服し、ふわっと煙を吐き出した。

「気合いさえあれば、あんな奴ら、怖くもなんともないのに。すぐにビビるヒトたちが信じられないですよ。まるでウチの家族みたい」

灰皿にとんとんと灰を落としながら言う佳美に、そこで佐脇は突っ込んだ。

「ちょっと待て。さっきもいろいろ引っかかってたんだが……君はさっき、『ああいう時じゃなかったら』と言ったよな？　それに、君の家族は何にビビってるんだ？」

佳美は、ニヤッとした。

「やっぱり聞き逃さないよね。あたしがさあ、警察に目をつけられているモンだから、被害届を出すのを極端に嫌がるんだよね、ウチの連中。オヤジは婆さんのいいなりで、ママは黙っているだけだし。あたしだけなんです、婆さんに逆らってハッキリ物言うのは」

「ちょっと待ってくれ。君がスカウトされる前の話か、それは？」

「あ、はい。そうです。ウチはその時、ちょっと面倒なことになっていて」

ちょっと面倒なこと、の具体的な内容については、佳美は言葉を濁《にご》した。

「それに家族の仲も前から悪かったんです……あたしがツッパってたってこともあるんですけど」

それから両親や祖母への不満を、佳美は堰《せき》を切ったように話し始めた。

「婆さんは『ただささえお前のせいで世間様に肩身が狭いのに』ってそればっかり。オヤジも『母さんに逆らうな』って……ええと『母さん』ってのは婆さんの事ね。オヤジはすぐ手をあげるし。ママも愚痴ばっかりで全然前向きじゃなくて、肝心《かんじん》なときには黙ったままで、あたしを全然庇《かば》ってくれないし……。そんな家が嫌になってたんだ、あたし」

佳美はタバコを思いっきり吹かして、盛大に煙を吐いた。

「だから、寮があるっていうのが決め手だったの。あの家を出られるから」

その鬱屈《うっくつ》した様子に、佐脇と入江はしばらく沈黙した。こういう年頃の女の子と話をするのは難しい。

「それで……あなたが芸能界に入るについては、ご家族の反対はなかったの？」

「ないわけないじゃないですか。アイドルとか芸能界とか聞く前から大反対っていう、田舎のガチガチの人たちだから……でも、事務所の人たちは、あたしを上から脅かしながらオイシイ事も言うんです。レッスン受けさせてあげるって。プロモーションも必要だし、けっこうスケジュールがキツくなるし、早く慣れるためにも寮に入って貰うって……学校はそこから通えばいいだろうって……家を出られるのは、さっきも言ったけど、あたしには嬉しい話だったので」

「最近、こういう手口が多いんですよ」

入江が佐脇にバックグラウンドを説明した。

「以前なら業者も警察が乗り出すラインを知っていて、その一線は越えないようにしていました。けれども最近は撮影機材がデジタル化して誰にでも扱えるようになったので、いわゆる半グレの連中までがＡＶ業界に乗り込んで来ています。無茶で強引な手口が横行し始めているんです」

「暴対法でヤクザがいなくなり、空いた場所に半グレが出てきたってわけだ。入江サンよ、あんたが推進してきたヤクザ追放の結果がこれだ。どう思う？」

佐脇は皮肉交じりに訊かずにいられない。

「その件は改めて。佳美さん。その先を聞かせてください」

「宣材を撮るからって、上半身裸の写真を撮られました。『君、胸大きいよね』とか言われて。まあ、それくらいは仕方がないのかなあと思ったりして。あたしも、胸が大きいのは有利だから、それを強調するような服を着たりしてたし……」

「寮には入ったの？」

はい、と佳美は頷いた。

「けれども、その日すぐにその足でってわけではありませんよね？　高校は小山の方なんでしょう？」

「一度家に帰らなきゃと言ったら、事務所の人がついてきたんです。一番きちんとしてコワくない人だったんですけど、その分、口が上手くて……ウチの親は、最初はもちろん物凄く反対してたのに、一時間後には事務所入りと転校を認めるようになっていました」

「転校までか！」

思わず佐脇が割って入った。

「はい。東京には芸能人を簡単に受け入れる高校が幾つもあるって」

「それはあながちウソじゃないんですが……どこもきちんとした学校ですから、正規の手続きと転入試験が必要になりますが。奈央くん、君の場合は？」

「私は……芸能界に興味はなかったんです。でも、家にスカウトの人がきて……その人の話を聞いていると、なんだか、そうしなくちゃいけないような気になってきて」

奈央の、大人しそうな顔に赤みが差した。

「引っ込み思案で人見知りする性格を直さなくちゃいけないって、お母さんにも言われて」

「つまり、奈央くん、君の場合、芸能界入りは必ずしも自分の意志ではなかったと？」

「入江さんよ、そいつは誘導尋問《じんもん》だ。裁判なら弁護側に異議アリって言われるぜ」

佐脇がチャチャを入れると、奈央は目を伏せた。なんだか辛そうだ。そして言った。

「いいえ。そんなことはありません。自分で決めて、自分の意志で、寮に入ったんです」

この子は本当のことを言っていない、と佐脇が感じたのはその時だった。

入江が二人に同情的に言った。

「あなた方に訊きたいことはたくさんありますが……そろそろあなた方も疲れたでしょう。心の整理も出来ていないだろうから、今日はこのへんにして、今からあなた方を送っていきます」

「いいんですか？　あたしんち、遠いですよ」

佳美が心配そうな声で言った。

「送ってもらえるのなら、とても助かるけど……」

「そうですね。実家の住所を知られているのなら、佳美さん、あなたはしばらくどこかに身を隠したほうがいいかもしれない。東京都内のシェルターを手配しましょうか？」

そう言う入江に佳美は慌てて手を振った。

「いいですいいです。あたし一度実家に戻ります。持ち出したいものもあるし。地元に帰れば友達もいるんで、改めて家を出ればいいだけだから」

「そうですか？　身の危険を感じたらいつでも遠慮なく連絡してきてください。この名刺に、私の携帯番号を書いておきますから」

ありがとうございます、と入江から名刺を受け取った佳美はにっこりした。きつ目の美貌が一瞬、華やかに明るくなり、その笑顔には、タレントとしてデビューしてもおかしくない、と思えるほどの魅力があった。

「入江さん、心配しすぎですよ。実家にあいつらが押しかけてきたら、今度こそ、あたし闘ってやるんだから」

「闘うなんて思わないほうがいいです。すぐに警察に通報してください。何なら私から、地元の県警のほうにひとこと……」

「ですから大丈夫ですって。気に掛けてもらうのはありがたいですけど」

「そうだな。この子の言うとおりだ。入江さん、あんた少し大袈裟《おおげさ》じゃねえのか？」

佐脇も佳美と同じことを思った。だが入江は厳しい表情を崩さずに言った。

「佐脇さん。あなたは東京の、いわゆる半グレ集団の本当の恐ろしさを判っていない」

「いや、それはまあ、ひかるから話は聞いているが……」

都市伝説みたいな話を、と言おうとしてやめた。

「嘘じゃありません。彼らの暴力には歯止めがない。全員が若者で、ブレーキになる年長者もいない。組織とルールと命令系統を持つ暴力団とはそこが違うんです。時々……」

そこで入江はためらい、独り言のように続けた。

「……思うことがあります。暴力団を排除したことは正しかったのか、私がやってきたことはこれで良かったのかと」

だがすぐに気を取り直したように語調を変えた。

「地元の警察には、やはり連絡しておきます。ショックなことはあったと思うけれども、なんとか心を整理して。また時間を作ってください。これ以上被害を出さないようにするためにも、まだいろいろ訊きたいことが残ってるので」

はい、と二人の女子高生は答えた。

佳美も奈央も食事らしい食事をしていなかったようで、ダイエットなど気にする様子もなくたっぷりと食べ、温かいコーヒーを飲んでひと心地ついた。

笑顔が戻った二人を、入江はまるで父親が娘を見るように柔和《にゅうわ》な表情で眺めている。今まで佐脇に見せることのなかった、初めての表情だ。

「さて……もう一時だ。今から送っていこう。私は奈央さんを送り届けます。佐脇さん、あなたは佳美さんをお願いします」

「小山、だったよね。ええと、タクシー券とか貰えないのかな?」

「あとから精算でいいでしょう」

細かいことを言わないでくださいと、入江と奈央は先に店を出、佐脇はタクシーを呼んだ。

「なんか、済みません……」

殊勝《しゅしょう》に頭を下げる佳美に、田舎のオジサンはイヤイヤと鷹揚《おうよう》に手を振った。

「さっきは訊かなかったけど、寮ではヘンなことされなかったかな? タレントに、という話が、実は違ってたという事はなかった?」

「それはなかったです。だから、さっき、いきなりああいう事をされたので、物凄くショックだったし腹も立ったし」

なるほどね、と佐脇は頷いた。

「で……まだおれには引っかかってるんだけど。さっき、君が『ウチはその時、ちょっと面倒なことになっていて』って言っただろう？　その話をもうちょっと詳しく聞かせてほしいんだが」

こういう年頃の女の子は、自分の家の恥を友達には知られたくないだろう。さっきは奈央の前で言えないことがあったんじゃないかと佐脇は踏んだのだ。

「それですか？　まあ、ウチの親はしきりに違うって言うんですけど……なんか、ヘンな連中のカモにされてるみたいで。あたしがそれを言うとオヤジはムチャクチャ怒るんですけど、たぶん図星で、自分がバカなのがバレるのがイヤで、それで怒るんだと思うんですよね」

佳美は、自分の家の事情を細かく話し出した。

彼女の実家は土地持ちの農家で、ある時期から訪問販売やリフォーム業者が入れ替わり立ち替わりやって来るようになったと。

「なんかのキッカケで目をつけられたと思うんです。親はそんなことはないって頭から否定するけど、それはつけ込まれた自分たちのダメさを認めたくないからだと思うのよね。だって突然、あたしがバイトで百万円落としたから弁償しろって言う電話が来て、言われるまんまに、取りに来たヤツに百万円渡しちゃったのよ、うちの婆さん。あたし、そんな大金扱うバイトなんかしてないのに」

「何やってたの？」

「ファミレス。ああいう店はバイトにレジ触らせないから」

「婆さんとしては、孫可愛さだったんだろうなあ」

「そうじゃないと思う。イエが大事だったんでしょ。一応昔から続いてるし、オヤジは農協でけっこうエラかったりするから」

佳美が言うには、祖父はすでに死去して三世代が同居しているが、母親と祖母との関係は良くない。父親がマザコンではないかと思えるほどに自分の母親にべったりだからだ。

「思えば、その『ミスった詐欺』っていうの？　それがあって、このウチはカモれるぞってコトになった気がする。オヤジはほら、世間体をすっごく気にするヒトだから、事を荒立てたくないとか言ってるうちにズルズルと、何度も何度も」

いわゆる『おれおれ詐欺』は警察による摘発や注意喚起《かんき》に対抗してどんどん巧妙になっている。指定の口座に金を振り込ませるのは銀行が止めに入ったりするようになったので、最近は直接、集金人のような人物がターゲットの家を訪れてカネを出させるケースもある。

詐欺の実行犯たちは事前にカモにする家の状況をかなり調べ上げる。カネのない家に行っても仕方がないし、用心深い家人がいると判ればそこも敬遠する。

だが一度カモにされると「あの家はチョロい」という情報が廻るので、繰り返し繰り返し、ありとあらゆる詐欺の被害に遭う。そして最終的にその家の情報は窃盗団《せっとうだん》に売り渡される。そういうケースは佐脇の地元、鳴海でも頻発《ひんぱつ》していた。

「あたしは親にも婆さんにも『困った困ったと言ってるだけじゃダメでしょ！』って警察に相談しろって何度も言ったんだけど、お前は黙ってろとか不良の分際で偉そうな口を利くなとか、もう、全然お話にならなくて。それだから、あたしはこんな家を早く捨てて東京に出て行きたいって思うようになって」

「君がその、詐欺の連中と直接やり合ったことはあったの？」

「一度かな？　二度くらいあったかも。ネクタイ締めたサラリーマン風だけど、頭が金髪と坊主なんだから普通じゃないでしょ？　耳とか鼻にピアスしてるし。怪しさ満点でしょう？」

「で、君は、そういう怪しさ満点の連中にガンガンやったわけだ」

「一応ね」

と言った佳美はちょっと舌を出した。

「今度来たら警察に言うからね！　って言ったら、ホントに来なくなったのよ。だから、あたし、結構やるじゃんとか自分で思って」

佳美はそう言ったが、佐脇は逆の可能性を考えていた。

連中はグルで、いいカモである佳美の実家をしゃぶりつくすには彼女が邪魔だという結論に達し、佳美を排除するために、彼女のアイドル願望を利用してスカウトしたのではないか？　そして、スカウトして入れた芸能プロも連中の仲間だとしたら？　佳美が毎週遊びにいっていた原宿でスカウトされた、というのは、最初から仕組まれた段取りだったのではないか……？

深夜、二人を乗せたタクシーは東北自動車道をひた走り、午前三時過ぎには小山市内に入った。

佳美の実家は、市の中心から外れた農村と言ってもいいところにあった。周囲には田《た》ん圃《ぼ》が広がっていて、隣の家は結構離れている。隣家で何が起きているか近所のヒトは判らない。その意味では孤立していて、カモるには便利な立地なのかもしれない。

そして、佳美が東京や芸能界に憧れる気持ちになるのも判らなくもない。

「どうする？　こんな時間というか、まだ朝の三時だが」

ここまで乗ってきたタクシーが行ってしまうと、二人は真っ暗な中に取り残された。

夜明け前で、時折走る車のライトだけが闇を切り裂いてゆく。

こんな時間に突然、自分のようなオッサンがやって来たら家人はビビるだろう。警察関係者だと言っても信じて貰えるかどうか。

かと言って、彼女一人を放り出すわけにも行かない。事情を説明する義務もある。

佳美はと言うと、一時の興奮が収まると、唐突に実家に帰ることへの抵抗が戻ってきた様子だ。

「やっぱり……あんまり帰りたくないんですけど」

「まあ、判らんこともない。親に根掘り葉掘り聞かれるのがウザいんだろ?」

「それもあるけど、なんか、東京で失敗して逃げ帰ってきたみたいなのが、悔しいって言うか」

「気にするな。相手が悪かったんだ。まだ若いんだし、出直せば済むことじゃないか? それに、あいつらに……決定的な事はされてないんだろ?」

そう言った佐脇に、佳美はそれはそうですけど……と言葉を濁した。

彼女の家は、外から見る限りは典型的な農家という感じだった。広い敷地に母屋《おもや》があり、その脇には農機具などを入れる納屋がある。広い前庭は、何かを干すためのスペースなのだろう。

「農業は日曜にしかやってないようなもんです。父親は農協に行ってるし」

そんな家にいきなり乗り込む形になってしまうのは気が引けた。しかし、こんなところで夜明けを待つわけにもいかない。

「悪いけど、入れて貰うか。トラブルがあったのは事実なんだから、何もなかったとウソをつくわけにもいかないだろ」

佐脇がそう言うと、佳美は硬い表情で頷いた。

二人が玄関に近づきインターフォンのボタンを押すと、やがて玄関が明るくなって、引き戸が開いた。

「佳美……こんな時間にどうした」

父親らしい男が彼女を見て、次に佐脇に気がつき睨みつけた。

「あ、私、警察の……」

「警察？　佳美、お前、一体何をしたんだ！」

「何もしてねぇよ。オヤジ、落ち着けよ。説明するから」

佳美も喧嘩腰で答える。父親は二人を睨みつけたまま、それでも黙って身体をずらし、佳美と佐脇を中に入れた。

茶の間か居間かよく判らないが、田舎風の屋敷の広い和室に通された佐脇と佳美は、彼女の両親と相対する形に座って、説明をすることになった。

立派な床の間《とこま》の隣には金ぴかの大きな仏壇《ぶつだん》が造り付けになっているので、ここは仏間だろう。

佳美の母親は、娘の顔を見て、涙を流さんばかりにほっとした様子だ。

「佳美……あんた、心配してたんだよ。よく帰ってきて……」

「お前は黙っていなさい！」

だが相変わらず不機嫌な父親は、妻の言葉をぴしゃりと遮った。

起き抜けの顔は普通にしていても不機嫌そうに見えるものだが、これ以上はないほど不機嫌な父親を前にして、佐脇は簡略化し過ぎた説明をした。

「一言で言えば、佳美さんが所属していた芸能プロダクションがトラブルを起こしまして。私、たまたまその現場に居合わせたものですから、佳美さんを保護して、こうしてお届けに来たわけです」

「娘に……佳美に一体何があったんです？　まさか、間違いでも」

ひたすらおろおろする母親を、佐脇はまあまあと手で制止した。

「娘さんは大丈夫です。大事になる前で私が止めましたので。要するに、あのプロダクションはあまり筋が良くなかった、ということです。芸能界なら往々にしてあることです。トラブルの現場に、たまたま私が居合わせたのは不幸中の幸いだったと」

「まあそういうこと。詳しいことは明日話すから」

「とにかくね、落ち着いて娘さんの話を聞いてあげてください。これはウチウチの話にしてありますので、騒ぎになることはありません。ですからね」

「あの……この子の身に何か取り返しのつかない間違いがあったとか、そういうことは」

母親が消え入りそうな声でたずねたが、佐脇は佳美の顔をちらっと見て、キッパリと答えた。

「いえ、そういうことは一切、ありません」

それを聞いた母親は、安堵《あんど》の表情を見せた。しかしそれは娘を気遣ってと言うよりも、世間様に申し開きが出来ると安心したようにしか見えない。父親は相変わらずの仏頂面だ。そこに和室の襖《ふすま》が開き、寝間着姿の老女が出てきた。

「どうしたんだい、こんな夜中に。うるさくておちおち寝てもいられないよ……おや？」

孫娘に気づいて、老女の底意地の悪そうな目が光った。

「佳美かい？　どの面下げて戻って来られたんだか。今度は一体どんな厄介事を持ち込んでくれたのかねえ。ああ血圧が上がる。動悸がしてきた。年寄りを苦しめて何が楽しいんだい、この孫は。それというのも、里子《さとこ》さん……」

老女は佳美の母親を睨みつけた。

「全部あんたの育て方が」

このくそ婆ぁと佐脇が思うのと、佳美がキレるのが同時だった。

「うっせえよ、この死に損ないの根性ワルババァが。てめえが邪魔だっていうなら今すぐまた出てってやるから安心しな！」

「佳美！　母さんに何てこと言うんだ」

父親が立ち上がり、いきなり娘を張り飛ばした。

佳美は吹っ飛び、激突した襖が外れた。頰を押さえて父親を無言のまま睨みつけている。

「あ、あなた、せっかく佳美が帰ってきたんだから……佳美も、ほら、お婆ちゃんに謝るんだよ」

母親はおろおろし、父と娘は睨み合い、老婆は勝ち誇ったような笑みで頰をゆがめている。ふと気がつくと、外れた襖の向こうから、中学生くらいの少女がこの修羅場を覗き込んでいる。佳美の妹なのだろう。

この家族は駄目だ。どうしようもない。佐脇はうんざりし、辞去することにした。

「また、改めてご連絡しますから……時間も時間ですし、今日のところはこのへんで」

実際に何があったかをこの家族に説明したら、さらにこじれて収拾がつかなくなる。取りあえず入江に言われたとおり佳美を送り届けたのだから、これで一件落着にしよう。

「車、呼んでいいですか。お暇《いとま》したいので」

最近は徹夜が堪える。以前のように酒を飲めば元気が出て二十四時間働けますというような、バブル期の不死身のサラリーマンみたいなわけにはいかなくなった。天王洲のクラブで大立ち回りをしたこともあり、泥のような睡魔に襲われつつあった。

だが配車を頼んだタクシーはなかなか来ず、気まずい沈黙の時間が続いた。

沈黙に耐えかねたように、父親がふたたび訊いた。

「あのですね、もう一度お訊きしますが、娘はどんなトラブルに巻き込まれてしまったんでしょう?」

「それは……」

頬を押さえ、物凄い目つきで父親を睨みつけている佳美を見ながら、佐脇は慎重に言葉を選んだ。

「具体的には、芸能プロの営業活動に佳美さんが駆り出されて、そこでトラブルと言うか……行き違いが発生して、私が間に入ったということです」

「警察のヒトが間に入るという事は、やっぱり相当な事があったんじゃないんですか?　佳美!　ハッキリ言いなさい!」

父親がふたたび声を荒らげた。

「だからおれは反対したんだ!」

「るせぇなあ。娘ぶん殴っておいて父親ヅラすんなよ。てめえが納得して書類にハンコついたんだろ?」

「それはお前がどうしてもと言い張るし、ついてきたあの男が調子のいい事を言うから」

「ああそうだよ。全部あたしが悪いんだよ!　あたしが軽い気持ちでアイドルになりたいってそう思ったのがいけなかったんだろ!」

佳美はそう言うと立ち上がり、足音も高く部屋から出て行ってしまった。

お姉ちゃん！　と佳美の妹が後を追い、母親も相変わらずおろおろしながら姉妹を追った。老婆も、ああ、ひどい目にあった、これでもう朝まで眠れないねえ、と憎々しげに言い捨てて、仏間を出て行った。

一人残された父親は、佐脇と目が合うと、両手をついて頭を下げた。

「娘が大変なご無礼を……申し訳ありません。どうか、事を荒立てないように……なにぶん、近所に親戚が大勢いるもので」

「あー、そういう御心配は無用です。事を荒立てるもナニも、荒立てようがありませんから。しかしですね、ご主人」

佐脇がキリッとした声を出したので、佳美の父親はビクッとして顔を上げた。

「ちょっと伺ったんですが……なにかその、こちらのお宅には妙な連中が、いろいろと出入りしているようですが」

父親はわざとらしく首を傾げて見せた。

「はて？　そういうことは別に……娘が何かいい加減なことを申し上げたのでしょうか？」

「いえ、いい加減なことではなくて」

「あの、そういうことは一切ありませんから。ウチはまあ、土地を売ったりして小金はありますが、金持ちなんてものじゃありませんし」

「たとえばリフォーム詐欺なんかはどうですか？　最近多いんですよ。いや、もうピークは過ぎてるかもしれないが。必要の無い工事をして、その実、全然リフォームにもなっていないのに高額な工事代だけ請求するとか」

「いえいえウチに限ってそんなことは。私がついてるんですから、そんなご心配はご無用にして戴いて……」

そういう父親の視線は定まらない。いわゆる「キョドっている」典型か。

泳ぐ視線を追うと、床の間の真新しい柱が佐脇の目に入った。

あれは……と質問しようとしたところで、外からクラクションが聞こえた。詐欺ではないにしろ、この家は最近内装を変えている。業者が入り込んで内情を詐欺集団に提供した可能性は高いが、佐脇はもうこの家に一刻もとどまりたくなかった。

外からもう一度聞こえたタクシーのクラクションが、救いの声に聞こえた。

＊

「どうも私は早くもお役御免になったようですな」

翌日、佐脇は警察庁の官房参事官室を訪れた。

「本当に着任したかどうかも判らないのに、肝心の用件は済んでしまったわけでしょう？」

「まあ、そうおっしゃらずに」

入江はデスクから書類を取り出すと佐脇の前に立って、かかとをつけて直立不動の体勢になった。

佐脇も、それに釣られて直立不動になって敬礼をした。

「T県警巡査、佐脇耕造《こうぞう》。本日付でT県警巡査を解き、警察庁官房参事官付き巡査を命ずる」

てっきり、このあとも正式な作法に則った着任の儀式が進行すると思ったのだが、入江はあっさりと書類を突き出しただけだ。

「……という内容の書類です。そしてこれが当面の身分証。構内に居るときは首からぶら下げといてください。ではそういうことで」

そのラフさ加減に、佐脇は拍子抜けになった。

「もっとその、敬礼！　とか捧《ささ》げ筒！　とか警察ならではの格式張ったアレコレは無しですか？」

「儀仗兵《ぎじょうへい》の閲兵《えっぺい》でもしたいんですか？　国賓でもないのに。いいでしょ、こんなもので。アナタの上司は私。ドラマではありませんが二人だけの特命係、みたいなものです」

入江はそのままソファにどさっと座った。

「まあ、座ってください。おかげさまで奈央くんは親元に戻せたし、一応、所期の目的は果たせました」

「一緒にいた佳美というコの両親は激怒してましたよ。私も本当のところを説明するわけにもいかず、中途半端に放り出した形になってしまってるんで、改めて説明に行かないと、彼女が可哀想《かわいそう》な立場になってると思うので」

入江は、そうでしょうねと頷いた。

「大多喜奈央のほうはどうだったんです？　両親は喜んでましたか？」

「そりゃまあ、夜中に娘が帰ってきたんだから、それなりの反応がありましたよ。けれどもあの子は佳美くんほどひどい目に遭ってないので、何もなかった、ただ家に帰りたくなった、ということで押し通しましたけどね」

「あの子は、スカウトされて芸能界に入ろうとしたことを後悔してましたか？」

「それなんですが、あの子はやっぱり何か隠しています。自分からアイドルになりたいと思ったというのは嘘です。家までの道中、車の中で本心を聞きだそうとしましたが、うまく行きませんでした」

「そうかもしれませんね。あの子の部屋を見せてもらったが、アイドルになりたい、と思うような子の部屋じゃなかった。ところで女の子を二人、悪徳芸能プロの魔手から救ったんだから、これで私の仕事は終わりですか？　着任はしたけど、用は済んだのだから、同じく今日付で解任ですか？」

いやいやと入江は手を振った。

「そんなことあるわけないでしょう？　だいいちそれじゃあ、あなたを送り出した鳴海署のみなさんがガッカリしてしまいます」

「せっかく厄介者を追い出したのに、って？」

それもあります、と入江は否定しない。

「大多喜奈央は家に戻りましたが、それで話が終わったわけじゃありません。この際、それにまつわる気になる事を全部スッキリさせてしまいたいのです。そこで、佐脇さん」

急に改まった口調になったので佐脇は身構えた。

「あなたに、新たな任務をお願いしたい。受けてくれますか？」

「何も聞いていないのに返事は出来ませんな」

と返したが、入江は問いを発したままの姿勢で佐脇の返事を待っている。

「……それは、私的な事ですか？　探偵を雇えば済むようなことなんじゃないですか」

「いや、これはまさに警察官として果たすべき業務です。今我々がなんとかしておきたい、例の方面に関することです」

やっぱりそれか。暴力団がいなくなった空白に進出してきた、半グレ相手の仕事だ。佐脇はうんざりし、禁煙かどうかを聞きもせずタバコを取り出して火をつけた。

「天王洲の、あのクラブで起きた例の殺人、それについて調べてほしいのです」

「あー、それは、警視庁と所轄署の仕事でしょう? おれが出ていくのは無理がある」

「事件の捜査をしてほしいわけじゃありません。私にはあの事件が、個人的にどうも気になるのです」

入江は佐脇の意見を完全に無視して話を続けた。

「あの事件があった夜、私は大多喜夫妻と一緒に、たまたまその現場に居あわせたのですが、その時の大多喜夫妻の反応に、非常に気になるものがありまして」

「怯えていたのか?」

「後輩の悦治君の方はね。しかし奥さんの希里子さんは平然としていて、それが非常に不自然でした。目の前で人が撲殺されているんですよ? それなのに、彼女が笑ったように見えたものですから」

「それだけですか? たった?」

おいおいと佐脇は突っ込みたくなった。

「芝居や映画で悲しい場面なのに笑い出すヤツはいるし、不幸話を聞いて噴き出すバカもいる。笑えるところで怒り出すヤツもいるでしょう? 普通と違う反応をしたからって、いちいち疑ってたら大変だ。恐怖のあまり笑い出すってこともあるでしょ?」

たしかに大多喜の自宅で、その時の話をした希里子は楽しそうだった。だが、あれは普通の神経の女ではない。

「それはそうなんですが……しかし、あの事件で撲殺された被害者はファンドを組んで、大金を動かしていました。つまりファンドの代表者だったわけです」

「それで同業者である大多喜のことも心配になったと？」

佐脇は首を傾げてタバコを吸い込み、落語家のような口調でボケてみた。

「カネあるところに犯罪あり、と昔から申しますからなあ」

「その通りです。しかも大多喜君は後輩だから私は知っていますが、彼の資金運用はうまく行っていない。最近は配当も滞《とどこお》りがちで、すべての顧客に元本を返すのはおそらく不可能でしょう。それなのに最近、彼は高配当のファンドを新たに募《つの》って、大金を集めている。悪い予感がします」

「つまり、第二の事件が起こるかもしれないと？」

「そうは言ってません。ですが、関連して奈央さんのことも気になります。アイドルの素質がある、芸能界で売れそうだと言うのとはまったく別の理由で、あの子はスカウトされたのではないかと。まさに大多喜の娘だからという理由で」

「つまり、人質だと？」

「そこまで言い切るつもりもありませんが……彼が動かしている金の流れを、すべて把握しているわけではないので」

「判りました。要するに入江さんとしては、そういうことを関連づけて考えると、なにか感じるモノがあるわけだ」

「こういう事は城南署の関係者には話していません。一応、現場に私もいたと言うことは伝えてありますが」

なるほどね、とタバコを消した佐脇は立ち上がった。

「そういうことなら、私のような人間が動くべきなんでしょうな。入江さんの個人的な事情に絡むことでもあるから、警察内部の人間には知られたくないと。判りました。給料分は働きますよ」

だいたいが、と佐脇はニヤリとした。

「ここに出勤しても、自分の机もないんだから」

「佐脇さんが所属すべき部署が確定していません。ここで私と一緒に机を並べるのも妙でしょう？」

「さしあたり、入江さんとしてはまず、大多喜夫妻に危険が迫っているのではないかという心配があるわけですね？　不安になる原因を一つ一つを私が潰していけば、参事官殿はご安心なさるというわけですな？」

大多喜の屋敷に行ったときに怪しい二人組と擦れ違った事は、今回は触れないことにした。この件について入江はどうも神経過敏《かびん》のようだから、いたずらに刺激するのは気が進まなかった。まだ話すべきではないと判断したのだ。

「取りあえず、城南署の刑事に捜査の進捗《しんちょく》状況を聞いてきますよ。捜査本部《チョウバ》はもう立ってるんでしょう?」

その時、入江のスマホからジングルが聞こえた。それっきり入江は、まるで何かに気を取られたかのようにスマホの画面を注視している。

「なんだ? 返事ぐらいしたっていいじゃないか? 人がモノを訊いているんだ。そんな邪魔臭そうな態度は、いくら上司とは言え失敬じゃないのか?」

入江の態度にむかっ腹を立てた佐脇が声を荒らげるのを他所に、入江はテレビのスイッチを入れた。

「失礼。ちょっと事件が起きたようなので」

ちょうどお昼前のニュースの時間だった。

画面には、火事の現場が映し出されていた。

夜が明けてすぐ、という感じの空をバックに、家が燃えさかっている。

その家の外観に、佐脇は引っかかった。

「おい……この家は」

燃え上がる家屋の映像に「栃木《とちぎ》県小山市のJA職員・遠藤修造《しゅうぞう》さん（45）と妻の里子さん（43）、遠藤さんの母のイネさん（70）、次女の花穂里《かほり》さん（13）」というテロップが出た。

「なんだ？　どういうことだこれは？」

「……この家は、遠藤佳美さんの実家ですか？」

入江は確認するように佐脇に訊いた。

広い庭、母屋と納屋……どう見ても、昨夜送り届けたばかりの、佳美の実家にしか見えない。

すでに入江はデスク上の電話を取りあげて、早口で何かを問い合わせている。

「そうか。判った。有り難う」

電話を切った入江は、佐脇に告げた。

「佳美さんの実家から火が出て、佳美さんのご両親と祖母、佳美さんの妹さんの計四人が焼死体で発見された、とのことです。火の回りが非常に早かったので、小山市の消防と警察は放火を疑っていると」

「遠藤佳美本人は？」

「現場には四人の焼死体があるのみで、佳美さんらしき遺体はなく、佳美さんは行方不明だそうです」

あまりのことに佐脇は呆然としてニュース映像を見つめるばかりだった。

# 第三章　堕《お》ちたアイドル

ニュースを見た佐脇は、取り急ぎ霞《かすみ》ケ関《がせき》の警察庁から大多喜夫妻の家に向かうことにした。

奈央に会えば、佳美の行方に心当たりはないか訊けるし、佳美の家族がこんな事になった理由について、何か手がかりが摑めるかもしれない。

栃木県警にも問い合わせてみたが、報道された通り、佳美らしい遺体は現場から見つかっておらず、行方も摑めていない、と担当の警察官は言った。

『出火原因など詳細は消防が調べているところです。失火と放火の両面で調べているとの連絡を受けています』

戻ってきた佳美を父親と祖母が受け入れず、そこでトラブルになり、放火したのだろうか？　いや、娘の帰宅を喜ぶ雰囲気とはとても言えなかったが、そこまで険悪ではなかった。

それでは何者かが押し入り、佳美を拉致《らち》して放火したか。これなら大いに考えられる。

すぐ思い当たるのは、「タカツキカク」とその背後にいる連中だ。しかし現地の警察は、昨夜、佳美が戻ってきた経緯を知らないだろう。

栃木県警に知らせるべきか、それともタカツキカクに直当たりすべきか。

佐脇は考えて、結局どちらも後回しにすることにした。

まず周辺から聞き込んで、情報を集めるべきだろう。入江も、最初に奈央の安否を確認してほしいと言った。

そして磯部ひかるが話していた「おそろしい噂」も気になる。AV女優にされそうになり、逆らったアイドルの実家にまで累《るい》が及んだという話だ。

あの連中ならやりかねない。見せしめのために。

大多喜の家から出てきた怪しい男二人、そして家の前に停まっていた黒いワンボックスカーのことも思い出した。大多喜と入江が天王洲のクラブで遭遇したという殺人も、やはり偶然ではないのかもしれない。

東京の地理に疎《うと》い佐脇は、電車の乗り換えが面倒なので、タクシーで品川区の御殿山にある大多喜の家に向かった。

意外に遠い道のりをやって来ると、車窓越しにちょうど黒いワンボックスカーが走り去るのが見えた。この前来たときに駐車していたのと同じ車だ。

訝《いぶか》しがりつつ佐脇がチャイムを押すと、なかなか返事がない。聞こえていないのかインターフォンの接触でも悪いのかとボタンを連打すると、やっと反応があった。

「……はい」

聞こえてきたのは大多喜悦治の声だが、ひどく疲れている様子だ。

「昨日もお邪魔しました、佐脇と申しますが」

ああという返事があったが、そこで途切れてしまった。

取り込んでいて迷惑なタイミングだったのかもしれないが、こっちだって遊びに来たわけではない。しかるべき用があって来たのだから、また出直しますとは言いたくない。

「お忙しいところ恐縮ですが、ちょっとだけでもお話を伺いたいんですが」

引き下がるつもりはない。

「……今、手が離せないんです」

「それは判りますが、私も世間話に来たわけじゃないので」

ガキの使いとちゃうねんど、と凄めばヤクザになってしまうが、そう言いたい気分だ。

「……判りました。もう少々待ってください」

インターフォン越しに情けない声が聞こえた。

門の外で待たされることしばし。いや、「しばし」というには時間がかかりすぎて、佐脇の腕時計で三十分は経とうかという頃、ようやく玄関ドアが開いて悦治が姿を見せた。

「どうも……お待たせしてしまって」

「警察官は我慢強いのでね。限度はあるけども」

中に案内されると、延々待たされた理由が判った。

一応、片付いているように見えるが、家の中がひどく荒らされた形跡がある。観葉植物の鉢がなくなっていて土や破片が残っていたり、椅子やテーブルの位置がズレていたり、あるはずのカーテンがなかったり、デスクの上の液晶モニターのケーブルが千切《ちぎ》れていたりと、慌てて片付けたのだが手が回っていない様子がはっきり判る。物凄く荒らされて、ちょっとやそっとでは片付けられない状態だったに違いない。

「ハッキリ言ってください。ナニがあったんです？」

「いえ、なにも……」

悦治は言下に否定した。

「何もありませんよ」

「本当ですか？　私がお宅の前まで来たとき、黒いワンボックスカーが走って行きましたよ。その車を、前にもここで見かけましたが」

悦治はそれには返事をせず、ホームバーに向かった。

バカラのグラスを出す時に取り落としそうになり、氷もいくつか床にこぼし、あげくにバーボンを注ぐときも、ボトルとグラスがぶつかり合って派手に音を立てた。

悦治は震えていた。それも手だけではなく、全身が。

佐脇に飲みますかとも聞かず、彼は自分だけストレートのバーボンを呷るように飲み干した。

「大多喜さん。ひどい汗ですよ」

佐脇に指摘されて、悦治は手近にあったナプキンで顔を拭った。が、汗はあとからあとから引っ切りなしに噴き出して、何度拭ってもおさまらない。

「ちょっと暑いですね」

悦治はそう言ってシャツのボタンを一つ開けようとしたが、そのボタンは既に飛んでいて、存在しない。

「ところで奈央さんはどんな様子です？　落ち着いてますか？」

「あー」

悦治は、言葉を濁した。

「ちょっと顔を見たいんです。気になるもので。小山の事件、知ってますか？」

「小山の？　さあ？」

悦治はわざとらしく首を傾げたが、その顔にはダラダラと冷や汗が絶えず流れている。

「奈央は……いません。戻ることになったんです。あの……自分から、プロダクションの寮に戻ったんです」

「自分から？　どうして？」

あんなに嫌がっていたのに、それは考えられない。絶対に嘘だとしか思えない。

「それは……やっぱり、芸能界に強い魅力を感じていて、夢を棄《す》てられないんじゃないかと……」

悦治の顔は引き攣っている。無理に笑みを浮かべようとするのだが、全然上手く行かずに強ばったままだ。

ずっと立っていた佐脇はソファに座ったが、ガラステーブルにはヒビが入っている。足元のラグにも大きな染みがある。

顔を上げると、白い壁にはうっすらと何かの跡が見える。油かソースか、色の濃い液体がぶちまけられて、慌てて拭き取ったのだが汚れが取り切れていないという感じの染みだ。

悦治はバーボンを注ぎ直してまたも一気に呷った。水分を補給するから汗も止まらない。

よく見ると、その顔には殴られたような痣《あざ》まである。まだ時間が経っていないようなのでうっすらと赤いだけだが、もう少し経てば紫色になって腫《は》れてくるだろう。

「小山の事件ですが、奈央さんと一緒にレッスンを受けていた遠藤佳美さんの実家が、その小山にあります。火事になって佳美さんのご両親とお婆さん、そして妹さんの四人が焼け死にました」

佐脇はそう言って反応を見たが、悦治はひたすらバーボンを呷るばかりで、目は虚《うつ》ろだった。

「そして佳美さんは行方不明です。奈央さんも佳美さんと一緒にタカツキカクを離れたので、もしかしてこちらでも何かあったんじゃないかと……」

「見ての通り、何もありませんから」

悦治は顔を強ばらせたまま、大きなジェスチャーで部屋の中を示した。

「そんなことは無いでしょう」

佐脇の口調も思わず強くなった。

「何もないなら、この部屋の様子は何だ？　壁のあの染み……それに、このテーブルもガラスにヒビが入っている。それに……ほら、これ」

佐脇は液晶モニターの断裂したケーブルを持ち上げて見せた。

「誰がやったんです？　しかも奈央さんが居ない。自分で寮に戻ったとあんたは言うが、例の黒いワンボックスカー……あれに奈央さんが乗っていたんじゃないか？」

「さあ……何のことだか」

悦治は肩をすくめて誤魔化そうとしている。

「奥さんはどうしたんです？」

「家内は……ちょっと疲れたので、奥で休んでいます。ねえ、私も仕事があるんだ。そろそろこの辺でお引き取り願えませんか？　捜査でもないし令状もないんだろう？　私は好意であなたと話してるんだ。だったら、遠慮というモノがあってもいいんじゃないですか？」

この様子は普通ではない。絶対に、何かあったのだ。

裏社会と関わってしまい、ひどく怯えて警察に被害届を出すこともできなくなった人間を佐脇はこれまで何人も知っているが、悦治にはそれと同じ匂いがした。

「大多喜さん。私が今言ったことを聞いても、奈央さんが心配じゃないですか？　あなた方自身にだって危険があるかもしれないんですよ」

佐脇は大多喜を説得しようとした。

「出来る事はします。警視庁に連絡して、身辺を保護して貰うことだって可能なんです」

「ああ、いえ……その必要には及びませんから」

「本当にそうですか？　必要ないと言うのなら仕方ないですが」

ここは引き下がることにした。おそらく大多喜は脅されている。本当のことを言うはずがない。それより奈央の安否が心配だ。

佐脇は大多喜の家を出て、奈央と佳美が所属する「タカツキカク」に向かった。

＊

奈央は拉致されて黒いワンボックスカーに連れ込まれた。

車内には、運転手の他に三人の男がいて、一番奥に佳美が座っていた。

佳美ちゃんはあの時、私と一緒に解放されて実家に戻ったはずなのに……。

奈央はそう訝しみつつ彼女を見ると、その手には手錠《てじょう》が塡《は》まっていた。手錠から伸びるチェーンは、前の座席に固定されている。

佳美ちゃんの扱いが変わった……天王洲のクラブでも、ひどいことをされたと思ったけれど、それはたまたま接待した社長が大物だから仕方がなかったのだと、無理にでも思い込もうとしてきたけれど、それは間違いだった……。

奈央は大きなショックを受けた。

自分たちがもう、芸能事務所所属のアイドル候補生でもなんでもないことがハッキリと判ってしまったのだ。

脅されたのは、奈央の父親だけではなかったのだ。佳美ちゃんの家族にも、きっと怖ろしいことが起こっている。これから自分たちが何をされても、どんなひどいことを大勢の男たちにされたとしても、誰も助けてくれず守ってもくれない、そんな状況に追い込まれてしまったのだ……。

奈央には、悪夢のような現実が信じられなかった。

助手席に座っていた男が振り返り、冷たい目で奈央を見て、言った。

「お前も逆らったり、お前の親が金を返さないと、この女と同じ目に遭うことになる。よく覚えておけ」

ポニーテイルの髪型が特徴的な目付きの鋭い男で、この間の天王洲のクラブでの接待の席にも居て、総長と呼ばれ、他の男たちを従わせていた。

この男が言葉を発した瞬間、車内の空気が緊張するのが判った。

だが佳美は、視線が定まらない虚ろな表情のまま、無言で車に揺られている。

「佳美ちゃん、大丈夫?」

奈央は気遣ったが、返事はない。

「みんな……死んじゃった」

「え?」

「……あっという間に、みんな……」

やっと聞こえた佳美の呟きは、よく判らない言葉の断片だけ。

「おい。佳美。お前、何バカなこと言ってんだよ?」

奈央を車に押し込んだスキンヘッドの男がビシッとした口調で言った。

「滅多なこと言うもんじゃないだろ」

「いいじゃないかそれくらい」

佳美と奈央の間に座る金髪男が、げらげら笑いながら佳美に言った。身体は針金のように細いが目つきが危ない、若い男だ。

「みんな死んじゃった、って言うけど、死んじゃったってのは家で飼ってた金魚でしょ？全部で四匹。全滅しちまったんだよな？」

「金魚か、金魚は良かった。ま、温度設定なんかを間違えればよくあることだ。気にするな」

スキンヘッドも爆笑しながら言った。

佳美は大笑いされても、特に反応しなかった。ただ、ボンヤリした表情のまま、虚ろな視線を宙に泳がせている。

男二人は、なおも笑い続けた。総長と呼ばれていた男は何も言わない。

異常にハイテンションな笑い方。二人がほんとうにおかしくて笑っているのではなく、佳美を嘲笑しているわけでもないのは奈央にも判った。

この人たちは、自分たちでも怖いんだ。本当は怖いから、その怖さを紛《まぎ》らわそうとして笑っているんだ……。

奈央は心底から恐怖を感じた。何か、とてつもなく怖ろしいことが佳美の身に起こったのだと直感したからだ。

そして奈央の脳裏には、ついさっき、自分の身に起きたことがフラッシュバックした。両親が居て守って貰えると思っていた自分の家が、まったく安全な場所ではなくなっていたのだ。

自宅にもどってすぐ、奈央は玄関のドアが激しく乱打され、チャイムがけたたましく鳴り続ける音に恐怖した。押しかけてきたのは今一緒にバンに乗っている、この男たちだ。

「奈央、部屋に入って鍵をかけなさい！」

父親の悦治は奈央に隠れるように命じ、連中を中に入れた。これ以上玄関先で騒がれるのを憚《はばか》ったのだろう。父親が警察に通報できないことは、奈央にも何となく判っていた。

奈央は二階の自分の部屋に閉じ籠《こも》って身を潜めていた。が、階下から音が聞こえてくるたびに、びくっと全身がすくみあがった。

階下のリビング兼仕事部屋で、父が必死に男たちを押し止めている気配がある。

しかし……。

激しく言い争う声のあと、大きな物音が立て続けに起こった。ガラスが割れる音、物が壊れる音、布が引き裂かれる音……。

奈央は恐怖に震えた。

ゴスッと言う鈍《にぶ》い音がした。テレビドラマで聞く「人を殴る音」とは違う。しかし、何ともいえない厭《いや》な音だ。その後、どさっと何かが倒れ、壁に激突し、ガラスなどが壊れる音が続いた。

父が、激しい暴力をふるわれている……。

それ以外、考えられない。

続いて階段を駆け上がる音がして、奈央の部屋のドアが激しく蹴られた。数発目で本当にドアが蹴破られた。男たちは最初からドアを開けさせるつもりなどなかったのだ。

彼らには見覚えがあった。先刻、天王洲のクラブで奈央が「アイドル予備軍」として営業活動をさせられた時に、その場にいた男たちだ。そのほかの時も、奈央と佳美が外出する時は、いつも金髪とスキンヘッドの二人がいた。ボディガードなのか御目付役なのか、そんな感じでいつも付いていた男たちだ。暴力的な雰囲気を漂わせて、絶対に逆らえない空気を醸《かも》し出していたのだ。

二人とも黒い喪服のようなスーツを着てネクタイも締めているが、まったく紳士的には見えない。

彼らは無言のまま奈央の腕を摑んで部屋から引きずり出すと、そのまま階段を下りた。

リビングはめちゃくちゃになっていた。パソコンは倒され、ディスプレイの大型液晶にもヒビが入り、カーテンは引きちぎられ……そして、血まみれになった父親が、ゆっくり起き上がろうとしていた。

だが奈央はそのまま家の外に連れ出され、玄関先に駐まっていた、この黒いワンボックスカーに押し込まれたのだ。

そう言えば……奈央の記憶は混乱していたが、金髪とスキンヘッドとは別の、今助手席にいるポニーテイルの男が、父に何かを言っていた。

「天王洲のクラブで殺された男がいるだろう？　あんたも見てたよな」

そう言われた父はあからさまに震え出した。

「うちがおたくに預けたカネだが、今どうなってる？　月々の配当はきちんと入れてもらわないとな。こっちだって何もないのに手荒な真似はしないんだ。なるべくなら穏やかにいきたいんでね」

そこまでは静かな口調だったが突然激昂《げっこう》した。転がっているパソコンの液晶ディスプレイを派手に蹴り上げる。

「ここまでしなきゃ動かねえテメエが悪いんだからな！　何がシステム障害だ！」

奈央が恐ろしかったのは、金髪やスキンヘッドの、見るからにタチが悪そうな男たちではない。最初は声を荒らげることなく、表情筋ひとつ動かさず、しかし突然激昂する、この細身のポニーテイルの男だった。

そしてもっと恐ろしかったのは……荒らされたリビングに立って、一部始終を見ていた奈央の母親だった。大金を返さなければ死ぬことになる……そう宣告されているのも同然なのに、全然怖がっているように見えなかったことだ。

そう言えば、彼らが家にやって来たとき、母親はどうしていたのか……まるで記憶が無い。

母親の希里子は、大きめの口を左右にきゅっと引き結んでいたが、その唇の両端が上がっている。頬にはくっきりと深いえくぼができている。

希里子の薄い色の瞳……その瞳には怖ろしいと思った記憶しか無いのだが……その瞳がきらきらと輝いて、氷のような細身のポニーテイルの男と、その男に容赦《ようしゃ》なく問い詰められる自分の夫を見つめている。

母親には怖がっている様子はない。むしろわくわくして、連続ドラマか何かのなりゆきを見守っているようにすら思える。

ママのこんな顔、何度も見た事がある、と奈央は恐怖に震えながら思い出した。

……あの時もそうだった。奈央が子猫を拾ってきた時だ。その時は父が珍《めずら》しく家にいて、大きな利益を確定させたと言ってひどく上機嫌だった。

奈央は思い切って父親に頼んだ。

「この猫……可哀想だから飼っても……いえそうじゃなくて、今晩だけ、外は雨が降ってるから、一晩だけうちに置いてあげてもいい？」

明日、学校で友達の誰かに飼ってもらえないかどうか頼むつもりだった。

普段の奈央だったら、こんなことは決してしない。猫の目のようにコロコロと気分の変わる母親は予測がつかず怖かった。父親も同じ気持ちのようで、そんな母親に強く出るのを見たことがない。また、父親が奈央に接する態度も、どこか他人行儀なものだった。親とはそういうものなのだろうと、奈央は思い込んでいた。よその家はそうではないと知ったのは、幼稚園に上がって友達のうちに遊びに行くようになってからだ。

奈央はママに甘えることがなかった。いや、甘えられなかった。あれを食べたい、こんなの嫌い、もっとかわいいお洋服じゃなきゃ嫌だ、みたいなワガママも言った事がない。奈央自身はあまりよく覚えていないけれど、遠いはるかな昔、そんなわがままを奈央もママに言ったことがあったような気がする。しかしその時、二度と思い出したくないほど悲しい目にあって、封印することに決めたのだ。

パパのことは怖くはなかったけれど、なんとなく親しみ難かった。来客がある時、たとえば入江のおじさんのような人が来た時にはパパはわざとらしいほど優しい。けれども、それ以外の時はいつも、よそよそしくて冷たいものを感じていた。

パパにも甘えてはいけないんだ、と奈央には判っていた。

そんな奈央が、猫を家に置いてほしいと父親に頼んだのは、本当に困ってどうしようもなかったからだ。

上機嫌でほとんど躁《そう》状態だった父親は、驚くほどあっさりと許可をくれた。

「いいとも。可愛い娘の頼み事だ。何でも聞いてやろう。パパは今日、たった一日ですごく儲けたんだ。きみの大学までの学費全額、そして留学までさせてやれるくらいに。何か欲しいものはないのか？　服でも靴でもアクセサリーでも何でもパパが買ってやるぞ。いや、それより、これからペットショップに行こう。そんな野良猫は捨てて、アメリカンショートヘアーでもペルシャでも、ペットショップで一番高い猫を買ってやる」

　奈央は子猫をぎゅっと抱きしめて必死に首を振った。

「ううん。いいの。ペットショップで買ってもらうのは、この子のごはんとトイレだけでいいの。ありがとう」

　父親がペットショップの番号を調べて電話し、キャットフードや猫のトイレなどが早速届けられて奈央が喜んでセットしているところに、希里子が帰ってきた。

　もう夕方だが、彼女が朝から一日家を空けるのは珍しいことではなかった。奈央が小学校から帰ってきても、母親が家にいることはほとんどなかった。買い物かエステか、もっと他のことか、希里子がいちいち行き先を報告することはなく、父親の悦治も訊こうとはしなかった。

　その日、外から帰ってきた希里子はとても不機嫌そうだった。とは言っても、口元に大きな笑みを浮かべているのは、いつもどおりだ。ただその口角が少し下がり、目にやや険しい光があるという程度だ。

それでも母が不機嫌だということが、奈央には判った。母親のごく僅《わず》かな変化でさえ、奈央が見逃すことはない。

希里子に漂うかすかに不穏な気配を悦治も感じ取ったのか、さきほどまでの機嫌の良さは一気に影を潜めてしまった。

希里子は猫のトイレやテーブルに置かれたキャットフードに気づいて、白い額に微《かす》かに皺《しわ》を寄せた。

悦治の視線にうながされるように、奈央はおずおずと母親に言った。

「あの……この猫を飼って……違うの。そうじゃなくて、一晩だけ、うちに置いてあげることにしたの……パパも構わないって」

「あらぁそうなの?」

希里子は鋭い視線で、奈央の抱いている子猫を見やった。口元は笑っているが、例によって目は笑っていない。

「貸しなさい。その猫、ちょっとママにも抱っこさせて」

渡したくなかった。とても悪い予感がした。でも、奈央は逆らえなかった。このうちでママに逆らえる人なんて誰もいない。パパでさえ。

希里子は邪険に奈央の手から子猫をひったくり、首すじを摑んでキッチンに向かった。その摑み方が雑で、まるで汚物を持つようだった。

子猫は小さな手足をつっぱって空中をひっかくようにしている。少し白目を剝いて小さな口を開け、そこから声のない悲鳴が聞こえたような気がして奈央は震えた。

生きているのに……あんなゴミの袋みたいな持ち方をするなんてひどい。

「あの……ママ……猫はやっぱりあたしが」

「うるさいわね！」

奈央はびくっとして首をすくめた。

「あなたはそこにいなさい。ちょっとの間だから」

ちょっとの間？　その間にママは一体……。

希里子の姿がキッチンに消え、ほどなくして微かな、短い悲鳴のような音が聞こえた。

そのまま希里子は戻ってこない。猫も戻ってこない。

奈央はいてもたってもいられなくなり、おそるおそるキッチンに顔を出した。

希里子は買ってきた山ほどの食料品を高級デリカテッセンの紙袋から出して、何かのメロディをハミングしながら大型冷蔵庫にしまっていた。

「あの……猫は？」

希里子は奈央をちらりと見て、尖《とが》った小さな顎を突き出した。その方角を見ると、そこには灰色と黒の縞《しま》の、小さな塊《かたまり》が床に横たわっていた。

その塊に駆け寄り屈《かが》み込んだ奈央の耳に悲鳴が聞こえた。

その絶叫が自分の喉から出ていることに、しばらくして気がついた。

子猫は首を折られていた。

「どうして……ひどい……お母さん、どうしてこんなことを？」

泣きじゃくる我が子に希里子はハミングしながら答えた。

「どうしてって、勝手に死んじゃったんだもの、仕方ないでしょう？　動物は死ぬものよ。人間もね」

その時の、背筋が凍りつくような記憶が甦《よみがえ》っていた。

家から連れ出される奈央を見送っていた母親の顔と瞳は、あの時とそっくりだった……。

そんな、いわば絶体絶命の奈央だったが、ひとりだけ、助けてくれそうな人物が居た。

今、この車のハンドルを握り、運転をさせられている男の子だ。

名前は知らない。貧弱な身体でケンカも弱そうだ。凶悪そうな男たちの中では、きっと一番下《した》っ端《ぱ》に違いない。だがその彼は、天王洲のクラブ『クスコ』であの社長の狼籍が過ぎたときに止めようとしてくれた唯一の人だったのだ。すぐに筋肉男の高田に殴り倒されてしまい、しばらくは起き上がれなかったけれど。

今も黙ったまま運転をしていて、顔には殴られた痕《あと》が痛々しく残っているけれど、この人ならなんとかしてくれるのではないか……。

奈央は、後ろから彼に縋《すが》り付きたい思いだった。

＊

大多喜の家を出た佐脇は、タクシーで六本木に向かった。

「タカツキカク」の事務所は、六本木ヒルズに近い小洒落《こじゃれ》たビルの中にあった。

「ご用件は」

さほど大きな芸能プロだとは聞いていなかったのに、立派な受付があって、とびきりの美女が座っていた。この女はアイドルになり損ねて社員になったのか、と思ってしまうほどだ。

「こちらに所属するタレントの、大多喜奈央さんと遠藤佳美さんの件で話を伺いたいので担当の方を」

「担当の者の名前はお判りでしょうか？」

「名前は判らないが、新人タレントの担当の人を」

「それではお繋ぎできません。担当者の名前を仰ってください」

今どき役所の生活保護の窓口でも、もっと親切な応対をする。だが、受付の美女は、氷のような表情で拒絶を繰り返すばかりだ。

けですか?」
「私、警察庁の佐脇ってモンですけどね、オタクはいつもこういう非友好的対応をするわ
「マスコミや一般の方からの問い合わせが多いので、事情のよく判らないお問い合わせは
お受けしないことにしております」
と、まさに木で鼻を括《くく》ったような、取り付く島もない態度で返されてしまった。しかも
にこりともしない顔で言われたので、佐脇は、キレた。
「おい、あんたいい加減にしろよ！　警察だから特別扱いしろと言うつもりはないが、警
察をタレント目当てのファンやストーカーやどうでもいいマスコミ連中と一緒にする
な！」
佐脇の声は大きくなり、ドスの利《き》いた声が受付に響き渡った。
さすがの「氷の美女」も能面のような無表情さを保てなくなって、顔を引きつらせた。
「そう仰られても、困ります。お受けできないモノはお受けできません」
「なんやとコラ」
関西のヤクザ風の口調で凄んでみた。
「こっちがシタテに出て丁寧に訊いとるのに、いつまでそんな無礼な態度を取るつもり
や、ああ?」
ここで受付のカウンターを思い切り蹴り上げる。

ステンレス製のカウンターは、ガーンとものすごい音を立てた。

その音に驚いた受付嬢は泣きそうな顔になって内線電話を取り上げた。が、電話の応対よりも早く、受付脇のドアが開いて、チンピラ風の男が姿を見せた。

サングラスを鼻眼鏡ふうにかけてソフト帽を斜《なな》めに被《かぶ》っている。たしか、旧三菱銀行北《きた》畠《ばたけ》支店を襲ってこの世の地獄を作り出したあの男……梅川《うめかわ》とか言ったが、その犯人を真似したような雰囲気の男だ。一応、スーツを着てネクタイも締めているが、胡散《うさん》臭くてカタギの雰囲気はまったく無い。

「なに騒いでんねん。お前か、さっきからゴチャゴチャうるさいオッサンは」

チンピラが関西弁で凄めばビビると思い込んでいるのだろうが、あいにくそんな手の内はお見通しだ。

「なんだお前は」

「わしか？　わしはここの広報担当や。対外的なことはみんなわしの担当や。オッサン、お前のゴチャゴチャはわしが聞いたる。言うてみんかい」

梅川風のチンピラは、ヒトを小馬鹿にしたような薄《うす》ら笑いを浮かべた。

「結構。じゃあ、中で話そうか」

佐脇はいきなり男を突き飛ばして、ドアの中に押し入った。相手の男は不意を食らって前のめりに膝をついてしまった。

ドアの中は、フロアをいくつかのパーティションで仕切った事務所だ。パソコンが置かれデスクが並ぶ、一見普通のオフィスだ。アイドルや新譜CDのポスター、宣材などがベタベタと貼ってあるところが芸能プロらしい。

「おい。相手をよく見て凄めよ、このカス」

佐脇はチンピラの腕を捩《ね》じ上げて、起きあがろうとする相手の腹に一発膝蹴りを入れた。

「なンすンねん！」

相手は身体をくの字にして一瞬怯んだ……と見せかけて、身体を起こすと同時に殴りかかってきた。

しかし、この程度では佐脇の敵ではない。

合気道の要領で相手の腕を取った次の瞬間、佐脇はチンピラを床に投げ飛ばしていた。

佐脇はふたたび男の腕をつかみ、ぎりぎりと捩じ上げながら、相手に馬乗りになった。

「おれも縄張りの外であんまり手荒な真似はしたくねえんだ。知りたいことだけ教えてくれれば、大人しく退散する」

「……あ、あんた、どこの組のモンや？」

「桜田《さくらだ》組だ。いや、桜田組の別働隊と言うべきか」

「サッチョウのお役人に、オッサンみたいな愚連隊《ぐれんたい》はおらへんで」

「モノゴトにはな、すべて例外ってモンがあるんだよ!」

佐脇が相手の顔面に拳をめり込ませると骨が折れたような、嫌な音がした。

「言え。大多喜奈央と遠藤佳美は今どこにいる?」

「なんやその二人は?」

「おまえんとこの新人だろ? アイドル予備軍として寮に入れて育成してる、研究生か見習いか知らんが、とにかくデビュー前のタレントの卵だ」

「デビュー前のコは仰山おるんで、いちいち知らんなあ」

佐脇は再び拳を顔にぶち当てた。男は鼻血を噴き出し、呻きながら折れた歯を数本、吐き出した。

オフィスからは、何事が起きたのかと数人の社員らしい男女が出てきたが、チンピラ風の男が完全に劣勢なのを見ると凍《こお》り付いてしまった。

「おい、あんたら。誰でもいい。大多喜奈央と遠藤佳美の居所を教えろ!」

「あ、あの……」

チンピラではない普通の芸能プロの社員らしい若い男がおずおずと口を挟んできた。仮にも芸能プロとして実績がある事務所だから、こういうチンピラ以外にもきちんとした実務が出来る社員もいるのだろう。

「大多喜奈央さんは実家に帰ってタレント活動は休止状態で……現在のところ、弊社《へいしゃ》の寮には住んでおりません。遠藤佳美のほうは……『オフィス媒光庵《ばいこうあん》』に移籍した、と聞いておりますが」

「だからその大多喜奈央が実家にいないんだよ。自分の意思でこの会社の寮に戻ったと親は言ってるんだ！　どうなってるんだオタクは！　所属タレントの管理も出来ないのか？」

「はいっ！　すぐにお調べします」

その実務タイプの社員はパソコンに飛びつき、スケジュール表らしいものを慌ただしくチェックして……そして首を傾げた。

「ええと大多喜奈央は昨日の深夜、品川区のクラブに営業に派遣したところ、警察を名乗る男性二名に、遠藤佳美ともども連れ去られた、という記録が残っておりますが」

「その『警察を名乗る男』の一人はおれだ！　自称じゃねえぞ！」

佐脇は、貰ったばかりの身分証を周囲に見せつけた。

足元で弱々しい声がした。

「ちょっとアンタ。本物の警察やったら、こういう暴行は大いに問題やろ」

梅川風のチンピラが起き上がろうとしている。

「特別公務員暴行陵虐《りょうぎゃく》罪ってヤツやろが！」

「こんなもんは暴行陵虐に入らんわい！」

佐脇は言い返して再度拳を振り上げたが、思い直して優しく頬を叩くだけにした。

「サッチョウでも、おれは上品なエリート役人とは違うんだ。お前もさっさと吐けば痛い目に遭わなくて済んだんだぜ」

佐脇は相手の頬をぺちぺちと叩いた。

「大多喜奈央と遠藤佳美の居所を言え！　特に遠藤佳美の実家は昨夜火事になってる。佳美以外の全員が焼け死んでるんだぞ！」

その言葉に、居合わせた社員たちのあいだに動揺が広がった。

「なんだお前ら。ニュースも見なけりゃ……って、警察からの連絡もないのか？」

「ありません……いや、私は受けてません」

実務タイプの社員が慌てた顔で言う。

「それが本当なら確かめないと。きみ、ニュースをチェックして」

アシスタント風の女子社員に指示した社員は自分も電話に飛びついた。

「で、お前は知ってたのか？」

佐脇は、自分が組み伏せた梅川風のチンピラにも訊いた。

「いや……わしも知らんかった……」

「まあいい。今、名前が出た、佳美の移籍先って言うオフィス何とかって、どこにある？」

『オフィス媒光庵』は、北池袋《いけぶくろ》や」

「よし。一緒に行こう。案内しろ！」

佐脇は梅川風のチンピラの襟首を摑むと、そのまま連行するように外に出た。

目的の場所である『オフィス媒光庵』は、北池袋の地味な雑居ビルにあった。

タクシーを降りてチンピラに道案内させ、エレベーターもない古びたビルの狭くて急な汚い階段を昇っていくと、どのフロアにも怪しげな社名のドアばかりが並んでいる。

その三階に、目指す『オフィス媒光庵』はあった。

チンピラは、「ここです」と仁義を切るような中腰でドアを指した。

「お前が開けて、責任者を呼び出せ」

すっかり恐れ入っているチンピラはヘイと返事をして、ドアを開けた。

と、そこでは驚くべき光景が展開されていた。

若い女の子がＯＬの制服スカートをたくし上げられ、パンティを膝まで下ろされ、オフィスの机に手をついて、後背位で犯されている。

男のほうは下半身裸で、女の子の腰をがっしりと摑んで、がんがん突き上げている。

「あ～あああ～！」

女の子は派手にヨガリ声を上げて腰を振りまくる。

一瞬ぎょっとした佐脇だが、オフィスが数台のライトで煌々《こうこう》と照らされて、二人の男がそれぞれビデオカメラを構えているのが見えた。

アダルトビデオの撮影中だったのだ。

監督らしい男は急にドアを開けて入ってきたチンピラと佐脇をちらりと見ただけで、撮影はそのまま続いた。

阿吽《あうん》の呼吸で男優が前に手を伸ばし、女の子の胸に手をやって、ぷちぷちぷち、と白いブラウスのボタンを跳ね飛ばした。女の子の躰の前を露わにすると、そのまま引き千切るようにブラも毟《むし》り取り、まろび出た乳房を乱暴に揉んだ。

「あの子が……ＡＶ女優？」

佐脇が小声で訊くとチンピラは頷き、小声で言った。

「新人でんな。だいたい新人はセーラー服モノか新人ＯＬモノでデビューですわ」

セックスについては実践《じっせん》を旨《むね》としている佐脇だが、エロビデオも大好きだ。中学生が万引きしたＤＶＤは店に返される前に必ず目を通すことにしているし、鳴海の二条町で密売されている無修正非合法ＤＶＤも「万一何かあった時のために目を通しておく必要がある」などと理由をつけてすべて観ることにしている。

その意味ではエロビデオのヘビーユーザーなのだが、最近のエロビデオでセックスする姿を披露するＡＶ嬢は、平均以上に可愛い子ばかりだ。歌の稽古《けいこ》をしてアイドル歌手としてデビューする、あるいは女優でも通用するだろうに、どうしてまた一番恥ずかしいプライベートな部分をさらけ出すのか、それが疑問だった。一昔前なら美人は美人でもワケアリ風だったり、年齢的にも若くなくて、セックス関係の仕事を渡り歩いてきたんだろうと感じさせる女性が多かったのだ。

今、佐脇の目の前で性行為を撮影されている女の子は、見た目も奈央や佳美とあまり変わらない若さである上に、可愛いし、スタイルも抜群だ。

長い脚にくびれた腰、そして大きな乳房。そうして小さな顔は目鼻立ちがスッキリとして、幼さが残るロリータ・フェイスだ。

そんな女の子が、ＡＶ男優のペニスを後ろから受け入れて、抽送されるたびに悶《もだ》えて見せている。

その悶え方、感じ具合は、決して演技ではないように見えた。

大事な本番中だから邪魔をしてはいけないという思いと、この子の「ナマ本番」を最後まで見届けたいというスケベ心が相まって、佐脇たちはオフィスの隅で息を殺していた。

後背位で抽送を受け入れていた女の子は、男優の指示かそれとも演出家との阿吽の呼吸なのか、そこで体位を変えた。

一度ペニスを引き抜いた男優は、彼女をデスクの上に仰向けに横たえて、自分は立ったままで挿入し直して、セックスを再開した。

その様子をカメラが追う。

感じやすいのか男優のテクニックが凄いのか、それとも演技なのか、女の子は激しく悶えて大きな喘ぎ声を上げ、全身をガクガク震わせてアクメに達したような状態になった。

男優はすかさずペニスを引っこ抜き、彼女の顔に「顔射」した。

それをアップで撮ろうとカメラの一台が彼女の顔に寄ると、可愛い顔をしたその子は、顔に掛けられた精液を指ですくい、ぺろりと舐めとって、にっこりと笑って見せた。

「はいカット！　ＯＫ。ちょっと休憩しようか」

演出家のＯＫが出ると、彼女はバスタオルにくるまれて、控え室代わりに用意されたオフィスの一角に飛び込むように消えた。

本番の終わった彼女は、顔を赤らめてひどく恥ずかしそうな表情だったのが印象的だった。

「あ、どうしました？　本番中に入ってくるからどうしたのかと思ったっすよ」

監督は梅川風のチンピラに声を掛けた。

「おう。実は、このオッサンが煩《うるそ》うてな……」

「私、警察庁の佐脇と申しますが」

佐脇はさっと前に出て、仮の身分証を見せた。

監督は、佐脇の身分証とボコボコに殴られた痕も生々しいチンピラの顔を交互に眺めた。

「ええと、あの子は間違いなくハタチですよ。本人の出演承諾書もあります。おい」

演出家はアシスタントに書類をもってこいと命じた。

「あぁいやいや、今の子がどうのと言うのじゃありません。『タカツキカク』からこちらに移籍した、遠藤佳美という女の子についてちょっと問い合わせをしたいと思いまして」

佐脇はこの業界についてはズブの素人なので、よく判らない。鳴海にアダルトビデオ業界はない。あっても旧鳴龍会がソープ嬢や本サロ嬢を出演させてローカルに作っている、ホームビデオもどきの裏ビデオ止まりだ。

「あなたが監督サン？」

「ええまあ。だから、この作品の責任者ですが、ここはロケセットとして使わせて貰ってるだけで、『オフィス媒光庵』のことはよく判らんのです」

「なるほど。では、判る方いますか～？」

佐脇は大きな声を出した。

と、奥からハイハイと言いながら貧相な中年男が飛んできた。昔のコントに出て来る「番頭さん」みたいな感じの、腰の低い男だ。

その男は、殴られて形相が変わった『タカツキカク』のチンピラを見て一瞬たじろいだ。

「……その件、ワタクシがお伺い致します。ええと、どういう？」

「だから、オタクの系列の芸能プロ『タカツキカク』から、遠藤佳美って新人がこっちに移ってきてるだろ？　タカツではアイドル候補生だったけどこっちではAV嬢として」

「ええと……」

その男は梅川風のチンピラと目を合わせて、なにやら目で会話するような様子を見せた。

「おい、お前ら、なにを示し合わせてるんだ？」

「いえいえ……ええと、たしかにそういうファックスはタカツから来ましたが……その子とはまだ会ってませんので」

「AV嬢として移籍って事は、今撮影してたあの子みたいな仕事をするって事だろう？　契約書を見せて貰おうか」

「ええと……それはまだこちらには。ただ向こうから、遠藤佳美ってタレントがウチの所属になるからっていう連絡を受けただけで」

「オタクはさあ」

佐脇は灰皿があるかどうか確認もせずにタバコを取り出して火をつけた。

「AVも作ってるの？　それとも、AVを作る会社に女の子を提供する芸能プロなの？」

「ウチは、AV女優専門の芸能プロです」

「まさかオタクは、これだと目をつけた女の子を無理矢理AVに出したり、AV嬢になるのを反対する家族を焼き殺したり、なんてことはしないよな?」

「へ?」

番頭風の中年男は目をまん丸にして驚いて見せた。

「それ、どういうことでしょう?」

佐脇が説明しようとするのを遮り、中年男はイヤイヤイヤ、と喋り始めた。

「あー、なんか物凄い誤解というか先入観があるようですね。ウチらの業界は、そういう誤解を受けやすいんで、それはもう、きっちり身綺麗にしてますよ。ウチが契約する女の子は完全な自由意志です。街でスカウトする子もいるし、自分で売り込みに来る子もいます。今のご時世、無理矢理なんてことしたら、会社がふっ飛びますからね。どこから突っ込まれても大丈夫なようにキッチリやってますよ」

なるほど、とそこは引き下がることにする。

「その件は判りました。で、オタクでもタカツキカクでもいいが、所属タレントを住まわせる、寮のようなものはどこにある?」

「寮、ですか?」

中年男は首を傾げた。

「そういうのは、ないですけど」

「じゃあ、遠藤佳美は今どこにいるんです？」

「それは判りませんよ。所属タレント全員を二十四時間、監視してるわけじゃないんですから」

なるほどね、と佐脇はその場では納得したような顔をして見せた。

寮の場所は、入江が調べていた。オフィス媒光庵を出たところで、入江からかかってきた電話で佐脇はそれを知った。

「じゃあ、『タカツキカク』がデビュー前のアイドル候補生を寮に住まわせていて。その寮が、台東《たいとう》区の谷中《やなか》にあるんですね？」

『こちらが把握《はあく》している限りでは、そうです。「タカツキカク」は複数の寮というか部屋を持っていて、所属タレントを住まわせています。青山《あおやま》にはデビューして売れっ子になった所属タレント用の部屋を複数所有していて、雑誌取材などにも使っているようです。ウチで売れっ子になればこんないい生活が出来るという宣伝にもしているわけです。その一方で、谷中では競売物件を安く買い叩いた古いビルを寮に改装して、デビュー前のコたちを住まわせています。歌や踊りのレッスン室もあるようです』

警察庁は各種データベースを介していろんな情報にアクセスできる。それを有効活用すれば、個人でも企業でも、持っている不動産も銀行預金口座もすべて判ってしまう。

『ただね、いきなりそこに踏み込むのはダメですよ佐脇さん』

入江は佐脇の気勢を削《そ》ぐようなことを言う。

『今の段階では捜査令状は取れないし、取れたとしても、これは警視庁の刑事が動くべき事案ですからね』

「じゃあ私は何をすればいいんです？」

『周辺捜査をして証拠を固めてください。まとまったら警視庁の刑事に引き渡して、立件するように働きかけます』

「だったらハナから警視庁の誰かに捜査を命じたらどうなんです？」

私みたいな中途半端な人間が絡むよりいいでしょう？　と付け足したが、入江の返事は前と同じだった。

『ですから何度も言うように、今の段階では「民事不介入」ということになって、警察が積極的に動く理由がないんですよ。だから……』

「ちょっと前の警察庁通達かなにかで、今後は『民事不介入』を口実に家庭内暴力やストーカー行為の捜査を躊躇《ちゆうちよ》してはならん、というお達しがありましたよねえ。出した方はそれ、忘れてるんですか？」

『ＤＶやストーカーと違って、この件では被害者からもその親族からも、警察に相談があったわけではありません。どっちみち動けないので、だから佐脇さん、あなたにお願いしているわけです』
「やりにくいですな。どうも東京は勝手が違うし、捜査権も逮捕権もない警察官っての
は、単なるオッサンでしかないですよ。しかもおれはエリートでもない」
手錠も無ェ拳銃も無ェパトカーも無ェ部下も無ェ……と昔流行ったコミックソングをも
じって電話口で歌ってやると、入江は乾いた笑い声を立てた。
『まあ、そう言わずにお願いしますよ。佐脇さんの内偵次第で警視庁を早期に動かせるん
ですから。ああそれと、例の、この間お願いした、天王洲のクラブでの殺人事件について
もちょっと聞いてきてくれませんか。その場にたまたま居合わせた、ということもありま
すが、大多喜夫妻に関係があるかもしれないので気になるんです。立場上、私が直接、事
情を問い合わせるのもためらわれるので』
入江に下手に出られて、仕方なく佐脇は「内偵」、というより使い走りを続けることに
した。まずは天王洲の事件の所轄で、捜査本部が立っているはずの城南署を訪ねてみる。
「私、担当の紅林《くればやし》と申します。宜しく」
城南署の一階受付にやってきた男は、刑事課一係の名刺を差し出した。ガタイのいい現
場叩き上げのタイプではなく、どちらかと言えば華奢《きゃしゃ》で神経質そうな細身の男だ。
二階にある刑事課の、廊下にある長椅子に案内された。

「佐脇さん、ですか。T県から転籍されて今は警察庁の推薦組の方が、私にどんな御用で?」

紅林はサーバーで淹れたお茶の紙コップを佐脇に渡しながら訊いた。

「推薦組でもなんでもないんですがね、この前、天王洲のクラブで起きた殺人事件、あれの捜査は今どうなっているのか、参事官の入江が進捗状況を知りたいと」

「どうしてサッチョウのお偉いサンがまた? ガイシャのご親族か何かで?」

「いえいえ、そうではないのですが」

佐脇はそう答えながら入江に、自分で訊けばいいのに、と内心腹を立てていた。

「ああ、入江さんといえば、あの時現場に居合わせたんでしたね」

紅林はお茶を啜った。

「被害者のほうの事情は大体調べがついてます。若いがやり手のファンドマネジャーで、かなり高額のカネを動かしてました。しかし昨今の金融相場の乱高下で、総額は判りませんが多額の損失を出してます。資金を預けて運用していた顧客を現在、調べているところです」

「ガイシャはあの店にはよく来ていたんですか?」

「常連といっても良いでしょう。同じくあの店を根城にしている、いわゆる『半グレ』の連中とも交遊があったようです」

「半グレの連中？」

「面倒な連中が出てきたものですよ。元来私は、暴力団は壊滅させずに生かさず殺さずで泳がせておくべきだと思ってるんですがね。そうしておけば、あの連中がのさばることもなかった。しかし、アナタのボスである入江さんは、そうは思っていない」

それを言われてピンときた。

その言い分は、入江のライバルと言われている直原の考え方そのものだ。

と、いうことは……。

「まあ、それくらいの進展しかないんですよ。現場周辺の監視カメラの映像を現在解析中で、犯行に使われたとおぼしい車輛が映ってますが、その所在もまだ摑めていません。要するにサッチョウのエラい人に報告するまでもない段階ですんで。ではこれで」

話を終えようとして、紅林は腰を浮かせた。

「ちょっと待ってくれ」

佐脇は彼を引き留めて、その監視カメラの映像を見せてくれと頼もうとしたが、廊下を歩いてきた民間人らしい男が紅林に気づき、いきなり話に割って入ってきた。

「ああちょうど良かった。紅林さん……実は困ったことになってましてね」

なんだこいつは、おれのほうが先客だ、とムッとする佐脇にかまわず男は話し続ける。

「どうもあの事件のあと、一般市民からの抗議がありまして、商売がし辛いんですよ」

「一般市民？」

「いや、住民と言うよりも市民団体ですね。そういう連中が『近隣に不安を与えるクラブは出ていけ』とか『危険なクラブは営業停止』とか『反社会勢力はこの街から出て行け！』とか叫んで店の前でビラを撒いたりして。これ、立派な営業妨害ですよ。こっちだって事件の現場にされちゃって実際は被害者なのに。ホント、いい加減な事言うなって怒《ど》鳴《な》りたくなりますよ」

紅林に訴えている男は、まさにあの撲殺事件が起きたあの店の関係者らしい。経営者か、それとも支配人か？

「もう、参っちゃいますよ。ちょうど店の口開けで、客が来始める時間帯を狙って小汚いビラなんか撒かれたら商売あがったりです。ウチはクールなイメージが売りのスタイリッシュなクラブで、服装チェックもしてるし、あの事件からこっち、店名も変えてオーナーも別人を立てて営業してるっていうのに」

「それはいけませんね。判りました。すぐに対応しましょう。直原さんからも言われてるから心配はいりませんよ。ウチから何人か向かわせて排除させます。つべこべ言ったら威力業務妨害に公務執行妨害でしょっ引いてやりましょう」

紅林のあまりに円滑《えんかつ》すぎる受け答えに、佐脇は呆然とした。

地元暴力団とかつて癒着《ゆちゃく》し、舎弟刑事と言われていた自分でさえ、旧鳴龍会からの頼みごとに、ここまで二つ返事で答えることはなかった。

佐脇は、直原の前歴を思い出した。あいつは城南署のかつての署長だったというが、なるほどそういうことか、と腑《ふ》に落ちた。

殺人の現場となったクラブなら普通は即閉店、最低でも数週間は店を閉めるだろう。だが、あの店は堂々と営業を続けていて、昨夜、佐脇と入江が奈央たちを連れ戻しに行った時も、普通に賑わっていた。それは、あの店のバックにいる人間が、所轄の城南署とズブズブだからなのだ。

直原は署長だった時、そして今もこれからも、さぞや大枚の付け届けを受け取り続けるのだろう。

この時点で佐脇は今いる城南署や警視庁の刑事からは、いかなる形でも協力を仰ぐという考えはきっぱりと捨てた。ついでにまともな捜査への期待も捨てた。

警視庁の、誰かほかの人間、直原の息のかかっていない、それも現場の人間の助言が必要だ。なにしろ自分はここでは完全アウェーなのだから。

自分を完全に無視して天王洲『クスコ』の男と話し込んでいる紅林に「じゃ」とだけ言って城南署を出た佐脇は、「台東区か……」と呟いた。

奈央が今も所属しているタカツキカクの寮は台東区谷中にあると入江は言った。

東京には二人の旧知の人物がいる。一人は入江だが、もう一人が……たしかその台東署で刑事をやっているはずだ。

佐脇は、携帯電話のアドレスを探した。

「まあT県警から警察庁に転属と言うことは、ご栄転おめでとうと言うべきでしょうな。まま、一献」

御徒町《おかちまち》と上野《うえの》の間にある「アメ横」商店街の脇にある大衆酒場で、一見して冴《さ》えないオッサンが佐脇のグラスにビールを注いでくれた。

「この前の、あのとんでもない殺人看護婦の一件ではお世話になりましたね」

「いやこちらこそ、あの時は殿山《とのやま》さん、あんたが事件を調べに鳴海に来てくれて、こっちも助かった。その借りを少しでも返そうと思って、おれも鳴海から出てきたわけよ」

適当なことを言って、佐脇はグラスのビールを一気に飲み干した。

「いや〜勤務時間中のビールって、どうしてこんなに美味《うま》いんでしょうなあ!」

「え? あんた、鳴海署では勤務時間なんかあれども無きがごとしって聞きましたよ」

まだ陽も高いのに、殿山も芋焼酎《いもじようちゆう》を呷った。たしかに鳴海に居る時は、佐脇は飲みたいときに飲み、帰りたいときに退署していた。

「そういう殿山さんだって、平気で飲んでるじゃないですか」

「おれはいいの。普段飲んだくれてても、やるときゃやる主義だから」

こういうところで佐脇と気が合う相手は、警視庁台東署の刑事・殿山だ。小柄で風采《ふうさい》の上がらない、一見して冴えないおっさんだが、実はなかなかの傑物《けつぶつ》だ。それは殿山が鳴海に来て、短い期間だったが一緒に仕事をしたのでよく判る。中身はタフで筋読みも確かなのだ。

佐脇は手短に、今抱えている問題について説明した。

「タカツキカク、ね。その名前はよく聞くね。あの業界でも有名だ。悪い意味でね」

殿山は眉間《みけん》に皺を寄せた。

「しかし偶然だな。このところ、おれも、あの業界をちょっと突ついている。というのは、いわゆるAV女優と言われる女性が複数、行方不明になってましてね。最初は家出人の捜索願が出されただけで、事件性はなさそうだからそのままにしていた。しかし、似たような捜索願が二つ三つになってくるとね……」

「それがタカツキカクとか、系列のオフィス媒光庵と絡んでると?」

「媒光庵がらみの女優も中にはいるが」

殿山は言葉を濁してサイコロステーキを一つ口に放り込んだ。

「しかしね、あの業界全部がブラックなわけではない。大手は会社が潰れるのが怖いから、キッチリやってる。応募してきた女優志願者が提出した履歴書《りれきしよ》も、鵜呑みにせずにウラを取る。児童ポルノ法に引っかからないようピリピリ気をつかってる。しかし」

殿山は『オフィス媒光庵』のスタッフと同じことを言った。

「そういうマトモなやり方だけじゃダメなんでしょうな。ええっ、こんな子が脱いでセックスするの！　って驚くような子がＡＶに出ないと大ヒットにはならない。何と言ってもＡＶは女の子が可愛いかボインかどうかが決め手だからねえ。そして、そういう可愛くて新鮮な女の子をスカウトしてきてＡＶに出すために、どうもヤバい手を使ってるんじゃないか、そういうケースも実は皆無《かいむ》じゃない」

アイドルのスカウトを装って事務所に連れ込み、契約を強要したあとなしくずしにレイプ同然のセックスに持ち込み、それをビデオに撮ってしまう、さらにそのビデオを脅しの材料にする、あるいは契約をタテに高額の違約金を払えと脅してＡＶに出演させる、など佐脇が想像していた通りの手口を殿山は語った。

「ＡＶ女優を供給する事務所は、ＡＶを制作する会社に女の子を送り出してナンボですからね、常に新しい女優を求めてるわけですよ。見る側も、常に新しい子の艶姿《あですがた》を見たいわけで」

「そりゃ、そうですな」

佐脇は同意した。

「昔からある事務所はルールを守ってるが、最近は新規参入してきた連中がいて、そいつらがルール無用な事をしてる。カネのためならどんな手を使ってもいいと思ってる連中だ」

その連中というのが、と殿山が気を持たせるように声を潜めたところで、佐脇は訊いた。

「そいつらは『銀狼』とか言う、いわゆる半グレの連中じゃないですか？」

「おおそうそう。知っているなら話が早い。なるほど……連中の悪名は鳴海にまで鳴り響いてるわけか。アンタが訪ねて行ったというオフィス媒光庵も、今は『銀狼』の系列だからね」

殿山は、これは昔話だが、と言って話し始めた。

「ちょっと前のことだが、タチの悪い詐欺集団があってな。不動産詐欺から振り込めから窃盗、殺人まで手広く何でもやっていた。が、その首領が突然、不慮《ふりょ》の事故でくたばって組織は壊滅、メンバーも散り散りになった。その中から一番凶悪な連中を引き取ったのが『銀狼』だ。あんたはどのへんまで知ってるか判らないが……いわゆる『半グレ』の中では筆頭格な連中だ。武闘派で、本職の暴力団でさえやつらのことは恐れている。しかも、カネになるなら何でもやる連中でね。振り込め詐欺にヤミ金融、日本中にネットワークがあるから、地方の下部組織を使って女の子をスカウトさせて東京に連れてくる。そしてAV女優に仕立て上げたり、風俗に送り込んだりする。うまく立ち回ったやつは、そうやって稼いだ金を洗って、表の世界で実業家みたいな顔をする。最近、有名な美人女優と結婚した大金持ちも、『銀狼』だった過去を叩かれましたな」

殿山は芋焼酎を啜ると、子持ちしゃもに食らいつき、あっという間に完食した。

「その、おれがたまたま知ってる、壊滅したワル組織だが、メンバーだけじゃなく、その建物まで、どうやらそっくり『銀狼』が手に入れた形跡がある。裏の世界の吸収合併みたいなもんだ。ワルとワルが融合してワルさが倍ではきかなくなってる。輪をかけて悪賢《わるがしこ》く、凶悪になっちまった」

佐脇は頭の中でこれまで聞いた情報を整理しながら、殿山に合わせてビールを呷った。

「佐脇さん、あまり食べないですな。田舎の方に美味いモノは多いと思いますけど、東京だって捨てたもんじゃないです。捜せばね、安くて美味いもんはあるんです。ここ、そう悪くないでしょ?」

「たしかに、このハマチの刺身はうまいですな。養殖でちょっと脂が乗りすぎてますけど」

思わずケチをつけたくなるのは、魚の味で鳴海が東京に負けるわけにはいかないという郷土愛か。

「ところで……谷中の方に、タカツキカクの『寮』があるはずなんだが」

ああそれは知ってるよ、と殿山が頷く。佐脇は尋ねた。

「聞いた限りでは、谷中の競売物件を安く買い叩いたボロビルが寮になっていて、デビュ

―前の女の子を住まわせているそうだ。レッスン室もあるらしい」

「だがね、佐脇さん。そこは本当にただの寮ですよ。タカツキカクは表向き、普通の芸能プロです。これまで目立ったトラブルはない」

殿山はそう言ってまた焼酎を呷った。

「タカツキカクに問題はない。あくまで表向きはね。だが『オフィス媒光庵』はヤバい。あそこはどうやらブラックだ」

「けどその媒光庵とタカツキカクは繋がってるんでしょ?」

「そう。しかし表向きの資本関係は無いんで、挙げるのが難しいんだ。そのへんが連中のタチの悪いところでね。タカツキカク所属のタレントはアイドル志望だから、何と言っても可愛いし若い。AV女優ならブレイク間違いなしだ。タカツキカクはスカウトして全国から集めた女の子に素質があればアイドルデビューさせるが、これはちょっと、という子や、デビューさせてもパッとしなければ、容赦なく媒光庵に回してAVに出す。それこそ契約をタテにしたり、外に出せない写真を撮って脅したり……女の子を恐喝するくらい、連中からすれば赤子の手を捻るようなモンだ」

佳美、そしていずれ奈央が無理やりAV嬢にされてしまうような事態は、何としても防がなければならない。難しい顔になった佐脇に殿山が言った。

「あんた、オフィス媒光庵に当たってみるのか?　あそこにテツヲというやつがいる。おれの名前を出せば、会うことくらいは可能だと思うよ。そいつはおれがパクったやつだ。例の、壊滅したあと『銀狼』に取り込まれた詐欺集団のメンバーだ。少年事件で傷害致死だったから、もう娑婆《しゃば》に出てきてるが」

その時の女ボスに気に入られていた歌舞伎町のホストを嫉妬から刺したのだが、いい弁護士がついたので罪が軽くなった、と殿山は言った。

「そいつは上の人間に命じられればどんなことでもする、狂犬みたいなやつだ。目をつけて弁護費用を払ってやったのも『銀狼』だろう。おおかたＡＶ嬢の家族を脅す役でもやってるんだろうが」

「いや媒光庵なら、もう行ってきたんですけどね……」

しかし池袋のオフィスには、殿山が口にしたような男は居なかった。

「それじゃ別の仕事に変わったかな。金髪で針金みたいに痩せこけた、目付きが危ない、若いやつだ」

特徴を手帳にメモするうちに、思い出してきた。

「ああ、そいつなら何度か見ましたよ。天王洲のクラブと、それから……」

「ヤツは凶暴で命知らずだ。今何をしてるかは知らんがキレたら怖い。気をつけろ」

殿山は芋焼酎をグビリと飲んだ。

「で？　あなたが抱えている、ＡＶ女優が行方不明という件も、媒光庵が絡んでるんですか？」

「そう睨んでる。まあ原因は移籍トラブルだろうな。失踪《しっそう》したのは人気の出始めたＡＶ嬢だった。よくあるじゃないか。演歌歌手やお笑い芸人が売れてきて、そこで事務所を替わろうとしたら揉めて干されたって話が。ＡＶ女優だって売れてくれば芝居もしたいしバラエティにも出たくなる。カメラの前でセックスするだけでは飽《あ》き足りなくなる。しかしその方面に強い事務所に替わろうとすれば、タダじゃ済まない。元の事務所はカネヅルを失うわけだから必死になるわね」

「それが媒光庵だと」

「まあ証拠はないわけだけど。あんたが先に行って当たってくれたら、おれにとっても有り難い。こっちもね、立件もされてないのに所轄の刑事が動くのはいろいろ制約があってさ。ところで、もっと何か頼むか？」

サイコロステーキの鉄板も、ししゃもの角皿も空だ。そうそう、ここのカニ味噌が美味いんだと言いつつ殿山が大声で注文すると同時に、別の席からもカニ味噌の声がかかった。

「相スイマセン旦那。カニ味噌、今日は残りひとつキリで」

すると、「なにぃ？」といきり立った声がして、ガタイのいい派手なシャツの、見るからにヤクザが立ち上がった。

「いいからこっちに持って来い!」

注文がかち合った相手を捜すように店内をねめ回すと、殿山と視線がぶつかった。

「あ……」

そのヤクザは途端に肩をすくめて頭を下げた。

「カニ味噌、ダンナだったんですか? それは申し訳ない……」

「そんなに食いたいんなら、お前に譲るよ」

殿山がにこやかに言うと、ヤクザはいっそう恐縮して、「カニ味噌、こちらさんに、ね」と板前に頼み、大きな身体を小さくして席に戻った。

「いや、お恥ずかしい。あんたは鳴海じゃこんなもんじゃなかったよね?」

ヤクザからボトルが入ったでしょ? と言われて、佐脇は苦笑した。ボトルどころか、飲み食いは原則全部タダだったのだ。

「まあとにかく、テツヲに会ってみたらいい。なんせ凶暴で荒事には無敵なうえに、キレたら制御不能の扱いにくいヤツだが……その分」

「うまく煽ればいろいろ喋るかもって事ですな?」

そうそう、と殿山は、やって来たカニ味噌を口に入れて笑った。

「媒光庵は池袋の本社とは別に、品川にも事務所を持ってる。何に使ってるかは判らん。テツヲが前に所属していた詐欺集団の本拠地だったビルだ。気味の悪い建物でな、どう言ったらいいものか……とにかく口に出せないようなひどいことが、昔ここで何度も起きたに違いないって気がしてくるような、なんとも陰鬱なビルなんだ」

「まるで心霊スポットみたいなところですな」

佐脇もカニ味噌をお相伴してみた。たしかに美味い。

「そこに行ってみますよ。しかし……品川ですか。どんなもんでしょうね。私がこれ以上動く場合、所轄に筋を通しておくべきですかね？　例えば、城南署の紅林とかに」

「紅林？」

殿山の顔が歪み、嫌なモノを見たような表情になった。

「あいつに会ったんですか」

佐脇は、ここに来る前に城南署であったことを話した。

「紅林ってヤツは、以前は台東署にいて一緒に机を並べていたんだが……アイツはダメだ。デカの風上にも置けん」

殿山はそう言って、カニ味噌を甲羅《こうら》ごと食べてしまうんじゃないかという勢いで啜り込んだ。

「あいつは力のあるヤツを嗅ぎ分ける嗅覚が鋭くて、すぐ迎合《げいごう》する。無役のあんたじゃ、マトモに取り合ってくれないだろう。これはと思うお偉いサンに取り入るのが上手くてね。取り入るのはお偉いさんだけじゃない。カネヅルになりそうなグレーな連中と付き合うのも大好きだ。一見、線が細くて腰は低そうでも欲は深い。あの男には気をつけな」

殿山はそんな毒のある言葉を吐いた口を消毒するように、芋焼酎をぐいっと飲み干した。

*

奈央と佳美を乗せた黒のワンボックスカーは、品川の外れにある四階建ての、小さなビルに着いた。

コンクリート打ち放しのよくあるビルだが、古くて汚れている。至る所にヒビが入り、補修の跡が傷跡の縫合のように見える陰鬱な外観だ。フランケンシュタインの怪物のような悲哀感もあって、近づくのさえ躊躇《ためら》われる雰囲気が支配していた。古くて汚れているだけではない、なにか妖気のようなものを感じるのだ。

奈央たちが以前にいた谷中の寮は古い建物ではあったが、もっと普通の、人間が住んでいる温かみがあった。しかし、このビルにはそれがない。長い間廃墟《はいきょ》になっていたような、朽《く》ち果てた空気が漂っているのだ。

「ここはずっと空き家で、誰も使ってなかったんだ。建物ってのは、使ってないと駄目になるもんらしいね。おい慎司《しんじ》」

総長は淡々と言い、運転してきた若くて気の弱そうな男に、ビルの鍵を開けさせた。

「外観はそのままだが、中は使えるように改装したから」

一同が狭い階段を上がり、二階のドアを開けると、そこには筋肉男の高田がタンクトップに迷彩柄のカーゴパンツという出で立ちでソファにふんぞり返ってタバコを吸っていた。

「あ。総長！」

高田は飛び上がって直立不動になり、慌ててタバコを消した。

「言ってくれたらお迎えに出たのに」

高田はタバコの灰や空き缶などが散乱したテーブル上を慌てて腕でワイプした。袋を取ってゴミをざらざらと落とし込み、総長の後ろに隠れている運転役の慎司に声をかけた。

「オイ慎司。ボーッとしてないで手伝え。だからお前は使えねえって言われるんだよ！」

そう言われた慎司は、狼狽《ろうばい》して雑巾《ぞうきん》を捜したが、見つからないのでジーンズのポケットから自分のハンカチを出してテーブルを拭いた。

その様子を総長はうんざりした様子で見ている。

「だから散らかすなと言ったろう。おれたちは常時戦闘態勢ってことを忘れるな。いつでも次の行動に移れるようにって意味だ。ところで……用意は出来てるんだろうな？」

総長は奥にあるドアを見た。

「もちろんです。言われた通りにしてあります」

高田は直立して、敬礼せんばかりの口調で答えた。

八畳ほどの部屋には、年季が入ったリノリウムの床に、同じく年代モノの合成革のソファにテーブル、スチールデスクにスチールキャビネットが置かれている。殺風景なオフィスのようだが、空いたスペースになぜか体育マットが敷かれていて、それがひどく奇妙だった。その奥には別室に続くらしいガラスの塡まったドアがあり、中には明かりが点いている。

「じゃあ、佳美」

総長が指示すると、スキンヘッドの男が佳美の腕を摑み、引っ立てるようにしてドアの向こうに消えた。金髪男はドアの両脇に慎司と並び、ボディガード然として立っている。

「心配するな」

恐怖に引き攣った表情の奈央を見て、総長は笑った。

「衣裳合わせみたいなもんだ。今、向こうの部屋でやるのはそれ以上の事じゃない。お前、最悪の想像をしただろう?」

たしかに奈央は、考えられる限りで一番悪い想像をした。別室で佳美がレイプされる、という想像だ。

「聞いてるかどうか知らないが、佳美はタカツキカクから転籍して、今日から『オフィス媒光庵』の所属になった。今まで家族の反対もあって彼女の進路を決めかねていたんだが、おれの見る限り、彼女はアイドルという線じゃない。もっと大人の線を狙っていくべきだと思う」

　それを聞いてまた別の怖ろしい想像が湧き、奈央の脚は震え始めた。

「おいおい、なんだその顔は。君には全然信用がないなあ」

　総長は苦笑した。

「安心しろ。君は以前と同じ、アイドル候補生として頑張って貰う。佳美と同じ扱いはしないから、心配するな。しかし今日からはこの寮に住んで貰う。谷中はちょっと手狭でね」

「いえ、あの」

　ここで言っておかなければ、と奈央は勇気を振り絞った。

「私……向いてないと判ったんです。だから、うちに帰して欲しいんです」

「それは無理だな」

　総長は笑みを浮かべた。

「君は契約をしたんだよ。大人の世界では、契約というのはとても大切なことだ。サインをした以上、君の気が変わったとしても、我々との合意がなければ契約はそのまま維持されるしかない。判るかな？　つまり君がアイドル候補生を止めて普通の高校生に戻りたいと思っても、我々はそうか判ったとは言えない。今まで君には投資してきたし、売れるように営業もしてきた。その経費を賠償してくれるなら考えなくもないけれど、気まぐれな女子高生の君が『もうヤーメタ』と言っても、そんなワガママは通らないな」

そう言った総長は、ちらっと慎司を見た。

彼は慌てて部屋の隅にある小型冷蔵庫を開けて、飲み物を取り出した。

「まあジュースでも飲んで落ち着け。それに君のことについては、ご両親からくれぐれも頼むと言われてるんだ。君の心変わりだけで、すべてを変えるわけにはいかないんだ」

「でも……さっき」

奈央は涙ながらに主張しようと頑張った。

「お父さん……いえ、父を」

「ああ。あれはね、仕事上の問題があってね。君のパパがビジネスにおいていい加減なことを言ったので、そうじゃないんじゃないですか、そういうことは正しくないんじゃないですか、と意見していただけだよ」

だけど、と言い募《つの》ろうとした奈央を総長は遮った。

「いやいや、君はまだ子供だから判らないんだろうが、ビジネスの世界は厳しいんだ。意見が合わなければ激しい言葉が飛び交うこともある。仲よしこよしではビジネスは出来ないんだよ」

だからと言って、殴り倒したり部屋をメチャクチャにするのはビジネスなんだろうか？

そう言おうとしたとき、ドアが開いて佳美が出てきた。

「お色直しの、完成です！」

高田がふざけて紹介するように腕でドアを指した。

スキンヘッドに押し出されるようにドアから出てきた佳美の姿を見て、奈央は息を呑んだ。

佳美のヘアスタイルは、カールの入った元のロングヘアから、ショートで明るい色の、奈央の母親とそっくりな髪型に変えられていたのだ。

「悪趣味だよな。だがこれはお前のママの特別注文なんだ。こういうふうに、と指定してきたんだ。自分のお気に入りの美容師をここに寄越して、カットとカラーをするようにと」

総長が奈央に言った。

「どうして、ママが佳美ちゃんにそんなことを？」

「さあな。詳しい事はおれも知らない。趣味は悪いと思うが、まあ、おれにはどうでもいい話だ」

おい、と総長がドアの脇に立ったままの慎司に声をかけると、彼はハイと返事をして、奥に入っていった。

ほどなくしてドアから入ってきたのは、ビデオカメラを抱えてライトも点けた、「撮影隊」だった。

「じゃあ始めるか。佳美、お前にはいろいろと手こずらされた。その責任を取ってもらうぞ」

総長が指示を出すと、まず最初に高田が迷彩柄のズボンのベルトを緩め始めた。

続いて金髪が当然のような顔をしてスーツの上着を脱ごうとすると、総長は「お前はいい。今日は待機してろ」と制止して、慎司を見た。

「おまえがやれ。たまにはいい思いをしろ」

慎司は、自分がレイプする側に指名されたと知って、青くなって震え始めた。

「いいなあお前。早く脱げよ」

金髪に言われた慎司は服を脱ごうと焦《あせ》るが、手が震えてもつれて、ジーンズのベルトも上手く外せない。

脂汗《あぶらあせ》を滲《にじ》ませてうろたえる慎司を見た高田は嘲笑した。

「あいつダメですよ。どうせ勃ちません。あいつは何をさせてもダメなんだから」

総長も苦笑して頷いたが、真顔になって佳美に引導を渡した。

「判ってるだろ、佳美。お前はもうアイドルとしてプロデュースされるんじゃなくて、AV女優としてデビューすることが決まったんだ。今からそのデビュー作の撮影だ」

それを聞いた佳美の顔からさあーっと血の気が引いた。

「ヤリマン女子校生・初犯りまくり、とかそういうタイトルで行くか」

「いやそれはちょっと感覚古いと思いますけどね」

すでにズボンを脱ぎ捨て、勃起したペニスをしごいている高田が口を挟んだ。

「まあ、タイトルはスタッフがいいのを考えるでしょうけど」

総長は、スキンヘッドにも「おい」と声をかけた。

「お前も犯っていい。慎司の代わりだ。さあ、どんどんやれ。ヤバいところは編集したり音を抜いたりするから、思う存分やれ」

高田もスキンヘッドもすでに完全に勃起し、ペニスの先端から透明な汁を溢れさせている。

「服とか破るなよ。髪も必要以上に乱すな。せっかくセットしたんだからな」

「判ってますって」

高田はニヤついて佳美に迫った。

「止めなよ。そんなこと、全然聞いてないよ！」

佳美は震える声で抗議した。

「お前には言ってなかったが、タカツキカクと媒光庵の方で決まったことだ。契約がある以上、お前には従って貰う。じゃあ、やれ」

後ずさりする佳美に、ペニスをおっ立てた高田がぐんぐん迫った。

追い詰められパニックになった佳美は近くの窓を開けようとしたが、高田はその手を掴んで引き戻しざま、彼女の頬を平手打ちした。

ショックで佳美は声も出ない。

そこに、全裸になったスキンヘッドもやってきて、佳美を挟みうちにした。

「初めてじゃないんだろ？　奈央は処女かもしれないが、お前はもう経験済みなんだよな」

高田が彼女の頬を思い切り掴み、片手では肩を掴んで押し下げた。

佳美はふらふらとしゃがみ込んでしまった。

その頬に、高田はペニスを押し当てた。

「まずは口でやってくれ。さあ！」

フェラチオを強制された佳美は、いやいやをし、頑として抵抗したが、高田の物凄い力で肩を押さえられていてはどうしようもない。

高田は佳美の唇にペニスを押しつけた。

「ほら、素直にやれよ。どうせお前は誰かのチンポを舐めたことあるんだろ？」

押し殺した声で言って、佳美の顎を掴んで無理矢理抉《こ》じ開けると、ペニスをその中に突っ込んだ。

佳美の目から涙がこぼれ落ちた。泣きながら口を開き、押し付けられたモノを含んだ。カメラはその泣き顔に寄って、行為のすべてを撮っている。

その時、ドアチャイムが鳴った。

「なんだ。これからって時なのによ」

金髪男は舌打ちをして慎司に行かせようとしたが、総長の冷たい視線に気づいて、慌てて下に降りていった。

佳美の横にはスキンヘッドもにじり寄って、ペニスを突き出している。

「口はふさがってても手は使えるだろ。しごいてくれよ」

スキンヘッドは佳美の手を摑んで無理矢理自分のペニスを握らせ、しごかせ始めた。

彼女の手の中で、男の巨大なペニスがますます大きく、硬くなっていく。

佳美は、一人の男のモノをしごかされ、口ではもう一本のモノを、強制フェラさせられている。何も考えまいとしているのか、呆然として何も考えられなくなっているのか、真っ白な表情のまま、佳美は手と口を使わされていた。

奈央はとても見ていられなくなって、その光景から目をそむけた。

佳美のヘアスタイルと、見覚えのあるドレス。それは奈央の母親が気に入っている服だ。家で何度も見たことがある。まるで自分の母親がレイプされているのを見せつけられているようだ。いや、それ以上に、仲のいい友達が強制的に恥ずかしいことをさせられているのだ。そしてこの先、何が起こるのか、まだ処女の奈央にも容易に想像がつく。

「ほら奈央。きちんと見るんだ。それが今のお前の仕事だ」

総長が怖ろしい声でビシッと言い、顔を背ける奈央の頭を掴んだ。

「見ろ！」

そう言って佳美の方に無理やり顔を向けさせた。

あまりの事に、奈央の目からも涙がこぼれ落ちた。

カメラは、そんな奈央にもレンズを向けたが、総長が「こっちは撮るな！」とビシッと言った。

「この子は違うんだ」

佳美は、完全に男二人の餌食になっていた。

「おれも口でやってもらいてえ。先輩、替わってくださいよ」

スキンヘッドが高田に言った。

「じゃ、おれは下の口に移るかな」

高田は佳美を立たせて引きずり、床に敷かれた体育マットの上に押し倒した。ドレスの裾《すそ》を捲《まく》りあげて、白いレースの下着に手を掛けた。

「これ以上は止めて！　お願い……」

佳美は抵抗したが、高田は半身を起こして手を上げ、思いきり往復ビンタを食らわせた。

　バシバシッという肉を打つ音が響き、佳美は断末魔のような悲鳴を上げた。

「うるせえ!」

　高田は彼女の口と鼻を塞いだ。

　息が出来ない。佳美は全身をバタバタさせたが、高田はいっこうに力を緩めない。

「黙るか? もう騒がねえか? え?」

　佳美はなおも全身をバタつかせていたが、次第にその力は弱くなってきた。

「おい。こいつまで殺すのはナシだぞ!」

　総長の言葉に、高田は軽く頭を下げた。

「判ってますって」

　そう言って手を離すと佳美は目を見開き、喘ぐように大きく息を吸い込んだ。きつそうなドレスに包まれた、たわわなバストが大きく上下する。

「……いくぜ」

　あっという間だった。

　パンティが一気に引きちぎられ、佳美は簡単に股を割られて、女芯が蹂躙《じゅうりん》された。

　高田の大きな太い凶暴なモノが、じりじりと佳美の中に突き進み、沈んでいく。

「あ……」

希望を失ったかのような悲痛な声が佳美の口から漏れた。

剛棒を根元まで差し込んだ高田は、ゆっくりと抽送を始めた。ぬらつくペニスが引き出され、また押し込まれるたびに、佳美の口からは絶望の悲鳴が漏れる。

「そんな声出すな。おい、お前、こいつの口を塞げ」

スキンヘッドにおい、と命じた筋肉男は佳美に挿入したままで体位を変えた。正常位から佳美を抱え上げて、その躰をぐるりと回す。たちまち後ろから挿入する体勢になり、佳美も四つん這いの格好にさせられた。

そのまま後ろから抽送が再開し、佳美の顔の前にスキンヘッドのペニスが迫った。

「こっちの口でも奉仕して貰う」

スキンヘッドは彼女の口にペニスを捩じ込んだ。

「いいぜ……よく締まる……うッ……いく」

やがて高田が呻いたかと思うと、腰をひくひくさせた。

ペニスがうしろから抜かれると、佳美の女芯からは白濁液が垂れ落ちた。

「お、おれもイク……こういうのは興奮するな。くそっ」

スキンヘッドも激しく腰を遣い、ほどなく佳美の口の中に思いの丈《たけ》を放出した。

「飲め。全部飲み込め」

スキンヘッドは佳美の頬を叩いて、精液を飲み込ませた。

激しくえずきながら白い喉を何度も上下させた佳美は苦しそうに咳《せ》き込んだ。

そんな光景を、奈央は声もなく見ていた。手足が冷たくなり、立っているのがやっとだ。

それは、やはり呆然としている慎司も同じらしかった。総長の手下としてレイプに荷担《かたん》する側とはいえ、正視に堪えない様子の、その表情にウソはつけない。

「だけどおれはまだ元気なんだよな」

スキンヘッドはそううそぶくと彼女の後ろに回り、四つん這いのまま、高く上げさせられていたヒップを摑んだ。

「この女、いい形のケツしてんじゃねえか。ちょっと早かった分、まだいけるぜ」

形のいいお尻の側から、まだ硬さを失っていない男根を挿入した。

「んだよ……おれが早漏みたいじゃねえかよ」

高田も持ち場を変えて、だらりと萎えたペニスをふたたび佳美に咥えさせた。

「今度はおれのフィンガーテクで、お前も気持ちよくさせてやるぜ」

スキンヘッドがうしろから佳美の秘部に手を伸ばし、肉芽を弄び始めた。

「うっ……うぐっ」

指でクリトリスをいじられて、佳美は呻き声を漏らした。

高田もフェラチオをさせながら手を伸ばし、服をたくし上げた。下にはブラはつけていなかったので、佳美の、釣り鐘のような巨乳がまろび出た。

「すげえな。ロケットおっぱいってヤツだ。総長。この巨乳はやっぱり、隠すより見せた方がいいですよ！　ただ見せるだけじゃねえ。こうやって揉んだり乳首をいじったりするのを見せつけないと！」

高田は佳美の形のいい巨乳を揉み上げ、乳首を摘まんでくじり始めた。

挿入され、二人の男から同時に性感帯を刺激されて、くぐもった声を上げる佳美の全身がクネクネとうねり始めた。

「こいつ、乳首とクリトリスが弱いんだな」

眺めていた総長が呟いた。

「次は高速三点責めでいこう」

佳美は、乳首とクリットを責められ、うしろからは巨根で突き上げられ、唇から喉の奥までをペニスで刺激されている。その全身はうっすらと色づき、今や激しく腰をくねらせて、自ら快感を求め始めていた。

「こいつ、気分出してるぜ。うっ……すげェ締めつけてきやがる。前もぐしょぐしょだ」

奈央の目にも、友達の太もものあたりが、あふれ出た液体で濡れ光っているのが判った。

「女子高生とは思えねえ眺めだな。あ、女子高生だとビデオ出せねえじゃないか」

射精までを長引かせようとしてか、スキンヘッドが腰を遣いながら喋り続ける。

「そこは大丈夫だ。トシ誤魔化して出しちまえばいい。親はもうあの世なんだし……バレてレーベル潰れるまで、たっぷり稼がせてもらおうぜ。この巨乳と淫乱の線で売れる」

高田も下半身の剛毛を佳美の顔に押し付けながら言ってのけた。

二人の男にもて遊ばれている佳美は、もはや苦しいのか感じているのか、よく判らない様子で全身をくねらせていた。


夕刻。

まだ酔いが残りつつ、佐脇は品川にあるという媒光庵の事務所に行ってみた。

御徒町の駅から、山手線でも京浜東北線でも、同じ形だが色の違う電車に乗って品川まで行けることが判り、東京の地理にも多少の自信が付いてきた。

教わった場所には、確かに殿山が言ったとおりの、負のオーラを発する陰惨な感じのビルが建っていた。

一階は元々は何かの店か会社だったのだろうが、今はシャッターが下りている。その脇に、すっかり錆びついて灰色のペンキもまだらに剝げた鉄のドアがあった。

会社名も何も書いていない。もちろん看板も出ていない。

ビルの周囲をしばしうろついてから、佐脇はドアの脇にあるインターフォンを押してみた。

『は？』

という声がした。しかし、応答するのに「は？」はないだろう！

「こちら、オフィス媒光庵さんでしょうか？」

『なんだこんな時に！』

こんな時と言われても困るが、取りあえず下手に出て謝る。

「相スイマセン、どうも、大変お忙しい時に」

『ちょっと待ってろやコラ』

応答した相手はそう言ってインターフォンを乱暴に切った。

階段を駆け下りる音がしてドアが開いた。顔を出したのは、殿山が言う通りの金髪で針金みたいに痩せて目に険がある若い男だった。

コイツとは大多喜の家に最初に行ったときにもすれ違っている。間違いない。

「何の用すか？」

相手はぶっきらぼうに訊いた。

「ここ、オフィス媒光庵？」

「だったとしたらなんだコラ」

挑むような目付きで佐脇を睨みつける。

「あんた、テツヲっていうのか？」

「誰に訊いたんだよ」

「殿山って言うオッサンにな」

そう言いながら佐脇は、入り口に立ち塞がるテツヲの脇をすり抜けようとした。

「ンだよテメエ帰れよ」

「そう言わず、ちょっと中に入れてくれないか？　ここ、オフィス媒光庵なんだろ？」

「だから何だ？　誰だテメエは」

テツヲはドア前で仁王立ちになった。

「どうしても中に入りたいんなら、おれを倒してから行け」

「お前は漫画の主人公か。いいからちょっと教えてくれよ。池袋にもオフィス媒光庵はあるだろ？　あっちとこっちじゃどう違うんだ？」

「さあ？　おれはバカだし下っ端だから何にも知らねえよ」

テツヲは自嘲めいた笑いを浮かべた。

「そうか下っ端か。気の毒にな。そんなだから何にも任せて貰えないのか」

「何だとコラ」

反射的にテツヲは拳を握って顔を歪めたが、自制した。

「なあ。中に入れてくれよ。ちょっと人を捜してるんだ」

「だからオッサンは何だよ？　刑事か？　どこかのチンピラか？」

佐脇の息が酒くさいので、テツヲは思い切りバカにする顔になった。

「なんだ。アル中のダメオヤジか。帰れよ」

「……まあ、そういうところだ。いきなりで悪かったな。出直すわ」

一旦、ドア前から立ち去る……振りをして佐脇はテツヲが油断した隙を突いた。

いきなり振り返りざま、右肘《みぎひじ》でテツヲの顔を直撃したのだ。

「キレると怖いと聞いてたんで、キレたらどうなるか試してみたくてな」

「ンだと、コラ」

テツヲは腰を落として佐脇に突進してきた。

佐脇はヒョイと体をかわして受け流すと見せて、今度はテツヲの横っ面に膝蹴りを入れる。テツヲはあっさり倒れた。

「なんだ、こんな程度か」

嘲笑して、怒りを煽る。

まんまと乗せられたテツヲは、ぶんぶんと両手を振り回して佐脇に殴りかかってきた。

一発はヒットしたが、二発目は腕を取って合気道の要領で背中にねじ曲げてやった。

もっとやるか？　と言いかけた、ちょうどその時に、ドアの中の、階段の上方から悲鳴のような声が聞こえてきた。

「なんだ今の声は？　女の悲鳴みたいだったが」

佐脇はドアの中を覗き込んだ。

薄暗い内部には、汚い階段が上に伸びているだけだった。

「あんたにカンケーねえよ」

ちょっと慌てたテツヲは、言い訳を思い付いたのかニヤリとした。

「ホラーだよ。ホラー映画。ヒマなんで見てたんだ」

「お前、ここに住んでるのか？」

「だから、カンケーねえだろ。もういいよ。負けを認めるから、離せ。警察呼ぶぞコラ」

「チンピラが警察を呼ぶのか。情けないチンピラだな」

「何とでも言えや。これは住居侵入とかだろオッサン？　とんでもねえ暴力オヤジがいるって通報すっぞ」

携帯を取り出し地元の警察は親切だからな、と番号を入力しかけるテツヲを佐脇は制止した。どうせこいつの携帯には城南署の紅林の直電が入っている。半グレと癒着した所轄から人を差し向けられては勝ち目がない。

「判ったよ。済まなかったな。また出直すわ」

今日のところは引き下がるしかない、と立ち去りかけたところで、こちらに来る一台の車が見えた。

佐脇とテツヲがそのままでいると、ファン、とホーンが鳴った。

「ほら、お客だ。帰れクソジジイ」

「ああ、判ったから」

退散すると見せてビルから離れたが、そのまま帰るわけにはいかなくなった。あの来訪者は誰だ？

かなり離れたところで物陰に隠れ、ビルの方をうかがった。

やって来た車はサイズといい、銀色に輝く塗装のつややかさといい、国産ではあるが、まぎれもない高級車だ。

テツヲが辺りを見回して佐脇の姿がないことを確認してから、うやうやしく運転席のドアを開けている。

すると、光沢のある真っ白なコートを着た女が降り立った。

膝丈のコートからすらりと伸びたふくらはぎが、細い針のようなヒールに続いている。

大きなサングラスをかけているので、女の顔は判らない。

大きなレンズをすっと通った鼻梁が支え、白い滑らかな額の上で、ボブのワンレングスにした明るい色の髪が揺れている。

真っ赤な唇を引き結んだ女は、そのまま古いビルに入って行った。テツヲに開けさせることもなく、自分でドアを開けて、まるで自宅のように物慣れた様子で中に入っていったのだ。テツヲがその後に続く。

……あの女は、希里子ではないのか？　見間違いかもしれないが、しなやかな躰つきといい、見事な脚のラインといい、大多喜希里子にとてもよく似ている。別人であっても、あのビルの中に入っていったのだから関係者に違いない。出てきたところで何か話が聞けるかもしれない。

佐脇はこのまま物陰に潜んで、ビルを見張ることにした。

＊

完膚《かんぷ》なきまでに凌辱された佳美が、起き上がる気力もなくぐったりしているところに、オフィスのドアが開き、一人の女が入ってきた。

「あら、もうやっちゃったのね」

何でもなさそうな声で、女はそう言った。

着衣を乱され、顔や下半身にまだ精液が付着したままという痛々しい姿の佳美を見下ろした女は、大きなサングラスを外した。

その女は、やはり大多喜希里子だった。

「終わったのね？　じゃあいいわね？」

輪姦レイプの撮影直後という雰囲気など気にもかけない様子で、希里子はハンドバッグから封筒を出し、総長に手渡した。

「はいこれ配当。オタクから預かったお金は主人がきちんと運用してるから心配ないのよ。ウチのリビングを滅茶苦茶にしてくれたけど、ああいうこと、もう止めてくれる？　ご近所になんて説明していいか判らないし」

「了解だ。こっちは、オタクが約束を守りさえすれば、何にもしないんだ。ニコニコと、ごく紳士的にお付き合いさせて貰うよ」

総長は封筒の中身を確認した。百万円ほどの紙幣が入っている。

「利益は必ずもっと出すから。これ約束よ」

「配当だけじゃ信用出来ねえな」

「あら。これまでいくら儲けさせたと思ってるのかしら」

母親と総長の会話に、奈央が割って入った。必死の面持ちだ。

「お母さん！　私、すぐに帰りたい！　今すぐここを出たい！」

そう叫んで母親に縋りつこうとした。

しかし母親はほとんど脊髄《せきずい》反射のように我が娘を突き飛ばした。

「ちょっと。大きなくせに急に抱きつかないでよ。ビックリしちゃうじゃない」

「ごめんなさい。でも」

　奈央は泣きながら必死に訴えるが、総長は母と娘の間に割って入った。

「奈央、さっきも言ったように、お前はまだ帰すわけにはいかない。ここに居て貰う。人質みたいなもんだ。配当だけでは駄目だ。元本がきちっと戻ってくるまでな」

「だからぁ、儲けを上乗せして返してあげるわよ」

　希里子は躰をくねらせて総長に擦り寄った。家で父親には決してしない、甘えるようなしぐさだ。

「信用しろって言うのか？　それならアンタらも約束をきちんと守りな。こっちも金を使う予定ってモンがあるんだ」

「ちょっとぐらい待ってくれてもいいでしょ？　もうじきアメリカの雇用統計が出るから」

「ちょっとくらいって、おれたちをどれくらい待たせたか判ってて言ってるのか？　紳士の皮をかなぐり捨てるには充分な時間を待ったんだぜ？」

　総長の声は冷静な中に怒気を含んでいる。

「あらコワい。こわいこわい」

　希里子はふざけるように言うと、グッタリしている佳美を見て言った。

「指定した通りにやってくれたのね。よく仕上がってる。カットも、色の抜き方も、私と見分けがつかないくらいね」

希里子は佳美に近づくと、乱れた髪を撫でて整えてやった。血を分けた娘である奈央には、まったく無関心だというのに。

「この子……遠藤佳美っていうの？　やっぱり私と背が同じくらいね。骨格も、脚のラインもよく似てるわ。この子にあって私に無いのは、この、大きな胸ぐらいかしら」

希里子は何の遠慮もなく、レイプされて、しかもその一部始終を撮影されたショックで虚脱状態になっている佳美の躰に手を伸ばした。

乱れた着衣から剝き出しになっている佳美の豊かなバストに手をやった希里子は、ゆっくりと少女の乳房を揉みしだき始めた。

「やっぱり若いコの胸はいいわね。芯があって硬いもの」

希里子が少女の乳首を摘まんでくじると、佳美はか細い声を上げた。

「生きてるのね！」

希里子は面白そうにそう言って、まだ精液が残る股間にも指を伸ばし、佳美の秘所に指を挿し入れた。

「やめて！」

そう言ったのは佳美ではなく、奈央だった。

「どうして？」

希里子は指を抜き挿ししながら言った。

「これがやりたくて、爪を切ってもらったんだから」

総長はうんざりした様子で希里子に言った。

「気に入ってくれて良かったが、あんた、この娘を自分そっくりのおもちゃに作り替えてどうするつもりだ？　どうでもいいが、あんた、本物のナルシストだな」

「何と言われても構わないけど。私はしたいようにするし、一番気持ちのいいことを探しているだけ。この子と楽しんで思いっきりイカせてあげれば、私自身が楽しんでいる気分になれるもの。イカせて楽しむ私と、イッちゃって楽しむ私。一回のセックスで二人分、二倍も三倍も楽しめるのよ」

希里子の言葉に総長は苦笑したが、高田とスキンヘッドはまるで理解出来ないという顔で、ぽかんとしている。

「ねえ、お願いしたとおり、この子を連れて帰っていい？　この様子じゃあ、当分使い物にならないでしょ？　ＡＶだって、こんな魂の抜け殻《がら》みたいな子を撮っても面白くないでしょ？」

希里子の言葉どおり、アイドル候補生からいきなりＡＶ女優に堕《お》とされ、デビュー作の輪姦レイプ映像を撮られたばかりの佳美は、目も虚ろで廃人同様の状態だ。

「あんたも物好きだな。まあ、あんたの趣味は判ってるから好きにしていい。ただし、二日か三日だぞ。その子は大事な商品なんだからな。アイドル候補生だった巨乳美少女のＡ

Vは絶対に売れるんだからな」

「判ってるわよ。この子が可哀想だから、うちでゆっくり休ませて、美味しいものを食べさせてあげたいだけよ。そうすれば元気になってセックスやりまくれるようになるわよ。その代わり、うちの奈央は預けとくから」

総長はやれやれ、と言わんばかりに肩をすくめた。

「あんたには勝てないよ」

奈央は、実の母親にまで見放されて震えていた。佳美の次は自分だと判っている。

「ああそうだ。奈央、お前、家に帰りたいなら、こいつに頼むといいかもな」

総長は手にしたスマホの画面を奈央に見せた。

液晶の画面には、入江の画像が表示されていた。

「こいつに助けを求めろよ。携帯がつながってる。遠慮は要らない」

奈央はスマホを受け取ると、画面に向かって叫んだ。

「助けて！　入江のおじさん、奈央を助けて！　お願いします！」

陽も暮れて、辺りも暗くなった。

佐脇はそのまま物陰に隠れて、不気味なビルの前に停まったレクサスを見張っていた。

ビルの中に入ったのが希里子ならば、いずれ出て来る。希里子でなくても出てきたところに呼び止めて、話を聞く。

今は捜査権はなくても、刑事としての当然の仕事を放棄するつもりはない。

やがて……ビルの鉄扉が軋みながら開いて、中から人影が現れた。

女が一人。そして続いてもう一人の女が、男たちに左右から腕を取られて出てきた。

女は二人とも背恰好が同じくらいだ。先に出てきた一人は、さっきビルに入っていったのと同じ女のようだ。もう一人はよく判らない。すでに暗くなっているし、距離もあるので顔がハッキリと判らない。

先に出てきた女が運転席に乗り込もうとしたところで、佐脇は駆け寄った。

「申し訳ない。少しだけ話を……」

そう言いかけたときに、後頭部に強い衝撃を受けた。

視界が暗くなり、全身から力が抜けた。

まだ生きている聴覚に、男と女の話し声が聞こえてきたが、それが誰で、何を話しているのかは判らないまま……佐脇の意識はブラックアウトした。

＊

意識を取り戻した佐脇が最初に見たものは、心配そうに覗き込む磯部ひかるの顔だった。

「やっぱりお前さんか。おれを一番愛しているのは誰だか判ったぜ」

軽口を叩いて起き上がろうとしたが、力が入らない。

「自惚《うぬぼ》れないでね。同郷の知り合いが大変なことになっているのに知らん顔は出来ないでしょ？　この前あなたが大火傷で入院したときと同じよ」

「ここはどこだ？」

聞いてから愚問だと悟った。病院以外考えられないではないか。

「品川の救急病院。明日になっても意識が戻らなかったら警察病院に移そうか、って入江さんと相談してたんだけど」

ひかるが言うには、佐脇はまる三日、昏睡《こんすい》状態だったらしい。

「後頭部を強打されて、かなり重度の脳震盪《のうしんとう》だったみたい。脳味噌も、あんまり刺激が強すぎると傷が付いちゃって大変なんだって」

「それについては意識が戻ったんだから取りあえずOKってことだな？　で、おれはどうしたんだ？　どうも誰かに殴られて……」

ひかるは黙って新聞を佐脇に突き出した。

『投資顧問会社経営者夫妻、自宅で死亡。殺人か？』

という大きな文字が躍っている。

「大多喜夫妻よ。豪華な自宅のリビングが血の海で……聞きたい？　刺激が強すぎない？」

　ひかるは佐脇を気遣うように見た。

「いいから話せ。おれを誰だと思ってる。そのへんのトーシロージャねえんだぞ」

　その元気なら大丈夫ね、と頷いたひかるは詳細を説明した。

「リビングに倒れていた死体は、二人とも顔が滅茶苦茶に潰されていて誰だか判らないほどだったけれど、着衣そのほかから警察が大多喜夫妻だと断定したって。死因は鈍器による強打」

「……金属バットも鈍器だよな」

　佐脇はぽつりと言った。

「そうね。室内は荒らされた痕があって、金品が物色されていたって。でも、単純な物盗りの犯行だったら、ここまでのことはしないわよね？」

　顔が判らなくなるほど滅多打ちにするのは、怨恨《えんこん》か、それとも見せしめか……。

　佐脇もひかるも口には出さないが、天王洲のクラブでの撲殺事件を思い出していた。

　話がはずまないまま黙っていると、入江が病室に現れた。

「パトカーが盛大にサイレンを鳴らしてたが、やっぱりあんただったか」

　入江は、憎まれ口を叩く佐脇を見て、安心した顔を見せた。

「意識を取り戻したとひかるさんから連絡がありましたのでね」

「おれはどこに倒れてたんだ?」

「この病院の玄関に走ってきた車から放り出されたそうですよ」

「ヤクザか不良中国人が抗争の相手を捨てる手口と同じだな」

「それで佐脇さん……記憶はどうです? 何か憶えていますか?」

「殴られたことは憶えているが……ちょっとまだいろいろ混乱していて」

それより、と佐脇は入江の腕を摑んで引き寄せた。

「大多喜奈央はどうなった? 居所は判ったのか? あの夫婦が殺されたら、次は娘が狙われるんじゃないか? 犯人は『銀狼』の連中だろ!」

「残念ながら、その可能性は濃厚ですね」

入江が悲痛な表情で言い、佐脇はベッドの上で新聞を握りしめた。

# 第四章　生贄《いけにえ》の羊

事件の翌々日の午後、大多喜夫妻の葬儀が行われた。

場所は、品川にある名の通った斎場だ。辣腕《らつわん》のトレーダーとその美人妻が亡くなったのだから、青山葬儀場や築地本願寺などの有名な葬祭場を使うのかと思ったが、意外に地味な場所だ。だが駐車場だけは広い。

佐脇は、入江とともに参列した。喪服は貸衣装だ。

二人とも検死には立ち会えなかった。捜査権がないから臨場も出来ないし捜査会議にも顔を出せない。城南署に捜査本部《チョウバ》は立ったから捜査の進行状況は判るが、あくまでも「漏れ聞く」という形でしかない。よほどの重大事件でない限り警察庁の人間が現在進行中の捜査に口を出すことはないのだ。

現段階で佐脇と入江が知っているのは「大多喜夫妻は外部から侵入した何者かによって殴打され殺害された。荒らされた痕はあるが物盗りの犯行に見せかけるための偽装の可能性が高い。指紋や足跡、その他遺留品を徹底して捜索している段階」という程度で、テレビのワイドショーの方がまだ詳しく報じているほどだ。

事件の翌日、司法解剖された遺体が警察から戻ってきたその夜に通夜が行われ、翌日の今日が葬儀だ。

「なんか、急ぐ事情でもあったんですかね？　友引が近いとか葬儀場が今日しか空いてなかったとか？」

まだ退院するなと医者に言われている佐脇は、病院からここに直行してきた。

「口に出して言う事でもありませんが……葬儀を急ぐ理由は、この場合、一つしかなさそうですよ。佐脇さんもそう思ってるでしょう？」

仕立ての良い喪服をきちんと着込んだ入江は無表情なまま、口を開いた。

「おそらく、死体を早く始末してしまいたいのです」

日頃、何事にも慎重な入江が、ズバリと言い切った。

「そう思ってみると、どうです。会葬者を見て、何か共通する特徴があるとは思いませんか？」

こんな事件だという先入観があるせいか、葬儀場の駐車場には異様な、殺伐《さつばつ》とした雰囲気が漂っている。だが、それだけではない。

駐まっている車はみんな黒塗り、車から降りてくるのはみんな黒服に黒ネクタイ。葬儀である以上当然の喪服姿だが、どちらかと言えば暴力団の総会のような光景に見える。

おまけに葬儀場の敷地の外にはマスコミが群《むら》がっていて、参列者の姿を撮影している。猟奇《りょうき》的殺人事件の被害者、それも夫婦。しかも被害者の大多喜悦治は投資顧問会社の社長で大金を扱うトレーダーという、一般大衆の興味を惹く要素が揃っているのだ。

「マスコミは大喜びのようですね。毎度のことながら豊かな想像力を発揮しています」

入江は手許のスマホで午後のワイドショーを映し出した。

『警察によりますと部屋の中は荒らされた痕はあるが現金などは手付かずなので、物盗りの犯行に見せかけた殺人だという見方を強めています。殺された大多喜悦治さんは、長年海外の株式や債券を売買して、高額の利益を上げるトレーダーとしてその世界では有名な存在でした。大多喜さんを知る関係者の中には、大多喜さんは顧客の幅と扱う額を広げすぎて、充分な利益を出せなくなっていたのではないかという声もありました』

「どうです？　捜査本部が私に伝えてくる事より、よほど詳しいじゃありませんか」

入江はスマホを切りながら肩をすくめた。

そんな入江は、学生時代からの後輩が惨殺されたのにもかかわらず、それほど衝撃を受けているようには見えない。むしろ何かほかのことに気を取られているようだ。まあ元々それほど心の温かい人間とも思っていないし、大の大人が公衆の面前で泣き叫んだり復讐《ふくしゅう》を誓《ちか》ったりするわけもないが、それにしてもまったく他人事のように、冷静すぎるように思えた。

こういう時の入江は、怪しい。なにかを隠している。

「そろそろ中に入りますか」

入江はそう言って、足を進めた。

「焼香が済んだら一度出ましょう。アナタとちょっと話したいことがあるので」

「なんだ？　今話せないのか？」

「後にしましょう」

入江は先に受付に御霊前を差し出した。

親族・同窓生・会社関係のように別々に受付が設《もう》けられてもおかしくない規模の葬儀に見えるが、受付は一箇所だけだった。

マスコミ報道のとおり、大多喜が本当に投資のエキスパートで辣腕を振るっていたのなら、かつて勤めていた会社の上司や同僚、部下や取引先の担当者といった仕事関係の参列者も多いはずだろうに、そうでもないのか？

芳名帳を記入するときに間違えたフリをして前のページを捲《めく》ってみたが、法人名の記入は皆無だ。個人としての参列者ばかりのようだ。

広い会場に用意された席は、あまり埋まっていない。

佐脇も入江も着席せずに、会場の後ろに立って場内を観察した。

席にいる数人が振り返り、入江に黙礼した。

「……警視庁の連中です。この事件の捜査本部の」

入江が耳打ちしてきた。

祭壇に一番近い席には、年配の男女数名が座っている。老父母やその兄弟姉妹といった人たちなのだろう。

「あれは大多喜君の親族の方々です。私、ご両親と面識はありますので」

彼らはいずれも東京やその近郊の住人ではない様子で、落ち着かない感じで座っている。息子の死について、まったく事情が判らない様子で呆然としている、年老いた両親の姿が痛々しい。

しかし……。

大多喜悦治の側の親族は居るが、希里子の親族らしい人たちの姿が見えない。もしかして希里子の葬儀は別にやるのだろうか？　しかし祭壇には悦治と希里子の遺影が並び、棺桶《かんおけ》も二つ、安置されている。

死に方が死に方だし犯人もまだ捕まっていない。通常の葬儀とは違う、なんとも落ち着かず腫れ物に触るような、ヒリヒリして微妙な空気が漂っている。

そんな会場の中で動き回る人影が居れば、嫌でも目に付く。

彼らは喪服を着て、立ち居振る舞いも控《ひか》えめにしているが、葬儀社の人間ではないのは一目瞭然《いちもくりようぜん》だ。まず髪の毛が長かったり坊主にしていたりで、カタギの人間には見えない。

葬儀のプロなら気配を消して場に馴染む訓練が出来ている筈《はず》だが、彼らは違う。しいて言えばテレビの取材班、あるいはスタッフのような、忙しく飛び回って仕事をしていることをアピールしているような動き方なのだ。

その中の一人がちょうど佐脇のそばを通り抜けようとしたので、呼び止めた。

「忙しそうだな」

ええまあ、と相手は曖昧《あいまい》に答えた。どこかで見たような記憶がある。

「あんたは大多喜さんの、何?」

「あ、自分はタカツキカクの者で、大多喜さんのお嬢さんに頼まれて葬儀の雑用をやってるんですが何か?」

「そういうのは葬儀屋がやることじゃないのか?」

さあ、自分に言われても、とその男はムッとしたように見えた。

「自分、大多喜さんの親族の了解も取ってるんですけど、何か?」

「大多喜さんのお嬢さんに頼まれてっていうが、奈央さんの姿は見えないぞ」

「大多喜奈央は今、忙しいんです。仕事の都合で、あとから駆けつけるんで」

そう言って腕時計を見た。

「彼女、デビューしたばかりで、スケジュールが一杯なんですよ」

うるさそうに答えた。

「デビューした？　いつだよ？」

佐脇は驚いた。隣の入江は、と見たが、なぜかそれほど驚いている様子はない。

「あの子は今、ウチの一押しで、急遽《きゅうきょ》ですが映画の主演が決まったとこなんです。で、今日はその絡みでCMの撮影が入ってて。この後も、レモンスタジオでバラエティの収録があるんで」

「そこまで急に話が進んでいる、という話は聞いていません」

入江は小声だがキッパリと言った。

「私は生前の大多喜さんご夫妻と親しくしていたんだが、そういう話があるのなら、大多喜さんを通じて聞いていたはずです。あなたの言うことは信じられない」

「信じられないって言われても実際そうなんで。何か問題でもあるんすかね？」

相手の男はあきらかに苛立っている。そこに声がかかった。

「この人にはおれが話す。お前は自分の仕事をやれ」

いつの間に会場に来たのか、すぐそばに「総長」が立っていた。

一応細身のスタイリッシュな、喪服に見えなくも無い黒服に身を包んでいるが、いつものようにサングラスをして髪もポニーテイルのままだ。およそ葬儀に参列しているという雰囲気ではない。

しかも後ろには、これも喪服は着ているがいつもの金髪にスキンヘッド、そして筋肉男の高田まで従えているのだから、見てくれはまさに暴力団の組長およびその御一行様だ。

高田は佐脇と目が合うと睨み返してきた。この前の天王洲アイルにあるクラブでのやり取り、というよりタイマン勝負に遺恨を持っているのだろう。

「入江さん、でしたね。警察庁の官房参事官の。大多喜奈央がデビューしたという話は本当ですよ。CMもバラエティも急遽決まったハナシでね。こういう事は決まる時はバタバタと決まるものなんですよ。ただまあ、こういう事件の渦中《かちゆう》の人間になってしまったのでCMは流れるかどうか未知数だし、バラエティもレギュラーは無理だろうけれど……おい慎司」

そう言って総長が手をあげて合図すると、若いおどおどした雰囲気の若者がタブレット型の端末《たんまつ》を持ってきた。

「入江さん、あんたが大多喜夫妻と親しかったことは良く知っている。それもどちらかと言えば希里子、つまり奈央の母親とね。母親に娘は似るというが、それであんたは奈央のことが気になるというのなら、無理もない話だ」

奥歯に物の挟まったような言い方に、傍で聞いていた佐脇はムッとした。

「おいあんた、一体何が言いたい?」

だが入江は佐脇を宥《なだ》めた。

「まあまあ。ここは葬儀の席ですから」

「入江さん。これを見てもらえるかな」

いきり立つ佐脇を横目に、総長はタブレットの画面を見せた。

「これは奈央のカメラテストの映像です。ＣＭのね」

事務所の一角で撮ったような映像で、白い壁かホリゾントをバックにして、ちょっと着飾った奈央がプリンか何かを食べてニッコリするものだ。笑顔を作ってはいるものの、硬い。

「そしてこれが、昨日収録したバラエティ」

こちらはセットの雛壇《ひなだん》に「可愛い笑顔要員」として奈央が座っている。ミニスカートで脚を見せているのは、新人アイドルとしては必須の条件なのだろう。奈央の役目は、メインのタレントや芸人のトークに笑って拍手する事だが、緊張して強ばった表情で無理に笑顔をつくっている様子が痛々しかった。

しかも司会のお笑いタレントに話題を振られた奈央はさらに緊張して笑顔が消え、困った様子を隠すことができなくなる。そこをまた周囲の手練《てだ》れのタレントがイジる。

音を消して画像だけを見ているのだが、それでも雰囲気は判る。

奈央は確かに痛々しいのだが、なんとかしてあげたい、という保護者的な欲求を刺激する、一種不思議な魅力が新鮮だった。

これは新人アイドルとしては得がたい資質ではないか？　と芸能界にはど素人の佐脇で

すら思った。場慣れしてなくてオドオドしている可愛いくて初々《ういうい》しい女の子は、誰だって守ってあげたくなるだろう。

「あんたがたは、親が殺された時に仕事をさせてナニ考えてるんだ、と言うんでしょうが、我々としては、最大のチャンスだと思ってるんです。イケますよ。大多喜奈央は」

タブレットの画面を見つめる入江の表情は複雑だ。奈央の可愛らしさに驚嘆し、これならアイドルとして成功できるのではという想いと、こんな時に仕事をさせられて笑顔を作らなければならない彼女への憐《あわ》れみが交錯《こうさく》しているのだ。

「おや、入江さん。やっぱりお見えでしたね」

総長の後ろから現れたのは警察庁の直原だ。そのうしろには城南署の紅林がいる。所轄署の刑事である紅林は佐脇と入江に黙礼だけすると、話しかける隙も与えず自分だけ席に向かってしまった。

だが、恰幅《かっぷく》のいい身体に仕立てのいい喪服を着込んだ直原は、いかにもしんみりした表情を浮かべて入江の前に立った。腹に一物も二物もありそうな態度だ。

「ずいぶん懇意《こんい》にしていた後輩が、こんな形で亡くなってしまって、さぞお力落としでしょう」

お悔やみ申し上げますと頭を下げるその顔には、皮肉な笑みが隠しきれない。

「お気遣い、有り難うございます」

大人の態度で挨拶を返す入江の顔にも、複雑な表情が浮かんでいる。

「やっぱりあれですか？　入江さんも大多喜氏にかなりのお金を預けていたんですか？」

「まあね。隠すことでもありませんが」

「それじゃあ必死になるわけだ」

直原の人の良さそうな顔に陰険な影が走った。

「いえね、ここだけの話、役所の一部ですが、参事官はこの事件に妙に入れ込んでると、ちょっと話題になってましてね。普通、人死に程度ではウチは個別の事件に首を突っ込まないでしょう？　よほど何かご事情があるのだろうってね」

直原は芝居がかったわざとらしさで眉をひそめ、入江の耳元に口を寄せた。

「口さがない連中は、この件は参事官の生命線だなどと取り沙汰してますしね。なにやら妙な動きをするヤカラもいるかに聞いております。お気をつけになった方がよろしいかと存じますよ。老婆心ながら申し上げますが」

「それはどうも」

入江はわざと軽く頭を下げて笑みを浮かべた。

早くも、投資顧問会社社長夫妻の事件は入江のスキャンダル、あるいは不祥事として受け取られ、出処進退と絡められているらしいことが佐脇にも判った。

直原はもっともらしい顔をして一礼すると、席に着くために歩いて行った。総長たちは駐車場に戻った。分を弁《わきま》えているのだろうか？

「総長はともかく、直原のヤツはどうして葬式に来たんです？　大多喜夫妻とは関係ないでしょう？　それになんだ？　あの奥歯に物が挟まったような言い方は」

当然の疑問を口にした佐脇に、入江は苦笑した。

「いやなに、私が困ってる顔を眺めに来たんでしょうよ。今回の件が自分にとって有利になると計算している。あいつはね、暴力団壊滅作戦についても、佐脇さんのように真剣に反対しているわけじゃありません。ただもう私と対立する立場に立っていたいから、私と反対のことを言っているだけです。仮に私が警察庁を追われたら、あいつは素知らぬ顔をして暴力団壊滅を叫び出すでしょう。そしていずれ与党から立候補して、議員にでもなるんでしょう。あいつが考えている人生のコースは、私には手に取るように見える」

入江は吐き捨てるように一気に喋った。

「……そろそろ席について、焼香して帰りますか」

と、入江が先に立って席に向かおうとした、その時。

葬儀場の入り口が騒然とした。

外に出てみると、どういうわけか芸能リポーターやカメラマンなどの芸能マスコミが葬祭場の敷地内になだれ込み、走り込んできた一台の車に群がっている。

「渦中の大多喜奈央さんが、ご両親を何者かに殺された新人アイドルの大多喜奈央さんがたった今到着しました！　奈央さん、今のお気持ちは？」

無神経なリポーターが叫びながらマイクを突き出し、カメラが一斉に車のドアに向けられ、派手にストロボが焚かれた。

車から降り立ったのは、喪服を着た奈央だった。

その顔は悴《やつ》れて青ざめ、怯えきっている。

奈央はマネージャーらしい男に支えられて会場に向かおうとしたが、その行く手をマスコミが遮り、マイクとカメラが襲いかかった。

「奈央さん、今のお気持ちは？」

「犯人に言いたいことは？」

「こんな時にお仕事だったんですか？」

そんな問いかけに奈央は表情を引き攣らせた。笑顔を見せるべきなのか悲しみを素直に出した方がいいのか混乱しているのだ。

タカツキカクのスタッフに金髪やスキンヘッド、そして高田も加勢して奈央からマスコミの人間を隔てようとしている。彼女のために道を空けようとするのだが、多勢に無勢でマスコミの人数の方が圧倒的に多く、しかも先を争って取材しようとするので、奈央はもみくちゃにされている。

会場に先乗りしていたタカツキカクの連中も、会場内でウロウロするばかりで、奈央を助けだそうとする様子はない。

それを見て腹を立てた佐脇は、思わず身体が動いてしまうのを止められなかった。

「何やってるんだお前ら！　退けどけっ！」

つかつかと歩み寄り、カメラマンやリポーターの襟首を摑んでゴボウ抜きするやら投げ飛ばすやら、一切の手加減なしでマスコミの連中を排除し始めた。

慌てたのはタカツキカクのスタッフたちだ。

「いやこれは我々が取材を許可したんで。やめてくださいよ」

「やめろという相手が違うだろ？　何考えてるんだお前ら。頭おかしいんじゃねえのか？ここは葬儀場だぞ！」

佐脇の怒りはタカツキカクの連中に向かう。

「だからこういう取材は有り難いんですよ。話題になって宣伝になるでしょ。乱暴はやめてくださいって」

「じゃあお前らがこの子をきっちり守れ！　彼女、怯えてるだろ。バカかお前ら！」

「おい止めろよオッサン。ここはこっちが仕切ってるんだ」

高田が佐脇の前に進み出て、メンチを切ってきた。

「……この前の決着をつけたいが、ここで騒ぐのはマズい。それはあんたも判ってるだろ」

そう言われると引き下がるしかなく、怒った勢いで会場にとって返した佐脇は、紅林と並んで席に着いていた直原に食ってかかった。

「これはどういうことだ直原さん。仮にも葬儀だろ。紅林サンよ、所轄は何をしてるんだ？　それに直原サン、城南署は以前あんたが警視庁に出向して署長をしていたところだろ？　二人雁首《がんくび》揃えて何やってるんだ。指示を出してなんとかしなよ！」

そう言われた紅林は冷笑を浮かべるだけで佐脇を完全に無視だが、直原は、人の良さそうな顔に、さも大仰に困った表情を浮かべて見せた。

「いやいや佐脇さん。そんな無理を言われても困る。以前署長をしたことがあると言っても、私、今は警察庁の人間ですよ。指揮権も無いし、所轄に口を出せるわけがないでしょう」

しれっとしたその表情に佐脇はまたも腹を立てたが、近くにいた入江がまあまあと割って入った。

「それは直原さんの言う通りです。我々が所轄に口を出したらろくなことがないんです。ここはどうか、お平らに」

そう言われても佐脇は収まらない。もっともらしい顔をした直原が内心「この田舎刑事あがりが」と嘲笑《あざわら》っているに違いないだけに余計にムカつく。

所轄に口を出せるわけがないとか嘘をつくんじゃねえ、影響力は今も大ありで例の天王洲のクラブからたんまり上納金をせしめてるんだろ、とブツブツと呟いた。

この直原と城南署の紅林の懐は、そういうカネで潤っているに違いないのだ。

さすがにマスコミは葬儀場の中までは入ってこなかった。

奈央は硬い表情のまま親族の席に案内されて、列席者に深く頭を下げた。

やがて、葬儀が始まった。故人の娘として焼香する奈央の手は震え、席に戻って崩れ落ちるように座る姿が痛々しい。涙も出ないほど緊張し、怯えているのが判る。

紅林と直原が焼香し、入江や佐脇もそれに続いた。

こういう場合、通常は棺桶の蓋は開いていて故人と最後の対面が出来るようにしてあるものだが、悦治の棺も希里子のものも、どちらも蓋が固く閉じられていた。惨殺されたので、無残な死に顔を見せたくないという親族の意向なのだろうか。

異様な緊張をはらんだ葬儀が終わり、奈央は悦治の両親、つまり祖父母と並んで、会葬者に頭を下げて送り出している。

退席する列の最後に並んだ入江は奈央に近づき、言葉をかわそうとしたが、そこで親族の列の後ろに控えていた総長に素早く遮られてしまった。

「大多喜奈央にはこの後も予定が入ってまして。タレントの仕事があるのでね。そっとしておいていただきたい。ご用件があるのなら後日、日を改めて、そして必ず事務所のタカツキカクを通してください。よろしいですね？」

総長は親族の手前、丁寧な言葉遣いながらも、一歩も引かない態度で入江を拒絶した。

喪主の挨拶もないまま、葬儀はいつの間にか終わってしまった。親族たちは同じ敷地内にある火葬場に向かうので入江と佐脇もその流れに加わろうとしたが、火葬場の係員に「ご親族だけですので」とやんわりと断られてしまった。

このまま一言も奈央と話さずに帰るわけにはいかない。佐脇も入江もそう思った。

仕方なく葬祭場の駐車場に出て、奈央が遺骨を抱いて火葬場から出て来るのを見守った。

親族と挨拶をしている時に割り込もうと思っていたのだが、金髪やスキンヘッド、そして高田がしっかりガードしていて近づけない。奈央は遺骨を祖父母に預けると、すぐにタカツキカク差し回しの車に乗り込み、走り去ってしまった。

マスコミがその車の後を追い、車両が次々と出ていって、嵐は過ぎ去った。

後には、狐《きつね》につままれた様子を隠せない、大多喜悦治の祖父母ほか親族が取り残された。

入江はゆっくりと近づいて、悔やみの言葉をかけている。

「いやあもう、急な事だしゆっくりお別れする時間ものうて……」

悦治の老父はわけが判らんと首を振った。

「知らないうちに孫はタレントになっておって、ああいう風に親の葬式にもきちんと出られんとか……どういうことなんだ？　しかも息子だけではのうて、嫁まで一緒に……もう、どうして良いものやら」

この葬儀で、初めてまともな言葉を聞けた。

入江と佐脇は、遺された老父母に頭を下げ、辞去することにした。

「佐脇さん、こちらの車にどうぞ」

入江に促されて、黒塗りの参事官専用の公用車に乗り込むと、車は静かに走り出した。

「先ほどお話ししたいと言った件ですが……」

入江はシートに置いてあった書類カバンから一冊の週刊誌を取り出した。

「私と大多喜との関係が書かれています。先輩後輩の関係だけではなく、カネの繋がりがあったと。まあそれは事実だし、親戚のものが保険の外交をやっていたらお義理でその保険に入るようなもので、指摘されてもまったく問題ではないのです。しかしこちらの週刊誌には」

彼は印刷された週刊誌ではなく、誌面のコピーのようなものを取り出した。

「明日発売予定の週刊誌のゲラです。こういうモノを掲載するがいいか、と確認を求められました。私が未成年者と不適切な交際をしているというスキャンダル記事です」

「ちょっと拝見」

佐脇は、ゲラを手に取った。

『警察庁エリートに援助交際疑惑！　女子高生と淫行か？』

という大きな見出しに、入江が若い女に手を握られ見つめ合っている写真がついている。

「なーんだこれは？」

佐脇は見開きのページを広げて、シートに置いた。

「あんたと奈央が会っている写真じゃないか。奈央があんたをすがるように見つめていて手を握っているのは……まあそりゃあ、知らないヤツが見れば誤解するようなものだけど……きっちり事情を説明すれば済むことでしょ？」

「奈央君が私の後輩の娘で、子供の頃から親戚みたいな仲だと言っても、余計に勘ぐられるばかりでしょう。そして、この記事には別バージョンがある」

入江は別のゲラを取り出した。

『警察庁エリートのスイートな夜』

という見出しで、入江と奈央が並んで歩いている写真が載っている。

「記事の内容はほとんど同じですが、見出しと写真のインパクトが違います。週刊誌なんて、見出しと写真を見るだけで記事は読まない人も多いですからね。この違いは大きいです」

「どうして記事に二通りがあるんですか？」

「この週刊誌は、暴対法反対の立場を取ってましてね。私が考えを改めるなら、マイルドな方を載せると言うんです」

「ちょっと入江さんよ。それは立派な脅迫じゃねえか。つーか、こんな週刊誌に警察の方針を変えさせる力があるのか？　週刊誌がそんな交換条件をつけてくるって、どう考えてもヘンな話だろ？」

そこまで言った佐脇は、言葉を切って入江をしげしげと見た。

「これ、いつ撮られた写真なんだ？」

「この前でしょう。遠藤佳美の実家が火事になった後、大多喜夫婦が殺される前、です」

「って事は、奈央が大多喜の家から連れ去られた後って事だろ。おれが品川のビルで張ってた頃じゃないのか？」

入江は時系列を考えた様子で、「そうなりますね」と答えた。

「あんた、何やってるんだよ。それじゃおれが完全なバカだろ。あの時おれはあんたに言われたとおり奈央を捜して、それで殴られて入院したんじゃねえか！」

佐脇は疑いの目を上司に向けた。

「あんた、実は奈央とそういう関係なんじゃないのか？　後輩の娘というのをいい事に、小遣いでも渡してやってたんじゃねえの？　その記事の通りに」

「失敬なことを言うな！」

常に冷静な入江が、声を荒らげた。

「私がそんな事をするわけがないじゃないか！」

「じゃあ、こんな微妙な時に、どうしてあんたが奈央と会ってるんだよ？　あんたがこうやって会えるなら、おれの出番なんかないし、おれが東京にいる必要もないだろ。頭ぶん殴られる必要もなかったし……というか、会ったんなら、どうしてその場で奈央を連れ帰らなかったんだ？　そうすりゃデカい問題のひとつが解決だろうがよ。え？」

佐脇は入江の胸ぐらを摑むような勢いで食ってかかった。

「事情を説明すると、奈央君から電話が入りました。助けてほしいと。とにかく会わなければ、ということで、場所と時間については向こうの条件を吞むしかありませんでした。私は、奈央君が生きていることをこの目で確認したかったんだ！」

「向こうの条件ってのは？　向こうってのはタカツキカクか？『銀狼』か？」

「奈央君との会話の後、銀狼の総長が出てきた。会うだけの約束で、奈央の周囲には向こうの連中がたくさんいました。彼女を奪取して逃げることは不可能だった」

「だからそう言うときこそ手勢を集めるべきだったろ。おれとか」

「佐脇さんとはその時、連絡が取れなかったんです！」

入江は何かを言いたい素振りを見せたが、それを飲み込んだ。

「要するに、罠だったんです。この写真を撮るための」

「……アンタとしては、それを判った上で、奈央に会いに行ったと言うことだな？」

「正直言うと、スキャンダル雑誌に写真を撮られるとは思ってませんでした。私は芸能人じゃないし」

「奈央が芸能人だよなあ……この雑誌が出ると、デビューしたての奈央に傷が付くわけだが、それも織り込み済みで先方はあんたを脅してるってわけだ」

入江は黙って頷いた。

「で、会ったときにはどういう話をしたんだ？　助けを求められたんだろ？」

「もちろんです。ここを出たい、芸能界なんて嫌だ、と泣きながら言われました」

「だったらなぜ連れて帰らなかったんだよ！」

「仕方がなかったんです！　さっきも言ったように、こっちは一人だし、向こうは大勢です。しかも、銀狼の総長から、銀狼と大多喜夫妻とのあいだの金銭問題さえ解決するのなら、奈央君を家に戻す、奈央君は戻りたがっている、それを私の口から奈央君の両親に伝えてほしい。話はそれからだ、と言われました。私はそれを信じたんです」

まさか、入江がここまで脇が甘いとは予想もしなかった……。

佐脇は、気を落ち着かせるためにタバコに火をつけた。

「仕方ない。その雑誌の件は無視するんですな。譲歩もしてはいけない。『マイルドじゃない』方を載せて貰えばいい。どうせアンタは、その雑誌のバックには、暴排法に反対の直原が付いてると考えてるんでしょ？　『銀狼』が絡んでるのも火を見るより明らかだ。この記事自体、『銀狼』が仕掛けたに決まってる。という事は、おそらく『銀狼』と直原は、この件ではつるんでいる。だったら、ここで妙な譲歩はすべきじゃない。アンタの手足を未来永劫《えいごう》、縛ることになってしまう」

「いやしかし、それは……」

「だから！」

佐脇は声を張り上げた。

「ここは腹を括って、群がってくるマスコミに根気よく、毅然《きぜん》と対応するんですな。大多喜奈央は小さな頃から知っている親戚同然の存在で、ちょっとした相談にのっていただけだと言い張るしかない。それが本当のことなんでしょう？　だったらそれを主張すればいいし、下衆な勘ぐりをするヤツがいたら、証拠を持って来いと怒鳴りつけてやればいい」

「そういうコワモテの対応に佐脇さんなら慣れてるでしょう？　だったら私のスタッフとして」

「あんた、バカか？」

佐脇は脱力のあまり半笑いで入江の顔を覗き込んだ。

「おれがマスコミ対応なんかしたら、火に油を注いじまう。さっきみたいにマイクを何本か奪い取って窓から放り投げるかもしれないし、レンズを割ってテレビカメラに蹴りをいれて壊すかもしれない。いやいやリポーターに罵倒を浴びせてぶん殴るかもしれない。そうなれば余計に面倒な事になるよな？……それともアレか？　おれにそうやって暴れさせて矛先《ほこさき》をおれに向けて、自分の件を霞ませてしまおうって魂胆か？」

「いくら私が策謀家でも、そこまでのことは考えていませんでしたよ……しかし、それも手ではありますね。警察庁としては佐脇さんを解雇して、それで騒ぎにケリをつけると」

「だが、おれを引っ張り上げたアンタの責任も問われるだろうな。『任命責任』とか言うヤツ？」

「私は別にアナタを任命していないので、それは違いますが……まあ何もないわけにはいきますまい」

そう言った入江は、後部シートのダッシュボードからパイプを取り出して火をつけた。

「しかし佐脇さんは私より策謀家ですね。サッチョウでも立派にやっていけるでしょう」

入江は久々に、佐脇に皮肉を言った。

「結局、これからどうするんです？」

「どうもこうもありません。私が覚えのない淫行疑惑を晴らし、身の証を立てるには、やはり奈央君を連れ戻すしかないのです。いや、それ以前に彼女のことが心配です。タカツキカクにいる限り、アイドルデビューしたからといって安心ということはありません」

それは佐脇も良く判っている。奈央だってタカツキカクから、いつ媒光庵に回されるか判らない。あんなに清純でいたいけな少女が無理矢理ＡＶに出演させられるなど、絶対あってはならないことだろう。

「ですので奈央君の所在をはっきりさせて、至急身柄を確保、いや、連れ戻す必要があるでしょう」

「けっこう。その役目はおれってことですな？」

そうです、と入江が頷き、運転手に命じた。

「君、城南署に寄ってください。そこで佐脇さんが降ります」

入江はあからさまにホッとした顔になっている。

「デビューしたのなら、スケジュールを確認すれば奈央君の居所は判ります。取りあえず所轄の城南署を動かして、大多喜夫妻が殺された事件に関連して、奈央君の事情聴取をさせるべきでしょう。彼女の安全を確保する手段をそれまでに何とか考えます。佐脇さん、城南署の捜査本部に行っていただけますね？」

＊

三時間後。佐脇は怒りの表情を隠そうともせず、ドタドタと足音も荒々しくホテルに帰ってきた。

ロビーのソファに座っていた磯部ひかるが立ち上がった。

「すっかり住み着いたって感じね」

身分不相応なこんな高級ホテルに、と付け加えなくても、そう言いたいのは判る。

「ったく窮屈で仕方がねえ。おれは木賃宿《きちんやど》みたいなのでいいんだ。というより、サッチョウの寮を用意するといいながら全然だ。まあ、宿代は入江持ちだからおれはいいんだが」

不快な気分もひかると喋っていると落ち着いてきた。

「コーヒーでも飲むか？　それとも部屋に行ってイッパツやるか？」

「イッパツは遠慮するけど見せたいものがあるから、部屋にしましょうか」

二人はコーヒーショップでテイクアウトのコーヒーを買って、佐脇の部屋に行った。

「で、何怒ってるの？」

「ああ、紅林の野郎だ」

佐脇はコーヒーを啜るのを止めて、ホームバーからスコッチの瓶を取り出して、そっちを飲み始めた。

「捜査状況を全然話しやがらねえ。大多喜奈央に事情を訊いたのかと突っ込んだら、訊いてねえだとよ。生きてる人間の中で一番重要な証人じゃねえか奈央は。なのに全然触ってもいねえとよ。それにだ」

佐脇は怒った勢いでスコッチをストレートでグイグイ呷った。

「二人が殺される前に大多喜の屋敷が荒らされていた件をおれが喋っても、紅林の野郎、まったく関心を示しやがらねえ。あの事件は捜査本部《チヨウバ》が違います、でオシマイ、天王洲のクラブの事件の進捗状況についても話せない、の一点張りだ。箝口令《かんこうれい》でも敷かれてるのか？　マスコミに喋らないというのは判るが、おれは警察の人間だぞ。身内だろ！　それを、完全な部外者みたいに扱いやがって」

「それは何か隠してるっていうより、まともに捜査する気がないのかもね」

「その通りだ！」

ひかるの言葉に、佐脇は頭から蒸気を噴き上げるような勢いで怒鳴った。

「佐脇さん、やっぱり警察の人間なのね。ついこの前まで、こっちで仕事する気なんか全然なさそうだったのに」

真面目に怒っている佐脇を、ひかるが茶化した。

「イヤおれは理不尽なこととか筋が通らねえことが好かんだけだ。サッチョウに義理は無いし、警察一家なんて別に思ってないからな」

と言って、次はテイクアウトのコーヒーを啜り、半分になったところで、そこにミニボトルからスコッチを注いだ。コーヒーのスコッチ割りだ、などと言って水でも飲むように呷るので、ひかるが心配した。

「相当ムカついてるんだろうけど……そのへんで止めたら？」

「というか、お前はどうしてこんな時間におれが帰ってくるって判ったんだ?」

「入江さんに聞いたからよ。城南署でのやり取りで相当ムカついてるようだから、飲み屋に直行するかホテルに帰って部屋飲みするだろうって……相変わらず勤務時間は無視?」

佐脇はそれには返事せずに、またコーヒーのカップにスコッチをどばっと入れた。

「で、何か用か?」

「まあね。一緒に部屋に来たからって仲直りするつもりじゃないからね。ただまあ、東京に出てきて右も左も判らないおじさんに、ちょっと教えてあげたいことがあって」

ひかるはタブレット端末を取り出した。

「なんだ。最近はパソコン止めてみんなこの板使うんだな」

「画像を見るだけならこっちの方が簡単だからね」

ひかるが画面に何度かタッチすると、映像が現れた。

『惨殺された資産家夫妻の遺児が、けなげにアイドルに!』

そう題された、ネット住民が作った短いドキュメンタリーのようなものだ。ワイドショーなどの映像を編集して字幕がつけられている。

例のCMやバラエティ番組の雛壇で笑っている姿、つい数時間前の葬儀の様子など、最新の映像が取り込まれている。

その画面に、右から左にいろんな文字が現れて、元の映像を隠してしまうほどの量になった。

『大多喜奈央って可愛いじゃん』

『これ本名？　今どき本名アイドルって珍しくね？』

『全然アイドルってイメージじゃない。頭良さそう。学級委員長っぽいところがイイ』

『アイドル界にはありえないキャラクター』

『いつも怯えて緊張しているみたいだけど、そんな奈央たんを見ると、オレが支えてやらないと、って思う』

『なんでこんな子がアイドルになったんだろう？』

『自分の殻を破りたいってドキュメンタリーで言ってた』

『バラエティで話振られた瞬間にギクッとする表情がカワユス』

『喪服が似合うな』

……などという書き込みが画面ぎっしりに表示されたままひとしきり流れ、最後に英語で「...to be continued.」という文字が重なったところで、映像は唐突に終わった。

「ね。おじさんは知らないでしょうけど、大多喜奈央の人気はひそかにブレイクしてるの。ネット以外に飛び火したら、もう一気よ。でね、こっちを見て」

と、ひかるはタブレットで別の画面を見せた。なにかの電子掲示板のようだ。

それは、奈央の熱烈なファンしか入れない、クローズドなサイトだと彼女は説明した。

「私は男の子のフリして、奈央のファンだって言って入会というか潜入してみたのよ」

「なんだ、簡単になり済ましが出来るのか？　クローズドって要するに会員制ってことだろう？　これじゃ会員制の意味がないじゃないか」

そこはそれ、とひかるはニヤッと笑った。東京に出てきてけっこうスレてきた感じだ。

「奈央ちゃんの亡くなったご両親について、一般には知られていない情報をほんの少し提供したら、仲間に入れてもらえたの」

ひかるによると、彼ら熱烈なファンは奈央のスケジュールだけではなく、自宅らしい場所まで突き止めていた。

「ほら、この辺の書き込みを見てよ」

ひかるが画面上を指差した。

それは掲示板形式にファンが自由に書き込める場所になっている。

『この前、奈央たんが乗った車をバイクでこっそり追跡したんだけど、品川の、スゲー不気味なビルの前に車が止まって、付き人らしい若い男と一緒に奈央たんが出てきて、そこに入っていった』

『今はマスコミに追われてるから、そういう隠れ家みたいなところが必要なんだろうね』

『いやでも、ビルの前には金髪の、ハリガネみたいに痩せた凶悪そうな男がいたから、怖くて近寄れなかった』

『大多喜奈央にはヤクザがついてるんじゃないの。よくあるパターンじゃん。可愛い顔してヤクザの女だったりするんじゃないの？』

『都市伝説だろ、そういうの』

『いや……ヤクザに完全管理されてる囚《とら》われの身、というパターンもあるぞ』

『どっちにしてもヤクザにやられてるのかｗ』

『おれの奈央たんは処女に決まってるだろ！　奈央たんに謝れ！』

と、ネットのファンサイトではよくありがちなイザコザに終わっているが、もちろん佐脇とひかるはその内容に注目した。

「……やっぱりあの中にいるんだな」

佐脇は、品川のビルの一件をひかるに話した。

「あのビルに、大多喜希里子が入っていったんだ。大多喜悦治、というよりあの夫婦が、おそらく『銀狼』の人間に脅されていて自宅を滅茶苦茶に荒らされているし、一旦は家に帰った奈央が『自分から』タカツキカクに戻ったという不自然な動きもあった。希里子は連中のご機嫌伺いと奈央の様子を見に行ったのかもしれない」

「だけど、そのあとで大多喜夫妻は殺されたのよね。何者かに」

ああそうだ、と佐脇はスコッチ入りのコーヒーを飲み干した。

「葬式は『銀狼』が仕切っていた。大多喜と連中は敵対していたのか、それともズブズブだったのか、あるいは奈央という人質を取られて大多喜が連中の言いなりだったのか、もはやよく判らないな」

「けどヤクザとカタギの付き合いって、大抵その三つが入り混じるパターンよね?」

「そうだな。連中は大多喜の客で、お互い美味しい思いをしている間はよかったが、金の運用が思うように行かなくなってヤバい事になってきたんだろう。それはよくあるパターンだからまあいい。いや、よくないが、理解は出来る。ところがここに、入江というコマが入ってくるのがよく判らない」

佐脇は部屋の中を歩き回った。

「この部屋は広いからウロウロできていいな。考えがまとまる」

佐脇は窓外の高層ビル街を眺めた。

「入江は大多喜の先輩で、幾ばくかのカネの運用を任せていた。そして入江は大多喜の女房と娘、つまり家族全員と親戚のような付き合いをしていた。親密な先輩後輩関係ならそういうこともあるのだろうけど……どうも入江の性格を考えると親密すぎる気がする。そもそも大多喜が抱えるトラブル解決のために、おれが呼ばれたんだしな。公私混同もいいとこだ。入江の個人的雇い人ではなくて、国から給料を貰って、入江個人に仕えてるのも同然なんだぜ」

「政治家の公設秘書みたいなものね」

「まあそう考えればいいのか……って、入江は単なる役人だぞ。エリートとはいえ国家公務員だぞ。やっぱりおかしいだろ」

佐脇はベッドにどさっと横になった。

「なあ、やろうぜ。おれ、東京に出てきてから、あの時のイッパツ以外、抜いてない……とは言わないが、今はその、癒しってやつが欲しい気分なんだ」

「じゃ、私はこれで」

だがひかるには完全に無視された。タブレットをバッグに仕舞って帰ろうとしている。

「あ、ひとつ教えとくと、私、タカツキカクに取材を申し込んだのよ。大多喜奈央さんにインタビューしたいって。だけど、スケジュールが一杯で当分無理ですって返事だった。芸能マスコミだったらアポ取れるんだけど」

「じゃあお前も芸能マスコミに成り済ませばいいじゃねえか」

不機嫌になった佐脇は意地悪く言った。

「それか、知り合いの芸能記者にくっついて行って、聞きたいこと聞けばいいだろ」

「それやったら知り合いに迷惑かかっちゃうから。それだけじゃなく、局とか番組丸ごと出入り禁止になったら大変でしょ！」

「そうか。じゃ、おれは寝るぞ」

佐脇は背を向けてイビキをかく振りをした。もちろんタヌキ寝入りだ。

「じゃ、帰るからね」

「おう。だけど今、おれが言ったことはネタに使うなよ！　まだ時期尚早《しょうそう》だぞ！」

判ってますと言い残して、ひかるは出て行った。

しばらくベッドに仰向けになって考えていた佐脇は、おもむろに起き上がると、自分も部屋を出た。

＊

「やめてくださいっ！」

品川の『オフィス媒光庵』分室のビルでは、筋肉男の高田がけたたましい笑い声を立てながら奈央を追い回していた。

「いいじゃないかよ。減るもんじゃなし、跡も付かないし、誰も判らねえよ」

そう言ってヒヒヒと笑う高田は、下半身に何もつけていないどころか、ペニスが半勃ち状態だ。

「セックスしようとは言わねえ。お前のその口で、おれのを舐めてくれって言ってるんじゃねえか。その代わりにおれは、お前のアソコを舐めて気持ち良くしてやるからよ！」

しかし、奈央は真っ青になって必死で逃げようとしている。狭いオフィスの中で、大型犬が獲物を追い回して玩《あそ》んでいるようなものだ。

「心配するなよ。総長から言われてるんだから。お前は大事な商品だから大切に扱え、手荒なことは許さん、セックスなんか論外だ、奈央の処女は価値があるんだから絶対に守れってな。だから安心しろ。お前が口と手でおれを気持ち良くしてくれたら、それでいいんだからよ」

ソファの周りを追いかけたり、先回りして両手を広げてみたり、高田は奈央をいたぶるのを完全に楽しんでいる。

「お前がちょっと抜いてくれたら、あれだぜ、佳美みたいな目に遭うことはないんだぜ。おれが間に入って悪いようにはさせないぜ」

だから、と筋肉男は自分の大きなペニスを握り、しこしことしごいて見せた。

「いや……嫌です……絶対にイヤ」

「おいおい、フラれちまったよ」

そう言った高田は、今までの追いかけっこが全然本気ではなかったと判らせるためか、一気にダッシュして奈央を捉え、そのまま抱きすくめると無理矢理唇を重ねた。

奈央は必死でもがき、突き放そうとしたが、高田の力のほうが圧倒的に強い。

ひひひと笑った筋肉男は、半勃ちのペニスを奈央のミニスカートから伸びる、素足の太腿に擦りつけた。

「い、いやっ！」

「何だよお前。そんなにお嬢様なのかよ。大多喜みたいな、金を増やすだけしか能が無い成り上がりの家はもっと下卑てると思ってたぜ。お前のママなんかあれ、売女《ばいた》だぜ？」

奈央は、思わず拳をにぎり高田の胸をどんどんと叩いた。

「ほぉ？」

思いがけない奈央の反撃に、高田は目を丸くして驚いて見せた。

「あんなクソビッチでも母親だからバカにされると腹立つか？　そうかそうか」

そう言いつつ、高田は奈央をぎゅっと抱きすくめて再び唇を奪い、舌も差し入れようと彼女の顎を摑んだ。

「あの……もうそのへんで……」

オフィスの片隅に居て、ずっと押し黙っていた慎司が、おずおずと声をかけた。慎司の横には金髪のテッヲと大柄のスキンヘッドも黙って控え、この二人は慎司とは違っておのおのズボンの前を膨らませ、目をギラつかせて成り行きを見ている。

「高田さん、止めましょうよ。総長からも言われてるじゃないですか……」

高田は動きを止めて、慎司を睨んだ。

「なんだ。総長はセックスはするなと言ったから、おれはそれを守ってるだろ。セックス以外のフェラとか手コキならいいんだろ？」

「いえ……総長は、そういうことも含めて……」

高田は奈央を離すと、ずんずんと慎司の前にやって来て、右手を大きく振りかぶり、慎司を思いっきり殴りつけた。

ごすっ、という音がして、華奢な慎司はオフィスの隅にすっ飛んだ。

「うるせえ、お前は黙ってろ！　お目付役のつもりか？　え？」

壁で頭を打って朦朧《もうろう》としている慎司の胸ぐらを掴んで持ち上げると、パンチングボールのようにぼすぼすっと殴りつけた。

「奈央の管理はおれに任されてるんだ。総長から直々にな！　処女は守るんだから、それ以外の事ならいいだろ。あ？」

おいテツヲ、と高田の矛先はテツヲに向かった。

「は？」

「は？　じゃねえよ。おれが済んだらお前に回してフェラさせるからよ。慎司を黙らせろよ。ハゲ、お前もだ」

ハイ、と頭を下げたスキンヘッドが慎司を羽交い締めにし、テツヲは慎司の頰を平手打ちした。

「お前、高田さんに意見するんじゃねえ」

しかし慎司はそれでも黙らない。

「だけど本当にマズいですよ高田さん。こんなことしてるのが総長に知られたら、タダじゃ済まないですよ」

テツヲに何度ビンタされても慎司はめげず、ひたすら高田を制止し続けた。

「だから、うるせえんだよ! てめえ何様のつもりだ? てめえが黙ってりゃいいんだよ。てめえが黙ってりゃ、バレることはないんだ。奈央だっておれのチンポを頬張って熱いカルピスをゴックンしたなんて誰にも言えないだろうよ。おれにオマンコ舐められてイッちまってもな。いいか、そもそもおれは最後までヤルつもりなんかねぇって何度も言ってるだろ!」

「いや、ですから……セックスしなきゃいいって事にはならないですよ」

「まだ言うか!」

高田は下半身丸出しのままつかつかと歩み寄り、慎司の鳩尾に膝をめり込ませた。

息が出来なくなった慎司は床に転がり、ゲホゲホと激しく咳き込んだ。

「奈央、お前だって告げ口なんてしないよな?」

「……しません。誰にも言いませんけど……でも、その人を殴るのはやめてください……暴力はイヤなんです。怖い」

奈央は必死に訴えた。

「もう、いいよ」

高田は床に落ちたパンツとジーンズを拾い上げた。

「こいつ殴ったらヤル気がなくなっちまったよ。ほら、おれの息子も萎《しお》れちまった」

そう言いながら、高田はジーンズを穿くと、ドアに手を掛けた。

「外で抜いてくる！　あ……お前」

高田はまだ苦しんで床をのたうち回っている慎司の脇腹を蹴った。

「なんだかんだ言っておれが留守の間に奈央をコマしたりするなよ。おれは処女鑑定人なんだから、奈央のオマンコを広げれば一目瞭然なんだからな！　テツヲとハゲ！　フーゾク奢《おご》ってやるから来い！」

高田は挨拶代わりに慎司の頬を思い切り引っぱたくと、いそいそとついて来るテツヲとスキンヘッドを引き連れて、オフィスを出て行った。

「……大丈夫、ですか？」

ドアが閉まってしばらく経って、奈央は床に転がっている慎司のそばに行って起こしてやり、背中をさすった。

「こういうことをしたら楽になる？」

「あ、いや、何もしないで」

慎司は奈央から身を離そうとした。

「こんなところを高田さんに見つかったら、僕は殺される……」

慎司は必死になって起き上がると、コソコソと部屋の隅に這っていった。

佐脇は、再び『オフィス媒光庵』品川分室を張っていた。

すでに夕刻から夜に移り変わろうとしている時間帯で、部屋の窓には明かりがついている。

ただ見張っているだけ、ほかにすることもない、という状態は結構ツライ。ターゲットの人物が出てくるのを待ち、現れたら踏み込む、あるいは中に人質が監禁されていて救出のタイミングを計っているというのならまだしも、何を待っているかも判らず「ただ見張っているだけ」の状況は、テンションを維持するのが難しい。「意味のある事をしてるんだろうか」という疑問が湧いてきて、それを否定する材料がないのだ。

そのイライラを紛らわすために、やたらタバコを吸った。最初はポケット灰皿を使っていたが、すぐに満杯になってしまった。最初は近くの排水溝の吸い込み口にいちいち吸い殻を捨てていたが、次第に面倒になり、今は足元に吸い殻が山になっている。後でまとめて捨てればいいだろう。

だが、そこまで時間を掛けて見張っても、動きはまるでない。窓にもなにかの動きを示す影すらない。中で乱闘があるとかレイプされているような影でも映れば、即座に踏み込むつもりになっているのだが……まったく静かなままだ。

だがこういう場合、もう動きはないと見切って撤収すると、ほとんどその後に動きがあるのだ。これはもう「張り込みマーフィの法則」とでも名付けるべき現象で、こういう経験則があるので、張り込み要員はなかなか見切りをつけられないのだ。

通常は二人以上で張り込むので、休憩《きゅうけい》も用足《ようた》しも出来る。しかし佐脇一人では小便にも行けない。

田舎なら立ちションしてしまうが、街外れとはいえ品川では抵抗がある。この張り込みだって怪しく見えるだろうから、近隣の住人に通報されてしまう可能性は高い。城南署にも警視庁にも相談なく、捜査権のない佐脇が勝手にやっている事だから、下手をすれば捕まってしまうかもしれない。

やがてすっかり陽も暮れて、完全に夜になってしまった。

腹も減ったし小便もしたいし、立ちっぱなしで足も痛くなってきた。

次に張り込むときは車を使うか。しかし乗っていても邪魔だ移動しろと言われるかもしれないしなあ。

などと思いつつ、佐脇はやっと見切りをつけて現場を離れようとした。

が。

ここまで張ったのに手ぶらで帰るのも悔しい。

佐脇は、ビルのドアの前まで行った。目の前にあるインターフォンのボタンを押してしまいたい誘惑に駆られる。なんとか中に入って様子を確認出来ればスッキリするのに……。

去りがたい思いで躊躇していた、その時。

突然目の前の鉄扉が開き、中から高田たちが出て来た。

「おい、こんなところで何やってるんだ、佐脇のオッサン」

進退窮《きわ》まった佐脇は、逃げるのもブザマなので、そのまま高田と対峙するしかない。

「オッサン、張り込みか？　おれに見つかるとは、ドジもいいとこだな！　酒くさいし、酔っ払いが何やってんだよ」

「お前こそどこに行くつもりだ？」

「今からフーゾクに行こうと思ったんだよ！」

そう言って、いきなり佐脇の脚を払った。

いきなりだったので心の準備もなく、佐脇はあっさり転がされてしまった。

「オッサンよ。もう足腰弱いんだからよ、張り込みなんか若手にやらせろよ。ああそうか、東京に出てきてお前には部下はいないんだっけか」

オヤジのくせに下っ端か、と高田は下卑た笑い声を立てた。

「まあ、そう言うな。手を貸せ」

起き上がろうとした佐脇は手を伸ばした。その仕草が極めて自然だったので、高田は釣《つ》られて思わず手を出した。

次の瞬間、高田の身体は宙を舞って、道路に叩きつけられていた。

「田舎の警官は合気道も鍛えられるんだ」

「このクソジジイがっ！」

高田はすぐに起き上がり頭から佐脇に突っ込んできた。

寸前で佐脇が体をかわすと、高田はブロック塀に激突しそうになった。しかしさすがに踏み止まって向き直り、後ろ回し蹴りを繰り出してきた。

だが佐脇がその足を掴み、またも捻ると、高田の身体は面白いように回転して路面に叩きつけられた。

「バカ野郎。おれと戦おうなんて百年早いんだ。筋肉つけても、中身は弱っちくてパシリにされてたガキの頃とまるっきり変わってねえんだな。アタマも使うんだよ、喧嘩は」

「うるせえ！　黙れ！」

憤怒の表情で高田は起き上がった。

「お前らは手を出すな。こんなオヤジ、おれだけで充分だ」

鳴海時代のことがトラウマなのか、高田は一人で殴りかかってきた。

佐脇は突き出された腕を掴んで、またも合気道で投げ倒そうとしたが、今度は高田が踏ん張ったので不発に終わり、逆に顎に一発を喰らった。

モロに入ったパンチに佐脇は一瞬、朦朧となった。

それをチャンスとみた高田は、佐脇の顔といい腹といい、ところ構わず連打し始めた。合間に蹴りも入れてくる。

「最初の時は天王洲のクラブで総長に止められた。この前も葬式だったから我慢したが、今日は徹底的にやってやるぜ。二度とおれに歯向かわないようにな。お前らもやっていいぜ！」

それを聞いたテツヲとスキンヘッドはビルにとって返すと、それぞれ角材の切れっ端や金属パイプのようなものを手にして戻ってきた。

「溺れる犬は完全に沈めろ、とかいう諺《ことわざ》があるだろ。ぶっ殺しちまえ！」

高田の号令一下、武器を手にしたテツヲとスキンヘッドは、佐脇をボコボコにしようと殴りかかってきた。

しかし。

防戦一方でやられっぱなしのように見えた佐脇だが、素早くテツヲから角材を奪い取ると、スキンヘッドの鳩尾をそれで思い切り突いた。

「ぐへ」

カラダをくの字にして前のめりになるスキンヘッドの額を思いっ切りぶっ叩き、返す刀で後頭部も強打してやると、相手はそのまま前に向かって倒れ込んだ。

「何してんだ！　バカ野郎」

　高田は慌ててスキンヘッドが持っていた金属パイプを拾い上げ、ぶんぶん回した。

が、佐脇は先にテツヲを仕留めることにした。高田と佐脇の動きに気を取られているテツヲの顔面を角材で突こうとしたが、さすがにそれは手で払われて先端を摑まれた。

だが佐脇は力ずくで角材を引っ張ると、そのまま前に引き寄せられたテツヲの顔面に頭突きを喰らわした。

「ぶ」

　鼻血を出して怯んだ相手の顔面を、角材でメチャクチャに乱打する。

「お前……警官とは思えねえな」

　高田が呆れ半分で言った。

「うるせえ。お前らみたいな半分ヤクザに合わせてるんだ！」

　佐脇は高田にも矛先を向けて、顔や頭を狙うと見せかけて、股間を攻撃した。

　角材の直撃を急所に喰らうと、どうしても腰を折ってしまう。一瞬ガードが緩んだ隙をつき、佐脇は高田が手にした金属パイプもねじり取る。二刀流のような格好になった佐脇は、二つの凶器で高田を滅多打ちにした。

　その隙を突いてテツヲが攻撃してこようとしたが、二種類の武器を縦横に使って佐脇は隙を見せない。

「この野郎。容赦しねえ！」

高田がよろよろと身体を起こし、これが最終兵器だ、と言うようにポケットから飛び出しナイフを取り出して、構えて見せた。

それでも怯まない佐脇に高田は逆上した。

「このオヤジ、くたばれ！」

高田が右手でナイフを突き出して突進してくると同時に、佐脇は鉄パイプと角材を放り出した。体をかわし高田の右腕を摑んで抱え込みざま、その手首を膝蹴りする。

筋肉男がたまらずナイフを取り落とす。すかさず佐脇は拾い上げ、逆に構えて見せた。

「知らねえだろうが、おれはナイフさばきも見事なんだぜ？」

「うるせえっ！」

無謀にも身体を屈め、再度突進してきた高田の首筋を狙ってまたも膝蹴りを喰らわせ、ひっくり返ったところで、その股間を思い切り踏みつけた。

その激痛に、高田はたまらず悲鳴を上げた。

「だから言ったろ。おれに勝つには百年早いんだ」

「黙れクソジジイ。今日がその日だ！」

上から覗き込む佐脇に叫ぶやいなや高田はおどろくべきタフさで復活し、佐脇の顔面を靴の裏で蹴った。

「ぐ」

虚を突かれたので、佐脇は手にしたナイフを地面に落としてしまった。

その後ろからテツヲが忍び寄ったが、佐脇は後ろ蹴りをして相手の顔面を強打した。

「止めろ！　直ちに止めろ！」

その時。

ホイッスルの音とともに、若い巡査が白い自転車に乗ってすっ飛んでくるのが見えた。

巡査は自転車を放り出し、警棒を抜いて近づいてきた。

佐脇はすぐに両手を挙げて戦意がないことを見せたが、高田とテツヲは巡査を無視してここぞとばかり佐脇に襲いかかってくる。

高田が佐脇の胸元を摑んで頭突きをすると、怯んだ佐脇の顔を連打した。

「止めなさい！　撃つぞ！」

警棒では効かないと見た巡査は腰の拳銃を抜いて、高田に向けた。

ようやく、高田も佐脇から手を離した。

「すみません。私、警察庁のもので」

バツが悪いことおびただしいが佐脇は自分から名乗った。訊かれて驚かれるよりいいだろう。

「え？」

意味が理解できないでいる巡査に、佐脇は胸ポケットから身分証を出そうとしたが、その動作が巡査の不審を買った。

「あ、凶器は所持してないから。身分証を……疑うなら君が出して」

巡査は佐脇のスーツを探り、内ポケットから警察庁の身分証を出した。

「警察庁の……官房参事官付き……これは」

「肩書きだけは立派に聞こえるだろ」

巡査が呆然としている間に、佐脇は乱れた服装を正した。

「これは、どういうことなんですか？　路上でヤクザがケンカをしているとの通報がありまして対応したのですが」

「うん。どうもね……なんだか悪かった」

「あんたがたは？」

巡査は高田たちを誰何《すいか》した。

「いや……おれたちは、善良な市民だよ。そのオッサンが酔っ払って絡んできたから応戦しただけだ」

悪い事に、金属パイプや角材は佐脇の足元に転がっている。

高田が隙を見て路上に転がっている飛び出しナイフを拾い上げてポケットに仕舞った。

若い巡査はくんくんと佐脇の息の臭いを嗅いだ。

「飲んでますか？」

「多少は……しかしこの程度では酔わない」

形勢は圧倒的に佐脇に不利だ。

この件について所轄の城南署にはまったく何も話していないどころか、紅林は明らかに佐脇に敵意を持っている。トラブルを起こしたことを悔やんだが遅い。

「ちょっと、佐脇さん、ですか……あなただけ交番までご足労願えますか？　お話を伺いたいので」

「……いいでしょう。仕方がない」

佐脇が連行される姿を、高田たちは大笑いをして見送った。

佐脇が振り返ると、高田が財布から数枚の札を出しているところが見えた。その札をテツヲとスキンヘッドに渡して手で追い払う仕草をすると、高田はビルの中に戻っていった。

＊

オフィスに舞い戻った高田は、室内を一瞥《いちべつ》した。

ソファに座っていた奈央は、戻ってきた高田を見た途端、逃げ腰になって怯えた。

「慎司はどこに行った?」

高田が訊くと、居りますと背後から声がした。

慎司は顔を腫らして部屋の隅に立っていた。

「おう。そうやって立ってるお前は幽霊みたいだな。お前、奈央にヘンなことしてねえだろうな?」

「してません!」

そうか、と高田は怒るどころかニヤリとした。

「当然だな。ヘンなことは、おれがやる」

高田は奈央に迫った。

「お前を連れ戻そうっていう田舎デカが下にいたぜ。ボコボコにしてやったがな」

そう言った高田は、何もしていない慎司を思い切り殴りつけた。

床に崩れ落ちた慎司の胸ぐらを掴んで立たせると、顔や腹をメチャクチャに連打した。

慎司は声も出ない。

「や、止めてっ! さっきからどうして!? その人、何にもしてないのに!」

奈央が叫ぶと、高田はニヤニヤして彼女を振り返った。

「こいつを助けたいんなら、服を脱げ。裸になっておれに見せろ」

高田はそう言って、慎司を殴った。

「ほらほら、お前が服を脱がないとこいつ、死んじゃうかもよ?」

「や、止めて。止めてください……」

奈央はそう叫んで立ち上がった。

「じゃあ、脱ぐか? 見せるくらい、いいだろ。どうせお前、グラビアで水着とかになるんだぜ。その撮影の時なんか撮られないにしろ裸になるんだぜ。いつまでもカマトトぶってるんじゃねえよ!」

そう言って、またも慎司を殴った。彼は抵抗もできず、されるがままだ。

「ほんと、止めてください……わ、わたしが脱げば、止めてくれるんですよね? 約束してくれますよね?」

「おう。してやる」

高田はそう言って慎司の胸ぐらを離した。

慎司はそのまま床に崩れ落ちた。

「じゃあ、脱いで貰おう。はじめっ!」

明るい青のミニワンピースを着ていた奈央は、その下は下着だった。

同じくミニのスリップを脱ぐと、純白のブラとショーツが現れた。まさに聖少女という雰囲気そのものの、清廉《せいれん》な下着だ。

だが……そこから先に進めずに、奈央は固まってしまった。

「なんだよ。裸になれと言ったんだぜ。それがお前の言う裸かよ！　こいつが死んでもいいって事だな！」

　高田は床に倒れたままの慎司を蹴り始めた。

「やめて……脱ぎますから……」

　奈央はそう言って、ブラを取った。同年配の女子高生アイドルよりも華奢で、まだ熟し切っていない躰に乗った、小さな胸が露わになった。

「で？」

　急かされて、奈央は羞恥と屈辱で唇を噛みつつ、ショーツに手を掛けた。

「こういう事は思い切りが肝心なんだよ。ほら、シンジくんがシンジまうぞ」

　そう言って、また慎司を蹴った。ぐえっ、という呻き声が響いた。

「今……脱ぎますから、止めて……」

　奈央はショーツを下ろし始めた。

　薄い恥毛が現れて、やがて彼女の下半身がすべてさらけ出された。

　羞恥に震えながら下着を取っていくのは、男に媚《こ》びたストリップよりもはるかに興奮する。

　純白のショーツが、床に落ちた。

「よーし。じゃあ、両手を脇に置いて気をつけの姿勢になれ」

要するに、手で胸も股間も隠すなと言うことだ。

奈央は、それに従った。羞恥で、白い裸身がみるみる桜色に染まっていく。

その触れると壊れそうな躰の中心にある薄い陰りに、高田の視線は吸い寄せられた。

「じゃあよう、どっちがいいか、選びな。ソファに座って足を大きく広げて、お前のアソコをバッチリおれに見せるか、おれの前にひざまずいて、おれのチンポをしゃぶるか。どっちか選べ」

高田はこれ以上出来ないような、ニヤついた顔をした。

「お前が脱いでアソコを見せるのは、おれは全然手を触れないって事だからな。お前がチンポをしゃぶるんだって同じ事だ」

奈央は、意を決してソファに座り、おずおずと両脚を大きく広げて見せた。

彼女の全身は、震えている。

「手を使って、自分のアソコをご開帳しな。意味、判るよな?」

奈央は震える指で、懸命に、その命令に従った。

淡いピンク色の部分が、高田の目を奪った。

「ふふふ。いい眺めだ。きれいだな。やりまくったドドメ色のオマンコとは大違いだ」

奈央の真向かいに座った高田は、至近距離で少女の秘部を凝視した。

「そんな近くで……見ないで……」

奈央は全身を強ばらせたが、この屈辱的ポーズを止めるとまた慎司が暴力を振るわれる。

「どこから見ようと同じだろうが。じゃあ、その次。オナニーしてみな」

え？　と奈央が息を呑んだ。

「まさかお前、十六や十七にもなって、オナニーをしたことないとか言うんじゃねえだろうな？　どこまでカマトトなんだよ」

奈央は、桜色からさらに全身を赤らめて、秘部に手をやった。小さな肉芽に指先が触れると、小さな声で「ひぃ」と言った。

高田はしばらく待って、「早くやれ」と急かしたが、奈央には、どうしてもそれ以上の行為をすることが出来なかった。

「ったくよう、お前はオナニーも出来ねえのかよ！」

そう叫んだ高田は、一気に身を乗り出すと、大きく広げた奈央の両足首を掴んで、そのまま少女の股間の中心部に顔を突っ込んだ。

一気に攻め込まれて、奈央はどうすることも出来ない。

高田は舌を伸ばすと、奈央の花弁をねろりと舐めた。薄い秘毛も、そして未踏《みとう》の秘裂も花弁も、すべてが軟らかい。

「ひっ」

ねろねろと舐める舌先は次第に範囲を広げ、ついにクリトリスまでもカバーした。

「あああ」

舌先が敏感な場所に触れる度に、奈央は全身をヒクヒクと仰《の》け反らせた。

「恥ずかしいのか気持ちいいのか、どっちなんだ？」

高田は言葉責めもしようとするが、奈央は悲鳴のような声を上げるだけだ。

秘部にクンニをしながら手を伸ばして、彼女の小さな胸を揉み上げた。

小さくて表面は軟らかいが、まだ硬い芯がある乳房を揉みまくり、恐怖と羞恥で硬く勃った小さな乳首を摘まんでくじると、奈央はとうとう泣き出した。

「どうだよ？　乳首とオマンコとクリトリスの三点責めだぜ？　感じるのかよ？」

だが、奈央は嫌悪感が先に立って全身を硬直させるばかりだ。快感を得ているような様子は、まったくない。

「おい。もっと気分を出せよ。おれは滅多にオマンコなんか舐めねえんだからよ！」

高田はそう言いながら立ち上がり、嫌がる奈央の手を掴んで自分のペニスにあてがうと、無理やり握らせた。

火傷でもしたように奈央は慌てて手を引っ込めようとしたが、高田はしつこくその手を掴み、何度でも握らせた。

「このままお前の手を上下に動かせ。センズリとか見たことなくても想像できるだろ」

しかし、奈央の手は動かない。懸命に動かそうとしているのだが、筋肉のコントロールが出来なくなったような感じで、まるで動かなくなってしまった。

苛立った高田は下手くそと罵って、さらに一歩、奈央に近づいた。

ちょうど半勃ちのペニスが、奈央の顔の位置に来た。

「口でやれ。今日はそれくらいやらないと収まらねえぞ！」

観念した奈央は、おずおずと口を開けて、高田の大きなモノを口に入れようとした。

しかし醜怪《しゅうかい》な男性器の臭いと外観に、猛烈な吐き気に襲われてしまった。激しくえずき、涙を流しながら何度も咳き込んだ。

それでも懸命に口の中に入れようとしたのだが、どうしてもそれ以上は無理だった。

イライラしてきた高田は、奈央の小さな頭を摑むと、自分から腰を突き出してペニスを無理矢理、口の中に突っ込もうとした。

反射的にげええええ、とえずいた奈央は、思わず高田を突き飛ばしてペニスから口を離し、ソファから逃げ出した。

「痛てえだろ！　歯が当たった！」

高田は部屋の隅に逃げてうずくまろうとする奈央に手を上げようとして、かろうじて思いとどまった。

「ああイライラするぜ！　奈央、お前のファンはお前が清純なアイドルで、トイレにも行かないと信じているがな、そんなお前を好きにできるのがこの商売の醍醐味《だいごみ》ってもんだ。だからおれたちはプロダクションをやってアイドルを飼ってるんだよ！　金儲けなら、犬や猫に仔を産ませて売り飛ばす方が儲かるんだよ！　カネもかかるし当たるかどうか判らないアイドルなんか、スタッフに奉仕して当然なんだよ！　まったく今どき処女でフェラも満足にできないって、お前、いつの時代のお姫様だよ？」

美味そうな肉が目の前にあるのにオアズケ食うってのは、美味そうに見えるだけ余計に腹が立つ！　と高田は怒りと苛立ちのあまり、絶叫した。

「最後まではやらないって言ってるのに、お前もホントに判らないやつだよな！　どうせタカツキカクのアイドルは、枕営業で誰かにヤラれちまうってのに。総長はお前を処女だから高く売るつもりらしいが、前に突っ込みさえしなければ処女は処女だからな！」

そう叫んだ高田は、自分の言葉にハッとした。

「そうか……お前のうしろを使えばいいんだ。ケツだ！　処女膜さえ破らなければ、お前はあのスケベ社長に一千万で売れるんだ！」

高田は奈央の腕を掴んで部屋の中心まで引き擦り出した。そこには佳美がレイプされた時のままの、体育マットが敷かれている。

「奈央、お前にアナルセックスを仕込んでやるぜ！　前は処女だが後ろはベテランって、なんかソソるだろ！」

高田は奈央を組み伏せて、お尻を狙った。

「た、高田さん!」

慎司の必死な声がした。

「それは……それもまずいです。奈央さんが可哀想です」

殴り倒されていた慎司がやっとの思いで起き上がって、高田に懇願《こんがん》していた。

「うちの事務所の他の女の子にだって、媒光庵のAVの人たちにだって高田さん、そこまではしたことないじゃないですか。奈央さんは普通の女の子です。経験もないのに、そこまでされたら壊れてしまいますよ!」

うるせえ! と叫んだ高田は立ち上がって、慎司にずかずかと近づき、これまでにないほど振りかぶった拳を思いっ切り慎司に見舞った。

慎司はそのまま部屋の隅にふっ飛んだ。

「お前はなんだ? 総長に言われた以上に、おれを見張ってるのか? なんだお前は? 何様の分際だ? もう我慢できない。もう許さん!」

完全にキレた高田は、慎司を徹底的に殴り、蹴り、投げ飛ばし、床に叩きつけた。

慎司はもう、動かない。

「止めてください! それ以上やると、死んでしまいます……だったら私……いいですから……」

奈央が割って入った。

慎司は口や耳から血を流してグッタリして動かない。

「もしかして……」

「いいや。大丈夫だ。これくらいじゃ人間は死なないんだ。それより」

高田は奈央に向き合った。

「今言ったことは本当だろうな？」

追い詰められた奈央は、蒼白な顔を縦に振り、うなずいた。

「ようし。じゃあ、お前の後ろを戴く。よつんばいになってケツを高くあげな」

奈央は、言われるままに、全裸のまま、お尻を突き出す形になった。

そこに、高田は迫っていった。

＊

警察庁にある入江の執務室に入ってきた佐脇は、ひどい有様になっていた。

顔は腫れ、髪はザンバラ、安物とは言えスーツも裂けてところどころ血が付いている。

「よくまあそんな格好で受付を通れましたね」

「あんたとの話が終わったら、また病院に舞い戻りだ」

「相手は誰です?」

「『銀狼』の高田。こういう場合、公務執行妨害でパクれますかね? おれの張り込みが公務かどうか判らないけど……それより助かりましたよ、呼び出しの電話は。ちょうど交番で根掘り葉掘り聞かれてたとこだったんで、逃げ出すいい口実が……」

だが入江の顔には苦渋の色が浮かんでいる。

「どうしました? 週刊誌以外にマズい材料でも出ましたか?」

「あの記事の内容はマスコミ各社に流れていて、さっきから取材申し込みが殺到してるんです。どれも受けてませんが、明日はどのワイドショーも私のことで持ちきりになりそうです」

「それで、俺を呼び出したってことですか? だから何度も言いますが、おれがマスコミ対応すると余計にマズい方向に行きますよ」

「一応、ウチの広報を通して、私と奈央君の関係は親戚みたいなものだというコメントを出してはおきましたが……」

それだけじゃあダメですな、と佐脇は断じた。

「向こうは……つまり後ろで糸を引いてる直原がって意味ですが、あることないことリークしてますよ。このおれのことも材料にしているかもしれません。自分の個人的要件を処理させるために、不良刑事をわざわざ田舎から呼び寄せたとかなんとか。しかしそれは事実だから否定のしようがありませんな」

笑い事ではないのだが、佐脇としては笑ってしまうところではある。

「冗談ではなく、直原のカネの動きを調べられませんかね？　紅林とのラブラブ加減というか二人三脚というか、アレはどう考えてもウラに何かありますぜ」

佐脇の言葉に、入江は苦笑した。

「まあ、ヒトを動かすには人事以外に必要なアイテムはありますけどね」

「現におれは入江サンにいろいろ出費させてるしね」

佐脇の言葉に入江が何か言いかけた時、内線電話が鳴った。

「はい。入江です」

スピーカーフォンにして答えると『警視庁の方がお見えですが』と秘書が応答した。

佐脇と顔を見合わせた入江だが、「お通しして」と答えた。

すぐにドアがノックされて、城南署の紅林他、数名の刑事が入ってきた。

「おお、これはこれは佐脇さん。やっぱりここにいらっしゃった。捜す手間が省《はぶ》けました」

紅林は佐脇を見て、陰険に笑った。

「さすが、『意味不明の入江参事官のコバンザメ』と言われてるだけのことはありますな」

「で、御用の向きは？」

そう聞いた入江に、紅林は「まだご存じない?」と疑問形で応じた。

「『銀狼』の高田が品川のビルの中で死亡しているのが発見されました。死因は鈍器による後頭部への打撃に起因する脳挫滅《のうざめつ》。現場に被害者の血液が付着したクリスタル製の灰皿があり、その周辺には佐脇さん、アンタが吸ったタバコの吸い殻が散乱していたんです」

「バカな! おれはあのビルの中には一歩も入ってないんだぞ。なのにどうやって高田を殺せるって言うんだ?」

紅林は、声を張り上げる傷だらけの佐脇をしげしげと見つめた。

「一歩も入っていない? しかし物証があるんですよ。それに状況証拠も十分だ」

紅林は、格闘の痕も歴然とした佐脇のスーツを指先で触れた。

「もう、アレですな。佐脇さんは証拠を背負って歩き回ってるようなもんですな。その傷は、どこで誰と何をして?」

「……品川の路上で、高田たちと殴り合いをして、だな」

「けっこう」

紅林は満足そうに笑った。

「現場近くの交番の巡査から、まさに犯行時刻の直前に、高田とその部下二名と佐脇さんが乱闘しているのを止めに入ったとの連絡が入っております。そしてその後、高田が一人でビルに戻るところを見たとも言っています」

紅林はニヤニヤして佐脇を見、次いで入江を見た。

「……入江さん。申し上げにくいことですが、アナタ、詰みましたな。例の未成年者買春疑惑に腹心の殺人容疑。これはもう、オシマイでしょう、アナタ」

「バカかお前。おれは高田を殺しちゃいない。だって、巡査に言われて交番に行って調書を取られたんだからな」

「その後に現場に引き返して殺したんでしょ？　ここに来る前に？　時間的には合いますからな」

紅林は鼻先で嗤った。

「警察庁官房参事官付きの佐脇サン、高田殺しの重要参考人として、ご同行願えますかな？」

「任意同行で、か？」

「形式的にはね。しかしご同業だから判りますよね？　この場合は逮捕状がないだけで、同行の拒否は出来ませんよ。お判りですよね」

「仮にここでおれがイヤだと言って、座ったまま立とうとしなかったら、公務執行妨害とかどっさり罪状を捻り出して、現行犯逮捕するんだよな。おれもよくやったから、承知している」

佐脇は、紅林たちの隙を突いて逃げようと、視線を走らせ間合いを測った。

しかし、入江はそれを敏感に察知した。

「あー、佐脇クン」

上司として、ここは佐脇を部下扱いにした。

「無駄な抵抗は止めて、今はおとなしく同行した方がいい。私もそれなりに考える」

「それなりに考えるとは、ご自分の保身を、ですかな?」

紅林は嘲笑するように言ってから、失礼、と口先だけで謝った。

「では、参りましょうか。捜査本部までご同行願いたい」

入江に見送られた佐脇は、紅林とともにパトカーに乗った。

# 第五章　入江の秘密

「証拠が揃ってるんだ。佐脇さん。あんたがね、高田を殺ったっていう証拠がね。ウチとしてもサッチョウの人間を逮捕はしたくない。だが、物証が出てしまった以上、庇いようがないんだ」

城南署の取調室で、翌日も佐脇は被疑者として紅林の追及を受けた。

「被害者は半グレ集団『銀狼』の幹部、マッスル高田こと高田充彦《みつひこ》。発見されたのは品川の古ビルの、アダルトビデオ制作関連会社『オフィス媒光庵』が入居している二階オフィス。死因は鈍器による後頭部への打撃。司法解剖の報告書がここにある」

報告書はちらっと見せただけで、紅林はすぐにファイルに仕舞い込んだ。

「現場には被害者の血液が付着したクリスタル製の灰皿があり、これが凶器。灰皿の周辺には佐脇さん、あんたが吸ったタバコの吸い殻が散乱していたんです。動かぬ証拠です」

紅林は現場写真を数枚、佐脇に突き付けた。たしかに、床に倒れている高田の側にクリスタルの分厚くて重そうな灰皿が転がり、その周辺におびただしい吸い殻が散乱している。

「だから何度も言うが、おれは断じて殺ってはいない。おれはあのビルの中には一歩も入ってないんだからな。それにだ、そのクリスタルの灰皿にはおれの指紋はついてたのか？」

「指紋は拭き取れる。そうじゃありませんか？」

検出されていないことを紅林は暗に認めた。

「だったら、吸い殻だって外から拾ってくれば死体の周囲にまき散らせる。そうじゃありませんか？」

佐脇は紅林の口調を真似た。

「おれはビルの外でタバコを吸ってたんだからね」

紅林はそれには取り合わず話を進めた。

「高田の死体には、ナイフによる裂傷……切創や刺切創もあり、それらの傷は死体のそばに落ちていたナイフによるものと鑑定されています。これですね」

数枚の写真にナイフが写っている。路上での佐脇とのファイトで、高田が取り出した飛び出しナイフだ。

「このナイフには、アンタの指紋がべったり付いていた。もちろん、高田の血もついている」

紅林は佐脇をいたぶるように取調室をゆっくり歩き回り、「どうします？　これでも否認しますか」と佐脇の顔を覗き込んできた。

「しかし凶器の灰皿からおれの指紋は出てないんだろう？」

「これだけ物証が揃えば、その程度のことは大きな問題ではない。そうでしょう？　あんただって鳴海ではそうやって取り調べをしてきたはずだ」

紅林はニヤリとした。

「それとも、田舎の警察は問答無用に拷問で自白させるんですかな？」

「おれが扱った事件に冤罪や誤捜査は一件もない。それがおれの唯一の自慢だ」

佐脇は、ゆっくりと視線を上げて紅林を見据えた。

「おれの吸い殻と言うが、たしかにおれはあのビル近くの路上で山ほどタバコを吸ったよ。だが、部屋にある吸い殻がおれのモノだとどうやって判った？　おれの唾液のサンプルは採ったのか？」

「簡単なハナシだ。その路上に捨てたアンタの吸い殻と、死体の周りにあった吸い殻の銘柄も吸い方も、そしてDNAもすべてが一致したんだよ。DNAは簡易鑑定だが、今の鑑定精度は高い。万全を期すために科研に精密鑑定を頼んでる」

紅林は事務椅子を引き出して、背もたれに顎を載せる形で座り、佐脇に迫った。

「ねえ。アンタも商売柄、無駄な抵抗をしても仕方がないと判ってるでしょ？　それとも時間稼ぎをする必要でもあるんですかな?」

「そこまでキッチリやってると言うなら」

佐脇はタバコを取り出して火をつけ、吹かした煙を紅林に吹き付けた。

「路上に落ちていた吸い殻がおれのモノだという証明をしないと、完璧じゃないんじゃないか?」

もちろんこれは佐脇の時間稼ぎだ。鑑定するモノが一つ増えれば、それだけ時間はかかる。その間に何か名案が浮かぶかもしれない。

紅林はしばらく佐脇を睨み付けていたが、ふっと笑った。

「いいでしょう。そこまで言うなら完璧を期しましょう。たしかに、アンタの吸い殻であることを証明しておけば、今後の立証も容易になる」

紅林は佐脇の口から火が付いたままのタバコを抜き取ると、メモをしていた若手刑事に渡した。

「これも科研に持っていってDNA鑑定して貰え」

若手刑事は取調室を飛び出していった。

「で? これはいつまで続く? 高田殺しの逮捕状は請求したのか? それともおれが道に吸い殻を捨てたとか、立ち小便をしたとかで別件逮捕するか? そんな真似をしたら、こっちも黙秘権を行使するぞ」

佐脇はニヤリと笑った。

「やりにくいだろ？」

「イヤ別に心配ご無用です。弁護士を取り調べて立件したことだってありますから」

紅林は胸を張った。

「科研の鑑定が出揃い次第、逮捕状を請求します。別件ではなく、殺人罪でね」

そこへ、さきほど佐脇が吸ったばかりのタバコの吸い殻を持って出た若手刑事が顔色を変えて戻ってくると、紅林の耳元に慌ただしく囁いた。

「たった今、科研の鑑定が出たんですが……困ったことに」

という切羽《せっぱ》詰まったひそひそ声が漏れ聞こえてくる。

その後の紅林が見物だった。それまでは余裕綽々《しやくしやく》だった表情が引きつり、青ざめた顔にみるみる脂汗が滲んできた。佐脇は面白くなってつい茶化した。

「どうした紅林さん、その顔は？　悪事がバレた悪代官か？　まるでテレビの時代劇だな」

紅林は黙ったまま答えない。

「まさか、おれの潔白が証明されて無罪放免か？」

「……アンタの言う通りだ。帰っていい。任意同行だからそのまま帰って……ああ、アンタにはそういう説明をしなくてもいいんだな」

紅林は混乱に陥《おちい》っていた。

「なあ、急転直下何が起きたのか、参考までに教えてくれないか？」

紅林は若手刑事と小声で確認するような言葉を交わしてから、佐脇に目を向けた。

「アンタを被疑者とする根拠がなくなった」

「あ？」

あまりにすっぱりした返事だったので、佐脇も驚いた。

「あんた、あんなに自信満々だったじゃないか。それをひっくり返すような……一体何が起きた？」

「凶器のナイフが紛失した。おまけに、現場に落ちていた吸い殻もアンタのものではなかった」

別の刑事が書類を持って入ってきた。それを紅林はひったくるようにして目を通して、頷いた。

「今言ったのと同じ事が書いてある」

紅林は書類を佐脇の前に広げた。

「吸い殻が精密鑑定で、アンタのものではなかった事がはっきりと証明された。同じ銘柄だが、アンタではない別の誰かが吸ったモノだ。簡易鑑定では、路上の吸い殻と現場に落ちていた吸い殻のＤＮＡは同一だったんだが……わけがわからん」

「常識的に考えて、簡易鑑定が間違っていたんだろうな。ナイフはどうなった？」

「現場から押収したはずなのに、鑑識にも廻らず、署内のどこにもない。どこかの段階で消えてしまった」

「そんなバカな」

佐脇は笑った。

「ド田舎の鳴海でも、そんなドジは踏まないぞ。もしかして、クリスタルの灰皿もなくなったとか言うんじゃないだろうな？」

「それはある」

紅林は釣られて答えた。

「肝心の死体がなくなるかもしれないから、見張りをつけとくべきですな。田舎刑事の一口アドバイスだ」

じゃ、また話がひっくり返る前にお暇しようと言い捨てて佐脇が取調室を出ると、廊下には直原が立っていた。いきなり佐脇が出て来るとは思っていなかったようで、ギョッとした表情を隠す暇もない。

「おや？　サッチョウの大変お偉い方がわざわざこんなところまで。ご苦労様です」

直原は無言のまま、佐脇と入れ違いに取調室に入っていった。

「まさかアナタも高田殺しの重要参考人だったりして？」

それにもまったく反応はなかった。

城南署の外に出ると、見覚えのある黒塗りの車が駐まっていた。佐脇が近づくと窓が開いて入江の顔が見えた。

「迎えに来ました。乗ってください」

佐脇が乗り込むと、車はすぐに発車した。

「直原が取調室の外に立ってましたよ。それにアンタまで。権力闘争ですか? キナ臭いですな」

「それを言うなら佐脇さん、あなたが任意同行を求められた時点で、いや私があなたの助力を求めなければならなくなった時点で、すでに平和は失われているんです」

入江は静かにそう言った。

「あるべき平和が失われた以上、それを正さなければなりません」

「ということは?」

佐脇はカマをかけた。

「入江さん、あんた何をした? まさか証拠をいじったりはしてないよな?」

入江は無言で窓外を見ている。

「まあ、いずれにせよ助かった。警察内部で都合の悪い証拠を隠しちまうのは今に始まったことじゃない。おれはやってない。それを信じてくれたんだよな?」

「いいえ。そうではありません。あなたはやったと思った。だから証拠を隠滅しました」

想定外の言葉を聞いて佐脇は仰天《ぎょうてん》した。

「おれがやったと思った？　あんたはおれを信用していなかったのか？」

「残念ながら。……いずれにせよ、警察官としてあるまじき事をしてしまいました」

入江はそう言って佐脇を見た。

「あんた、本気でおれが高田を殺ったと思ってたのか？」

入江は無言で頷いた。

「しかし、凶器の灰皿からはおれの指紋は出てないんだぜ」

「佐脇さん、あなたのことだから手袋をして灰皿を摑み、高田を殴ったと考えるのが普通ではありませんか？」

「普通じゃねえだろう！」

「あなたは性格的に直情的だ。たしかに私はあなたに、大多喜奈央の居場所を調べて欲しいとお願いをした。それであなたが品川のあのビルを見張り、そこで高田と出くわして口論になって殺してしまったのだと思いました」

「あんたは人を信用しないんだな」

佐脇は溜息をついた。

「たしかにおれは高田と揉めて殴り合いまではしたが、まさか建物の中まで追いかけて行ってぶっ殺すなんて、そこまでバカだと思われてたのか」

「どの角度から突っ込まれてもあなたに嫌疑はかからない状態にしておくべきなんですよ。今はね。だから、あなたが高田と殴り合ってしまった事自体が非常なマイナスです。しかも所轄の巡査に目撃されている」

その点は、たしかに入江の言う通りだ。

「それは認めるが……おれが信用されていなかったって事が判ったのはいささか傷ついたぜ。こんなおれでも傷つくことはあるんだぜ」

「それは、どうもお見逸《みそ》れしました」

入江は儀礼的に頭を下げて見せた。

「人を信用しないってのは、まあこういう中央の伏魔殿《ふくまでん》で生き延びるためには、いい事なのかもしれねえがな……それはあんた自身、自分が信用されない人間だって判ってるからなんだぜ」

「何とでも言ってください。とにかく今は、あなたに動いてもらわないと私は絶体絶命なんです。何としても大多喜奈央を探し出して、私にかけられた淫行疑惑を晴らしてもらわなければならない」

入江はカバンから数枚のファックスを取り出した。どれも週刊誌の例の「スクープ」を後追いした同工異曲の記事だった。

「テレビのワイドショーの取材申し込みも殺到しています。親戚同然の付き合いをしていると言ってもまったく通じない」

「人を信用していないから、相手にも信用されない。そう言うことなんじゃないの？」

佐脇は完全に他人事のように言った。

「では伺いますが、佐脇さん、あなたは他人を信用するんですか？」

「するね。悪党でも、信用出来るヤツはいる。立場が違ってもこっちの信用する気持ちが本物で、相手もおれに信用されたと判れば、そこから深い関係を作ることが出来る。こういうものは任侠《にんきょう》映画の専売特許じゃないんだぜ。取り調べでも同じだろ。って、あんたはエリートだからチンケな悪党の取り調べなんか、やったことないか」

そこまで言われると、さすがに入江は黙ってしまった。

「で、具体的には何をした？　どうやって証拠を隠滅したんだ」

佐脇の問いに、入江はすんなりと『自白』した。

「現場に散乱していた吸い殻を別人のモノに擦り替えました。もちろん同じ銘柄のものでね。なにも本数を同じにする必要はないので、まあそのへんは適当に。凶器のナイフは」

入江はビニールに入ったナイフをカバンから取り出して見せた。

「ここにあります。まあこれであなたが完全に無罪放免になる事はないでしょう。クリスタルの灰皿に関しては私と同じ事を紅林も言うでしょうしね」

「だが、犯行現場はあの部屋だと言ってるんだろ？　あの部屋におれの指紋がまったく残っていなければ、どうなる？　死因についても、おれは素手や金属パイプ、角材でだけ殴ったんだから傷の形状も違うぜ？　イヤイヤその前に足跡はどうなる？　ビルの中には立ち入ってないんだから、現場におれの足跡は付いていないはずだぜ」

「それもまあ、なんとでもなると言えばなんとでもなります……佐脇さんが犯行後、指紋も足跡も、綺麗に拭き取ったと言えば公判ではそれで通ります」

「指紋と足跡は綺麗に拭き取って、なのに、おれの唾液がべったりついた吸い殻と指紋のついたナイフは残しておくのか？　おかしいだろうがよ？」

佐脇は、入江の薄笑いを見て、それ以上言うのを止めた。

「なるほどな。公判ではそれで通る、と」

「そうです。吸い殻が現場に散乱どころか、建物の近くに落ちていただけで、実は立件できるんです。紅林たちが本気で佐脇さんを犯人として挙げる気なら、すべての矛盾《むじゅん》を解決したと強弁してまた取り調べをするでしょう。私だって佐脇さんを疑ったんです。紅林や直原が佐脇さんを疑うのは当然です」

佐脇は半《なか》ば呆れて入江を見た。

「で、アンタはまだおれを疑ってるのか？」

それに対する返事はせずに、入江は言った。

「あまり時間がありません。今のところは、取りあえず、カンフル剤を打った状態に等しいんです。また拘束《こうそく》される前に動いていただかないと」

「大多喜奈央を連れて来いっていうのか？　あんたの身の証を立てるために？」

佐脇はむかっ腹を立てていた。

「ちょっとそれは御免被《こうむ》りたいな。おれはあんたの言うとおりに動いて、ぶん殴られたり入院したり、あげく殺人犯扱いだ。しかもあんたまでがおれを疑ってるんだぜ。文字通り、踏んだり蹴ったりだろ」

喋れば喋るほど腹が立つが、そこでふいに気がついた。

「そうだ。何もおれが動くことはないじゃないか。資産家夫婦殺害事件で、近いうちに奈央も事情聴取されるんだろ？　捜査本部に呼ばれるんだろ？　その時にあんたが入っていって話を聞くなり記者会見でも設定するなり、大多喜奈央とは何でもないと身の証を立てればいいじゃないか」

「それはダメです。それでは間に合いません」

入江は即座に否定した。

「捜査本部では、奈央君から聴取する予定は当分ないそうです。紅林が断言しました」

「なんだよ。それはどういうことだ？」

呆れることばかりだ。

「被害者と一緒に暮らしていたんだから、いろいろ見聞きしている筈だ。それに夫妻が殺されるちょっと前には家に帰っているんだぞ。あんたが送り届けたんだろうが」

「それも言いました。しかし、大多喜夫妻殺しは独自に捜査本部が立っていて、今のところ完全に別扱いです。だから、紅林が口を出すことではないと言うのが一つ。そして、天王洲のクラブの事件と大多喜夫妻殺しに関連があるにしても、奈央君がまだ未成年であるところから、その心の傷を考慮しなければならない、ということで」

「あの子はアイドルとして仕事してるんだよな？　親が殺されても喪に服する時間もなく仕事に追われてるんだよな？　なのに事情聴取は駄目なのか」

「そういうことです。ただの詭弁《きべん》です。要するに警視庁としては、もっと言えば紅林と、そのバックにいる直原には、あの事件についてまともに捜査するつもりがないということです」

「だったらお手上げだな。入江さん。ものごとは引き際が肝心だ。サッチョウ・エリートのキャリアは潔《いさぎよ》く諦めて、いい天下り先でも探すんだな」

「それはもう覚悟しています。それでも奈央君の身の安全という問題が残ります。タカツキカクがらみ、銀狼がらみでは、すでに何人も人が死んでいます。そんな危険なところにあの子を置いておくわけにはいかない。それに奈央君も家に戻りたい、芸能界は嫌だ、助けてほしい、とはっきり私に頼んだんです。その信頼を裏切れません」

「つまり、奈央の身柄さえ確保すればいいのか?」

佐脇は入江を見据えて、低い声で言った。確かにこのままでは奈央は、殺されはしないにしても、今も行方不明の佳美と同様「元アイドルAV嬢」にされてしまうかもしれない。

「それだけなら簡単だ。アイドルは人前に出てナンボだろ? 人目につくところに出て来るんなら、生きてるって事だろ。それを確認するだけじゃダメで芸能界を引退させてでも身柄を確保したいんなら、人前に出たところで身柄を押さえちまえばいい。あの葬式の時とは違って、遠慮なくやっていいんだよな?」

「まあ、できれば法律には触れず、各方面にダメージの少ない方向でお願いできればと」

入江は歯切れが悪い。コイツはまたおれが警察沙汰になれば、そんなことは知らん、と梯子《はしご》を外しかねないな、と佐脇は思った。

「明日、あの子は人前に出ます。映画の製作発表があるんです」

「その時を狙うか。だが、奈央の身柄を確保すると、あの子の芸能人生命はそこで終わるぞ? 違約金とかなんとか、いろんな事が出て来るが、それでもいいのか?」

「いいですよ。金銭的なことであれば。あの子の身の安全には代えられません」

*

翌日の朝十時。

顔にいくつかの絆創膏《ばんそうこう》を貼った状態で、佐脇は入院していた病院から、都心の高級ホテルに向かった。ここで新作映画の製作発表記者会見が行われるのだ。午後にワイドショーで放送して貰うことを考えての時間設定だ。

事前に入手したプレス発表によれば、この映画は内外の賞を総ナメした天才の誉《ほま》れも高い新人監督による作品で、企画段階から話題を呼んでいるらしい。

まだ二作しか撮っていない新人で低予算の小規模な作品なのに、「この監督の映画には是非出たい」と有名俳優が出演したがる監督の新作ということで、主役級の売れっ子が五人も揃って「演技の火花を散らす」らしい。しかしお話は青春ラブストーリーであるところに、この天才監督の曲者《くせもの》ぶりが現れているらしい。最近の映画に興味のない佐脇には、そういう宣伝文句を読んでもチンプンカンプンなのだが。

それでも、主演の五人の名前くらいは知っている。たしかに今、一番人気があって、名前を見ない日はない有名俳優たちだ。

そんな映画に、芝居経験も無いド新人の奈央がキャスティングされたのは、ひとえに

「タカツキカク」の押しが強かったのだろう。製作費の資金援助もしたのかもしれない。

奈央の役は脇役も脇役で、主人公のひとりが行きつけのファストフードのアルバイトらしい。記者会見に出るほどの役ではないと思うのだが、奈央は今、なにかと「話題の人」だから呼ばれるのだろうか。だとしたら、それはそれで残酷《ざんこく》なことだ。

記者会見の会場に当てられた中宴会場に入ろうとすると、記者証、もしくは招待状の提示を求められた。

「あ、失敬。私、警察の者で」

佐脇は警察庁の身分証をちらりと見せて受付を通り過ぎようとしたが、何者かに腕を掴まれた。

それは、テツヲだった。佐脇同様、顔面にいくつかの絆創膏を貼っている。

「あんたは駄目だ。会場に入って貰っては困るんだ」

テツヲはそう言って佐脇の前に立ち塞がった。

「なんだお前？　まだ懲《こ》りてないのか？」

「人聞きの悪い事を言うな」

テツヲはスーツを着て、イッパシのカタギのように振る舞おうとしている。

「これは映画の製作発表の記者会見なんだ。宣伝なんだよ！　あんたがいると邪魔なんだ」

「お前も大変だな。昨日は仲間の高田が殺されて、その明くる日だってのに仕事か。まあ大多喜奈央も、親の葬式のその日も仕事だったがな」

テツヲはそれ以上何も言わずに、佐脇の腕を引いて会場の受付から引き剝がそうとした。

「とにかく、こっちに来てくれ」

「お前は警察の取り調べはなかったのか？　無関係なおれが引っ張られたんだぞ」

「朝早く、警察でいろいろ聞かれたよ。今はタモツが行ってる」

「タモツって？　ああ、あのハゲか」

テツヲは佐脇の腕を摑み、強引に脇に退かせようとしている。

高田が死に、スキンヘッドも今は警察なら、このテツヲ一人を排除すれば、奈央は保護できる。佐脇はテツヲを挑発することにした。

「なんだよちょっと中に入れてくれよ。奈央が元気でやってるか確認したいんだ」

「なんだ？　お前は田舎のジイサンか？　孫が心配ってか？」

そこでテツヲの顎に軽くパンチを入れる。

不意を喰らってよろけるテツヲに佐脇は囁いた。

「台東署の殿山から聞いたぜ。お前は上の人間の命令なら何でも聞く忠犬なんだってな。飼い主がどんな外道《げどう》でも、頭を撫でてもらえれば尻尾《しっぽ》を振って言いなりになるってか」

テツヲの形相が変わった。

「おい、それはどういう意味だ？」

テツヲの顔は怒りを押し殺して、どす黒くなっている。

「高田を殺ったのはお前だって意味だ」

佐脇はわざとニヤニヤしながら言った。

「殺しの犯人のくせに、どうしてのうのうとこんなところに居るのか、理解出来ねえがな」

「高田さんを、おれが？　そんなわけねえよ。お前は何バカな事を言ってるんだ」

本気で驚いている様子のテツヲを佐脇はなおも挑発した。

「けど高田が殺された品川のビルにいたのはお前だよな？　おれじゃないってことはお前が殺ったに決まってる。警察もそう思ってる」

佐脇はテツヲを見据えながら、ゆっくりと尋ねた。

「朝方、警察でナニ訊かれた？　お前が殺ったんだろうって締め上げられたんじゃねえのか？」

「いいや。誰が死体を発見して、どういうことでそうなったのかを説明しただけだ」

佐脇は、ほう？　首を傾げた。

「どう説明したのか、おれにも言ってみろ。紅林に言ったのと同じようにな」

「おれは……あのハゲのタモツとフーゾクに行ったんだよ。お前とやり合った後。高田さんと一緒に行くはずだったんだが、高田さんがやっぱりやめとく、と言ったんで、おれたち二人で行って、イッパツ抜いて、帰ってきたら、ああいう事になってた。だから、おれたちにはアリバイがあるんだ」

「アリバイってのは、お前の相手をしたフーゾク嬢の証言だな？　お前らはフーゾクに行った。おれはビルの外で暴れて、帰った。高田は一人でビルに戻った。その時、ビルには誰が居たんだ？　奈央か？　じゃあ奈央が殺したのか？」

「バカなこと言うな！」

テツヲは佐脇に食ってかかった。

「あの子がそんなことするわけないだろ！　滅多なこと言うんじゃねえっ！」

「じゃあ、誰が殺ったんだよ？　おれもけっこうガンガン取り調べられたんだぜ。ニセの証拠まで突き付けられてな。あの連中は狙いをつけたら何が何でもお前を犯人にするぜ」

佐脇はニヤニヤしてテツヲを眺めた。

「おれの見たところ、お前が一番犯人に似合ってる。動機は日頃の不平不満の爆発。どうせあの高田は、奈央にチョッカイを出したりしてたんじゃねえのか？　それをお前が止めたりして」

「いや、止めたのは……」

言いかけてテツヲは下を向いた。

「それとも、お前らの中で権力闘争ってやつがあって、お前は誰かに高田を始末しろと言われていたとか？」

「バカな！　うちはそんな妙なヤツはいない！」

あ、そうなの、と佐脇はトボケて腕時計を見た。

「もうすぐ捜査本部の連中がお前を捕まえに来るはずだなあ」

「だけど、おれはやってねえ！」

声を押し殺したつもりでも、つい大きくなって、受付にいた芸能記者たちが一斉にこっちを見た。

「狂犬が何を言う。バカだから声がデカくなるんだよな」

佐脇はせせら笑った。

「だからお前は飼い主に言われれば何でもやるんだろ？　だがな、警察だけじゃない。お前の飼い主も、お前を保健所送りにするつもりだぜ」

「それはどういう意味だ？　保健所送りって……『総長』がそう言ってるのか？」

「他に誰がそんなことを言う？」

佐脇はしゃあしゃあとウソをついたが、テツヲは完全に真に受けて激しく狼狽した。

「おれじゃねえ……アイツだ。アイツがあんなことを」

「アイツって誰だ？」

「言えるか！　そんなこと」

「言えよ、おい」

二人は揉み合いになったが、佐脇は動揺するテツヲの隙をついて、鳩尾を一撃した。不意を突かれて身体をくの字に曲げ、昏倒しかけたテツヲにホテルの警備員が気づいた。

「どうしました?」

「ああ、いや、大丈夫だ。ちょっと気分が悪いみたいなんで。悪いね」

佐脇は咄嗟《とっさ》にテツヲに肩を貸し、介抱するふりをして手近の化粧室に連れ込んだ。

会場からは「それでは時間が参りましたので、製作発表を始めさせて戴こうと思います……」という司会者の声が聞こえてきた。

「始まっちまったぞ。お前は今日、何の役目なんだ?」

佐脇はテツヲの頬をピタピタと叩いた。

「おれは……奈央の現場マネージャーと言うことで」

「じゃあ早く現場に戻らないとヤバいよな? だからさっさと吐け! アイツって誰なんだ?」

「だから……高田さんを殺ったのはアイツなんだ……だけど、まさかあんなことが出来るやつだとは思ってなかった。あの時だって、アイツは震えて立ってるだけで、何も出来なかったんだから」

テツヲは完全に自分の世界に入ってしまって、佐脇の声も耳に入らない様子だ。

佐脇はカマをかけた。

「あの時ってのは天王洲のクラブの話だな？　お前の飼い主がそう言ってる。天王洲も、高田殺しも、それから奈央の両親を殺したのも全部お前だって」

「違う！　おれがやったのは天王洲の件だけだ。後のことは知らねえ」

「ほぉ？」

佐脇はテツヲの頬を張った。

「あのクラブで大多喜の同業者を殺した件だな？　まあ、それだけだっていう、お前のその言い分が通ることを祈ってるぜ。天王洲の件は大勢で殴って誰が致命傷を負わせたか判らない。って事は殺人じゃなくて傷害致死だ。五年くらいで済む。だがそれにプラスして高田と大多喜悦治と、おまけに希里子まで殺ったとなると、お前は間違いなく死刑だな。死刑二回分くらいだ。お前はジェームズ・ボンドみたいに二度死ね」

「殺ってねえことは殺ってねえよ！　自分がやってもいない事で死刑になるのはゴメンだよ！」

「じゃあ自首して本当のことを言え」

テツヲの頬をピタピタ叩いていた佐脇は、最後にぴたーんと大きく叩いた。

「他のことは知らないが、天王洲のクラブで金属バットで襲撃したのは自分です、と自首しろ。他のことは知りませんが天王洲の件はたしかに殺りましたと言えば、紅林の野郎も……」

そこまで言った佐脇は、思案した。

そもそも紅林と捜査本部は、この件をまともに捜査する気はない。その後に起きた大多喜夫妻の殺害も、佐脇がテツヲとタモツの二人が大多喜の家に出入りしていたのを見た、と紅林に訴えても「おれには関係ない」と完全に無視された。高田の一件は、「銀狼」がらみの事件として城南署の捜査本部が担当しているが、連中はこの三件をまるまる迷宮入りさせてしまうかもしれない。そうでもしなければ「銀狼」を庇えないだろう。もしくはテツヲのような下っ端に罪を被らせて一件落着とするか。

佐脇は奈央を保護する、という当初の目的をここで変更することにした。天王洲事件のホシを挙げれば「銀狼」は壊滅、タカツキカクも共倒れとなり、結果的に奈央の安全は確保されるだろう。

「おいテツヲ。お前、このままだと捜査本部の連中が来たら、三件全部お前が殺ったことにされて、一件落着になるぞ。紅林はやる気が無いから、お前という便利な存在を見つけたら、総長と相談して、全部お前が悪い、お前は殺人鬼だ血に飢えた変質者だ殺処分だと言うことにされてしまうぞ。それでもいいのか?」

「いやだ……死刑だけはイヤだ……アイツの罪を被って死刑になるのなんか、絶対にイヤだ……」

「だからアイツって誰なんだよ?」

そう訊いても、テツヲは答えない。この男の頭は既に違う方向に向いているのだ。

仕方がない。バカはひとつのことにしか集中出来ないのだ。

佐脇は、テツヲに合わせることにした。

「判った。おれに任せろ。警察だって鬼じゃない。ここは取引をするんだ。お前が天王洲のクラブの一件で自首して、そこに物証をつければ、あいつらだって決して悪いようにはしない」

佐脇はしゃあしゃあと嘘をついた。

「大多喜夫妻の件と高田の件について、お前を取り調べることは一切ない、それを約束させる。おれが話をつければ大丈夫だ。だがそれには物証が必要だ。何かないか?　思い出せ」

紅林は、この三つの一連の事件について、マトモに捜査をする気がない。しかし物証があれば話は別だ。紅林は動かなくても、他の連中が動く。

あるいはそんな面倒な物証など処分してしまって、なかったことにしてしまう可能性もある。しかしおれがその証拠品を先に目にしていれば……紅林も勝手な事は出来ないに違いない。

紅林に先んじて、動かぬ証拠を押さえる必要がある。

会場からは拍手が湧いて、主演級の五人のスピーチが始まった。

「さあ、お前、早く現場に戻らないと不味いんじゃないか?」

「イヤもう……こうなっちまったら、もう」

テツヲは諦めの境地に達しているようだ。自分のことだけで頭がいっぱいなのだろう。

「車に……車のトランクに、天王洲で使った金属バットが入ってる」

「その車はどこにあるんだ?」

連れてけ、と佐脇はテツヲの背中を押した。

佐脇はレンタカーを借り、テツヲの両手を縛った上で、助手席に座らせた。この男に運転させるほど佐脇はお人好しではない。ナビをさせても同じだろうとは思ったが、肝心の車の在《あ》り処《か》はこいつしか知らないのだから、案内させるしかない。

テツヲは、丹沢《たんざわ》に向かってくれと言った。

「丹沢? どこだそれは」

佐脇にはまったく馴染みのない地名なので、どこをどう走ればいいのか判らない。

「取りあえず厚木《あつぎ》方面に行ってくれ。カーナビで宮ヶ瀬《みやがせ》湖と入れとけば途中までは行ける」

「ウソの場所だったら、お前をぶっ殺すからな」

佐脇は警官にはあるまじき脅迫をした。テツヲは両手を縛られシートベルトをきつく締められているので、身動きが出来ない。

「いいか。妙な事をして車が事故ったりしたら、おれは逃げられるがお前は丸焼けになって死ぬんだからな。おれをハメるなら自分の命をかけてるって事を忘れるなよ」

「ハメないよ……もう」

車は東名の秦野中井《はだのなかい》インターから秦野市街を抜けて北に向かった。これが宮ヶ瀬湖に向かう道らしい。

「腹減ったなあ。もうランチタイムだぜ」

「うるせえ。こんな時にメシの心配なんかするな」

佐脇に怒鳴られて、テツヲはしばらく静かになったが、また口を開いた。

「なあ、なんか、さっきからずっと、尾《つ》けてくる車があるようなんだけど」

佐脇はバックミラーをちらっと見て、首を傾げた。

「そうか？　お前の気のせいだろ。お前の位置からだと後ろはキッチリ見えねえじゃないか。似たような車は多いんだから気にするな」

佐脇が運転する車のすぐ後ろにつけているのは、磯部ひかると、彼女の取材クルーを乗せたミニバンだ。レンタカーを借りるときに密かにひかるに連絡して、スクープを撮らせる約束をしたのだ。

やがて車は、丹沢山系の端っこに位置する林道に入り、クネクネした細い道をしばらく走った。

「たしか……このへんだよ」

テツヲが言うので、車を止めて外に出ると、テツヲはホラと顎で方向を示した。

そこは、道路の下が崖《がけ》になっていて、手入れがされていない雑木林になっている。が……。

よく見ると、わざとらしく枯れ葉や枯れ枝が積まれて、こんもり高くなっている場所があった。

佐脇はテツヲの縛《いまし》めを切ってやった。まさかこんな山中で逃げ出しはしないだろう。

「お前も手伝え」

佐脇とテツヲは急な斜面を下って、枯れ葉が山になった場所に行くと、両手を使って退かし始めた。

ほどなく、枯れ葉の下から車が現れた。車を乗り捨てて放棄したのか、しばらく隠しておくつもりだったのか。

天王洲の現場近くの防犯カメラに犯行に使われたとおぼしい車輌が映っているが、所在は摑めていない、と紅林が言ったので、佐脇もそのカメラが捉えた映像は見ている。この車に間違いない。逃走に使われ、乗り捨てられたのだろう。

「凶器は？」

テツヲは黙って後部トランクを開けて、黒ずんで乾いた液体がこびりつき、あちこちが生々しく凹《へこ》んでいる金属バットを佐脇に見せた。

その時、ぱっと眩《まばゆ》い光が二人を照らし出し、「いいわね？」という声がした。

二人が光の方を見上げると、マイクを持つ磯部ひかるのシルエットが逆光の中に見えた。もう一人、ライトの横でビデオカメラを構えるクルーの姿も見える。

ひかるが喋り始めた。

「これは現場からお伝えしています。ここは神奈川県丹沢の山中ですが、天王洲のクラブで投資コンサルタントの野上義郎さんが殺された事件に関連して、大きな動きがありました。事件後、逃走に使われたらしい車がこの雑木林から発見され、同時に凶器が見つかったのです！」

「……聞いてねえけど」

テツヲは怒りの目を佐脇に向けた。

「言ったら、撮られるのはイヤだとかゴネたろ？　しかしこれでもう、動かぬ証拠が出てきたわけだ。約束どおり神妙にお縄を頂戴しろ！」

佐脇はポケットからロープを取り出すと、素早くテツヲをぐるぐる巻きに縛ってしまった。

その一端をしっかり握ったまま、佐脇はスマホから一一〇番通報をして名乗った。

「品川区で起きた、いわゆる天王洲クラブ殺人事件の容疑者の身柄を確保しました。緊急逮捕の状況なので、至急現場に急行願います」

逮捕権のない警察庁の人間でも、こういう場合は容疑者の身柄を拘束して、いわゆる現行犯逮捕をすることが出来る。

「お前には悪いが、こういう風にマスコミに流して、神奈川県警にも通報の跡を残せば、紅林も勝手に証拠や犯人を揉み消せない。すべてを明るみに出しといたほうがいいんだ。そうしないと三件全部、お前に被せられるかもしれないからな」

許せ、と言った佐脇に、テツヲは口を尖《とが》らせた。

「おれはこの件については本当のことを言ったぜ。高田さんをやったのもおれじゃねえ。やったのは奈央の付き人をしている、慎司ってヤツだ」

「慎司？　誰だよそれは」

「だから影が薄くてヒヨワな……あんたも見たことあるはずだ。天王洲のクラブで、あんたがしゃしゃり出てくる前に、高田さんにヤキ入れられてたヘタレだよ」

「そうか。そいつはどうしてる？　殺されたか」

「さあ……それは」

口ごもってしまったので、佐脇は話を先に進めることにした。

「そのことは後で訊く。大多喜夫妻殺害についてはどうなんだ？　ここだけの話、あれもお前が殺ったんだろ？」

それについては、テツヲは頑強に否定して、ぶんぶんと首を横に振った。

「殺ってない！　あの件のことはまったく知らねえ」

「だがお前は、あの家に出入りしてただろう？　大多喜に暴力も振るっていただろう？」

佐脇はタバコを出し、「枯れ葉に落として火事を出すなよ」と言ってからテツヲにも咥えさせて火をつけた。

「おれはお前らを見てるんだ。大多喜の家から出て来るところをな。それは夫婦が殺される前の事だが、お前らは頻繁にあの家に出入りして、大多喜悦治をいたぶってたろ？」

「総長に言われて……金を返さないからヤキを入れてこいって、何度か行ったよ」

ひかるたちは離れたところから佐脇とテツヲの様子を撮っている。微妙な局面では割り込まない、という打ち合わせが一応出来ている。

「出入りはしてたし、大多喜を定期的にいたぶってはいたけど……殺してはいないから。それに、大多喜の女房は総長とデキてるから、女房には一切手を出さなかった。あの女房はヘラヘラして、自分の亭主がおれたちに殴る蹴るの暴行をされるのを眺めてた」

テツヲはタバコを咥えたまま喋るので、灰が下に落ちる。それを佐脇はポケット灰皿で受け止めながら話を聞いた。

「で、あの夫婦とお前らが、最後に会ったときはどうだったんだ?」

「あの時は……」

テツヲは思い出したとき、何とも言えない顔になった。まるで腐ったものの臭いを嗅いでしまったような、とんでもなくマズいものを口にしてしまったときのように顔を歪めた。

「あの家には……大多喜の女房が娘の代わりにって連れて帰った、ウチのAV女優がいた」

「遠藤佳美か?」

そうだ、と頷いたテツヲは、もう一本タバコを寄越せと顎を突き出した。

佐脇は二本目のタバコを咥えさせて火をつけてやった。

「娘の代わりっていうのは嘘だ。おれたちは佳美を連れ帰ったホントの理由を知ってた。連れてくときはなんだかんだともっともらしい理由を言ってたけど、あの女は両刀遣いだからな。つまり、レズも好きなんだ。だから……」

「希里子は、レズの相手に佳美を連れて帰ったって言うのか?」

テツヲが意外な事を言いだしたので、佐脇は驚いた。

「あの女は淫乱というか、ほら、なんとかって専門用語があるだろ？」

「ニンフォマニア？　色情狂って、あれ？」

いつの間にか佐脇の横にやって来ていたひかるが答えた。

「そうそれ。若い頃からやりまくりで、変態プレイもナンデモアリだったみたいで……若い奴らも何人かあの女に食われてるはずだ」

「お前もだろ？」

おれもだ、と佐脇は言わなかった。

「まあな。年の割にカラダはいいし、アソコも締まってよぉ、いろいろ変態プレイもやってくれるし、イイっちゃあイイんだけど……貪欲《どんよく》でな。一晩で五回とか言われたら、いくら元気がよくてもへたばるぜ」

「亭主は付き合いきれないから、女房を野放しにしてたのかな？」

そうなんじゃないの、とテツヲは無責任な返事をした。

「そういうのを知ってたから……佳美がどうなってるか、見るのが怖かったんだよ。なんせ、あの娘はほとんど素人で、そういう変態セックスのこと何にも知らないんだぜ」

テツヲは言葉を切った。

「なんだか、とても不気味だった」

「不気味ってどういう意味だ」

何と表現すべきか、テツヲは彼なりに考えて、一生懸命に言葉を選んだ。

「大多喜の女房は、佳美に自分とそっくりな格好をさせたんだ。自分と同じ服を着せて髪の形も同じにセットして、同じ化粧をさせて……佳美は若返った自分みたいな感じで。それで、おれたちが見てるっていうのに、あの女はおれたちの目なんか気にしないで佳美にキスしたりおっぱいを揉んだりスカートに手を突っ込んで股間を弄ったりしてて……『とっても可愛い』とか『こんなに乳首が立ってカチカチ』とか『こんなに濡れてるじゃないの』とか、言葉責めって言うのか？ そういうのもやってな。自分の娘と同い年の女の子にだぜ？」

テツヲは、処置無しだと言うように首を振った。

「佳美はもう、完全に諦めたって感じで、まったく逆らってなかった」

佐脇は思わずひかるを見た。

ひかるは、顔を強ばらせている。

「ちょっと……これはオンエアできないわね」

話がナマすぎて、とひかるは呟いた。

しかしテツヲは、そういう加減の案配が出来ないまま、話し続けた。

「あの女はＳＭも好きで……もちろんあの女がＳで、本気でＭの相手を痛めつけるんで、プレイでもなんでもないんだが。ＳＭってのは、あれだろ？　プロレスと同じで、お約束の世界だろ。本気で痛めつけちゃいけないじゃないか」

「まあ、そうだよな」

　ＳＭ風俗の店だとそうだが、超マニアが集う秘密クラブでは本気プレイもあって死人も出ているという噂は聞く。しかし警察沙汰になったことがないので、佐脇が真相を知る機会はまだ無い。

「あの女は痛めつけるのが大好きだったから、佳美は相当、ひどいことをやられてたはずだ。そういえば最後に見た時に顔にひどい痣もあった。だからあの時、魂が抜けたようなボンヤリした顔になってたんだ……いや。いやいや」

　何かを思い付いたのか、テツヲは佐脇を睨んで、断言した。

「大多喜の女房と旦那をやったのは、佳美だ。佳美が真犯人なんだよ！　あんまりひどいことをされてキレて、二人を殺しちまったんだ！」

　絶対そうだ、とテツヲは叫んだ。

「だって、高田さんが殺られたのも慎司にヤキを入れすぎたからだ。何かというとぶん殴って蹴り入れて……アイツの目の前で奈央を犯そうとしたんでアイツ、思わず近くにあったクリスタルの灰皿で高田さんの後頭部を思いっきり」

「それ、現場を見たんじゃないんだよな」

「だから、おれとタモツはフーゾクで抜いて、ご機嫌で帰ってきたら、もう血の海で。慎司は腰抜かして固まってるし、奈央もションベン漏らして震えてるし……弱いヤツは追い詰めると何すっか判んねえよ」

「後の処理は、総長に判断を仰いだのか?」

「勝手な事は出来ないと思ったんで……だけど床をキレイに拭いても、ルミノール反応ってのは出るんだろ? 表からアンタが吸った吸い殻を拾ってきて、それを撒いてナイフも置いて、アンタの仕業《しわざ》に見せかけろと指示されたけど、まあこういうのはバレると思ったよ」

テツヲが三本目のタバコを所望したので、言われるままに吸わせてやった。

「で? 慎司はどうしてる?」

「それは言えねえな……というか、おれの一存で言っていいのか判らないし……」

そこまで話したところで、ようやく神奈川県警のパトカーがやって来た。

佐脇はかいつまんで事情を説明し、車のトランクに凶器があることも話した。

テツヲはパトカーに乗せられて連れ去られ、その一部始終もひかるのクルーがきっちりビデオに収めた。

「これ……扱いが難しくなっちまったな」

佐脇は申し訳なさそうにひかるに言った。

「このスクープで今までのことは許して貰えないかって思ったんだが……」

「これだけを特ダネとして流すのはいろいろ問題が出そうね。事件全体の展開を見なきゃ」

そうは言いつつ、ひかるの顔は輝いている。ネタを摑んだときの誇らしげな顔だ。

「ま、そういうことでさ、お前さんに対する、これがせめてもの気持ちってことで……」

「何それ？　急に改まっちゃって……そなたのココロザシしかと受け取った、おろそかにはせぬ、とでも言えばいいの私は？」

照れて冗談《じようだん》に紛らわせながら、小さくなっていく赤いテールライトを見送っているひかるに、佐脇は言った。

「いや。昨日、ちょっと……いやかなりショックなことがあってな。何があっても信用できる人間は、誰にだって必要なモノだと痛感したんだ。おれにとってはお前がそうだ、と判ったから……遅すぎたかもしれないが」

「一体、何があったの？」

佐脇は、入江が自分を信用していなかったことを話した。

「いや、これは愚痴なんだが……しかしそういうふうに考えるのは自分自身、信用できない人間だと白状してるようなモンだ。たしかに入江は信用できない。特に大多喜奈央については、絶対、何かを隠している……」

＊

それからの展開は急だった。

佐脇の目論見《もくろみ》通り、真犯人の存在と物証の存在が神奈川県警の知るところとなり、ひかるのスクープも報道された以上、城南署の捜査本部もこれまでのように事実上のサボタージュを続けるわけにはいかなくなった。

と言うよりも、風向きに敏感な警察庁の直原が、さっさと事件から手を引いてしまったらしい。

「この前佐脇さんにアドヴァイスされましたが、私、あの男のカネの動きをちょっと調べましてね。まあ、いろいろと出てきましてね。その事をあの男にそっと耳打ちしたんですよ。そうしたら急に有給休暇を取ってフランスに行ったそうですよ。どうしてフランスなのか判りませんが」

入江が佐脇に教えた。

「おフランスですか。結構なご身分だ」

佐脇は軽口を叩いたが、入江の表情は晴れない。奈央の行方が判らないのだ。

天王洲のクラブにおける投資コンサルタント・野上義郎殺人事件に関して、テツヲを含む「銀狼」のメンバー五名が実行犯として逮捕された。「銀狼」の総長こと大崎義正《おおさきよしまさ》も、犯行を指示したとして指名手配されたが、すでに行方不明になっていた。

捜査本部は捜査員を大幅に増やして関係各所を一斉に家宅捜索し、関係者をあらゆる罪状で逮捕、あるいは任意同行を求めて連日厳しく取り調べ、関係書類を押収したので「銀狼」傘下《さんか》の企業は軒並《のきな》み業務が麻痺《まひ》して、事実上の壊滅状態に陥った。

当然ながらタカツキカクとオフィス媒光庵にも家宅捜索が入って関係者が拘束された。

しかし……なぜか大多喜奈央の行方は判らないままだった。

「直原がいなくなった途端に、警視庁や城南署、そして捜査本部が友好的になりましてね、私に捜査情報をどんどん流してくれるようになりました」

入江は執務室で、佐脇とひかるを前にして、今日まで判ったことを説明した。

「佐脇さんの身を挺《てい》した働きと、ひかるさんの援護があったから、この一連の事件に真っ当な捜査がなされるようになったわけです。感謝しています」

「しかし、直原が嚙んできたのは政治だったんですかね?」

佐脇は平気な顔をしてタバコを取り出して火をつけた。

入江もそれに対抗するように、葉巻をケースから取り出して火をつけた。

「この部屋に、換気扇《かんきせん》ありますか?」

ないと判ると、ひかるは窓を開け放った。

「で、高田を殺したとされる慎司という男はどうなってる?」

「テツヲをはじめ関係者は誰も知らないと言ってます。高田殺しについてはテツヲ……天《あま》野哲男《のてつお》の言う通り、総長の指示で佐脇さん、あなたの犯行に見せかけようと工作をしたと自供しているので、これは本当でしょう。しかし真犯人である慎司……松田《まつだ》慎司の所在については、総長しか知らないようです。総長がどこかに連れて行ったので、そこから先は誰も確認していないと」

「総長に始末されてしまった可能性もあるわな」

佐脇はタバコを吹かして、出された茶をずずっと音を立てて飲んだ。

「大多喜夫妻殺しの下手人の捜査は?」

「それがですね、どうも、『銀狼』の下っ端は誰も嚙んでいないようなんです。警察に任意同行を求められて、その時初めて事件を知ったという人間ばかりで。だから警視庁もまだ捜査本部を統合すべきかどうか迷っているようです」

「もしかして、総長が自ら手を下した、とか?」

ひかるが口を挟んだが、佐脇はすぐに異論を唱えた。

「自分とネンゴロの関係になってた希里子も殺すか?」

「痴情怨恨《ちじょうえんこん》のもつれかも。夫の悦治はそのとばっちりで殺されたのかも」

「じゃあ、悦治は総長と希里子に殺された? 希里子は口封じで総長に殺された?」

「希里子と総長は相討ちかも」

「だがその場合、あの家にいたはずの遠藤佳美はどこに行ったんだ？　もしかすると佳美に何かがあって、それを詰問した総長を希里子が殺して」

「そこまで行くと無茶苦茶ですな、佐脇さん」

入江は佐脇とひかるの『議論』に割って入った。

「高田殺しについて、総長は偽装工作の具体的な指示を出してるんですから、三日前の夜までは生きていたのは間違いないでしょう」

「ねえ、何か、凄く気持ち悪いんだけど……」

ひかるがそわそわし始めた。

「遠藤佳美って女の子、大丈夫なんでしょうか？　どう考えても、なんか」

「大多喜の夫婦が殺されたんだ。その屋敷にいたはずなんだから……しかし、手を下したのが総長なんだったら、総長が連れ帰ったと考えるのが普通だろ。自分とこの商品なんだし」

「それでまた、奈央ちゃんと一緒にどこかにいる？」

「で、奈央は？　例の記者会見、おれは中に入れなくて立ち会えなかったんだが、奈央は出席してたのか？」

「出席してた。記者からの質問にも答えていたし」

ひかるはタブレット端末を取り出して、製作発表記者会見の様子を撮ったビデオを表示させた。ワイドショーで流すのに他のクルーが撮ったものだ。

「ん。たしかに奈央がいるな。ここだ」

佐脇が指差したのは主要スタッフ・キャストが並んだ席の一番端っこだった。「大多喜奈央」という名前のプレートも用意されていた。

『奈央さん。ご両親があいう事になったのに、お休みも取らずお仕事されているようですが、大丈夫ですか』

『あ、はい……ここは頑張らなければ、と思って』

奈央は気丈に笑顔を作ってみせた。

「タカツキカクとしては、親が殺されて話題の、という触れ込みが生きている間は注目されるんで、それを逃さない作戦だったんだろうが、昨日今日はどうなってるんだろう？」

入江は、それです、と頷いて、自分のスマホを操作した。

「奈央に関しては、バラエティの収録や映画の衣裳合わせなどのスケジュールが入っていたのですが、すべてキャンセルになっているようです」

「理由は？」

「所属事務所も絡むトラブルでマネージメントできないと」

この三人の中で一番、芸能界に詳しいのはひかるだ。

「事務所がゴタゴタすると所属タレントのケアが出来なくなって、という例はあります……タレントの移籍が絡むような場合です。今回のように事務所自体が警察沙汰になるって事はほとんどないから……」

「調べてみましたが、そのようですね」

入江は大振りのスマホを操作して、過去の事例を検索しているようだ。

「あの、入江さんのスマホ、変わってますね。凄く大きい」

「これはアメリカの大統領も使っていたブラックベリーで。話題になった時に買いましたが、このサイズが問題でして。電話はもっぱらこっちを」

入江は小さな携帯電話をポケットから出して見せた。

「ちょっと拝見していいですか？　ブラックベリーってあんまり売ってないから」

ひかるは興味津々《しんしん》で入江のスマホを触った。

「キーボードがしっかり作ってある……アプリも入れられるんですね」

ブラックベリーを熱心に触っているひかるを他所に、佐脇は話を進めた。

「しかし……大多喜奈央はどこに行ってしまったんでしょう」

「さあ。捜査本部も、ようやく本腰を入れて捜し始めるようですが」

入江はひどく浮かない顔だ。

その時、入江の携帯が振動する音がした。メールの着信のようだ。

失礼、と言って入江は携帯を開き、文面を確認している。

その表情が……かすかに変わったように佐脇には思えた。

入江との付き合いが長く、また人の嘘を見抜くことが商売の佐脇でなければ気がつかないような、ごくごくわずかな変化だ。目がほんの少し見開かれて大きくなり、喉仏がほとんどわからない程度に上下する、その程度のものだ。

「どうした？　入江さん。ラブメールでも来たか」

「いえ……」

入江の表情は、見事に普段のポーカーフェイスに戻った。

「これからお二人と昼食でも、と思っていたのですが、あいにく急な予定が入ったようです」

「わかりました」

ひかるが立ち上がった。

「これでお暇します。佐脇さん、行きましょう」

入江にブラックベリーを返しながら言った。

「奈央さんと佳美さんのことが心配ですね。知り合いの芸能記者に当たって、私もできるだけ調べてみますから」

「お願いします」

に佐脇には思えた。
入江は深々と頭を下げて頼んだが、どことなくその素振りも口調も、上の空であるように佐脇には思えた。

入江との話が終わった佐脇とひかるは、警察庁の外に出た。

警察庁と警視庁は並んでいる。角地にあって、圧倒的に目立っているのは警視庁の方だ。

「警視庁って言うから偉そうなんだが、要するに、東京都警察本部だぜ。県警と似たようなもんなのに」

もちろん警視庁の方が先に出来て、戦後の警察制度の変更を経ても、警視庁が他の道府県警とは違う性格を持っていることは知っている。なんといっても、警察官の最高位である警視総監は警察庁ではなく、警視庁のトップに君臨しているのだから。

「メシでも食うか？　入江の野郎、ではランチは近くの帝国ホテルでご一緒に、とか言うのかと思ったらハイさようなら、だからな」

「あなたをあんな高級ホテルに住まわせてるのでお金がないのよ」

「そうか！　じゃあ新宿のあのホテルに戻って飲み食いしてツケを回せばいいのか！」

じゃあ行こうとタクシーを拾いかけた佐脇を、ひかるが止めた。

「お昼ぐらい自腹で行きましょうよ。なにそれ？　まだ飲み食いは鳴龍会持ちだった過去を引きずってるの?」

「そんなものは『過去』とは言わないよ。過去というのはもっとどす黒いものだ」

そんなことを話しながら、二人は日比谷《ひびや》公園に入った。

「ねえ。いいお天気だから、松本楼《まつもとろう》のテラスでご飯食べましょうよ」

都心にある日比谷公園は思った以上に広く、そして美しい。花を愛でながら歩くと、東京の真ん中で自然の移り変わりも感じる。

大昔は練兵場だったのを公園にした当時の政治家は偉い。ロンドンやパリの公園を真似したのだろうが、田舎の城址《じょうし》公園とはまた風情が違う。

「いいところでしょ。季節ごとにいろんな催《もよお》し物があるのよ。秋だとオクトーバーフェストとか」

「そんなドイツの祭の真似なんかしないで日本の祭をドーンとやればいいんだ」

「でも、ドイツのビールがたらふく飲めるのよ」

「タダじゃねえんだろ?」

こんなたわいない話をしながら公園を歩いていると、まるでデートだ。

緑に囲まれた屋外での食事は、普通に食べるよりも美味しい。ハンバーグにクリームコロッケというごく普通の「洋食」だが、どこよりも美味しく感じるのは雰囲気のせいか?

「まだ、全然一件落着じゃあないんだけどな、なんか、気分としては終わったみたいな感って私立探偵ってのは大変なんだな」

佐脇はビールをお代わりしながら言った。

「捜査権と逮捕権がないのがこんなに不自由なもんだとは思わなかったぜ。私立探偵ってのは大変なんだな」

「ルポライターとかタクシー運転手とか家政婦とか旅館の女将《おかみ》とか……名探偵は大勢いるけど、みんなそういう不自由さを感じてるのかな?」

「全員架空の人物じゃねえか。いや、しかし親方日の丸はいいですな、民間じゃそうはいきませんよ、と嫌味を言われる意味がよーく判ったよ」

軽口を叩きつつ、美味い洋食に冷たいビール、緑の木々、目の前には心を許せる女、と材料は揃っても、佐脇の心は浮き立たない。

それはやはり、事件そのものが解決していないからだ。

「おれは、どうすべきなのかな?」

「どう、って?」

「いや、入江が何か隠しているように思えて、どうにも落ち着かないんだ。あいつは肝心のことをおれに言ってない。そんな気がする。しかも誰にも言えないまま、ますます窮地に追い込まれているんじゃないかと……あいつが他人を、おれでさえ信用してないってことは、昨夜話したよな?」

「実は私もあなたと同じことを思ってた。だから、あることをしたの」

その「あること」の内容は言わないまま、ひかるは食後のコーヒーのカップを置いた。

「やっぱり戻りましょう」

そう言って立ち上がる。

「戻るって、どこに？」

「入江さんトコに。まだ執務室にいるかもしれないから」

「戻ってどうする」

「思ってることを言えばいい。何か隠してるみたいだけどおれに出来ることはないかって。ここで愚痴を言ってても仕方ないでしょう？」

ひかるの言う通りだ。黙っていてあとで後悔するよりはいい。

佐脇は返事をする前に立ち上がっていた。


警察庁に戻って、改めて入江の部屋をノックしてみたが反応がない。ノブを回してみたが、ロックされている。携帯にも電話してみたが、応答がない。

「おれはこの種のエライ人の立ち回り先を知らないからなあ」

途方にくれる佐脇に、ひかるが助け船を出した。

「参事官って言ったらトップに近いんでしょ？　だったら秘書みたいな人が絶対いるはず

よね」

「それって、おれのことか？」

ひかるは「え？」と漫才のツッコミが呆れたような顔をした。

「佐脇さんにスケジュール管理を任せたりするヒトに出世は無理でしょ」

秘書室に問い合わせてみると、本日の午後は特に予定は入っていないとの返事だった。

「さっきは、あいにく急な予定が入った、と言っていたんだが、秘書にも内密の用事か」

そこで佐脇は機転を利《き》かせた。

「実は入江さんの執務室に忘れ物をしてしまって……取りに入りたいんだが」

「それはちょっと。参事官が不在の時、勝手に開けるのは……」

秘書室の職員は渋ったが、佐脇が執拗に頼み、粘るのについに根負けした。面倒なのでさっさと厄介払いしたくなったのだろう。

うんざりした表情で鍵を取り出した職員が、入江の部屋に向かう二人に同行した。

「忘れ物ってなんですか？」

「書類ですよ。参事官と話し込んでしまって、受け取るべき書類を受け取り忘れたんだ」

捜すのにちょっと時間がかかるがと言い添えると、職員は鍵を佐脇に預けた。

「ではお任せします。佐脇さんは入江参事官の直属ですから、何かあってもご自分で解決してくださいね」

書類がなくなったなどのトラブルはゴメンだ、という意味だろう。

執務室に入って、デスク廻りを漁った。

「お。これはなんだ?」

デスクの引き出しを開けると、顔写真入りの書類のコピーが出てきた。急いでめくると、二か弱い中にも、凛とした芯のある美少女の写真……大多喜奈央だ。

二枚目のコピーには、きつ目の美貌の、大輪の花のような遠藤佳美の写真……。

それは、二人の少女のパスポート申請記録だった。

そして、さらにパスポート申請記録のコピーが二枚。

総長こと大崎義正と、大多喜希里子のものだ。

そして、その下には一昨日から今朝十時までの出国記録。

各航空会社の日本発国際線チケットの購入記録。

パスポートに関しては、奈央と佳美は同じ日に発行の申請をして、受領したのも同時だ。総長は五年前、希里子は八年前に申請されて受理されている。

「入江は、奈央と佳美が外国に移された可能性を考えたんだな。だが、出国記録は……ないな。航空券を買った記録もない」

佐脇とひかるは手分けしてダブルチェックしてみたが、やはり、この四人については、出国記録も、国際線チケットの購入記録もない。

「希里子は死んだんだから記録がないのは当然として……総長は偽名を使って出国したのかもしれないな」

「空の便じゃなくて、船を使った可能性は？」

「豪華客船でのんびり逃避行か？　それとも貨物船で密航？」

デスクの引き出しには、客船の国際航路の定期便・臨時便の各種記録もあった。だが、それを見ても、当該人物四人が日本を出た記録は残っていなかった。

「とするとまだ国内にいるか……密航されると厄介だな。小さな船で外国の貨物船に乗り移れば、それは可能だ。昔の日活映画みたいだが、その可能性がまったくないとは言えないし」

「日本近海にいる外国航路の船を全部臨検してみるとか？」

そこまでのことは今の段階では無理だよな……と佐脇は思案した。

「ここまで調べておきながら、入江はどうしてこの事を隠してたんだ？　さっき言えばよかったのに。この期《ご》に及んで、あの男は何を黙ってるんだ？」

その時、呼び出し音が部屋に鳴り響いた。

ひかるが自分のスマホを取り出すと、「ほら！」と佐脇に突き出して見せた。

液晶画面には、都内の地図とそこを移動する点が表示されていた。その赤い点は、首都高湾岸線沿いに羽田《はねだ》に向かっている。

「これは遠隔操作アプリ。さっき私が入江さんのブラックベリーを見せてもらってたでしょ？　あの時、隙を見て入れちゃった」

「なんでそんなことを？」

「入江さんが絶対、何かを隠しているってあなたが言うから。そして私もそう思ったから。何もなければこっそり削除するつもりだったけど、まさか役に立つなんて……しかもこんなに早く」

強《し》いて言えば女の勘ね、とひかるは簡単に言った。

「しかしお前、こんなことしたら個人情報保護法かなんかで捕まるぞ」

「そうかもしれないけど、今は入江さんの行方を追うのが先決じゃないの？」

ひかるはそう言いながらさらに書類をチェックし、一枚を引き抜いた。

「ね、ほら、このプリントアウトのここ。アンダーラインが引いてある」

ひかるが指さしたのは、フライトプランらしいものだった。

それによると、まさに今日、羽田から一機だけ、チャーター便がマカオに向けて出発することになっている。

「マカオ？　それがなんだ？」

「ね、チャーター便なら、さっきの航空会社のチェックリストには載らないわよね？　総長が、奈央ちゃんと佳美さんをこれに乗せて出国しようとしている、その情報を入江さんは摑んだんじゃない?」

「じゃあどうしておれたちに言わない?」

「さあ。やっぱり何か、私たちには知られたくない事情があったのかも」

「まあ、よく判らないが、とにかく羽田に行ってみよう」

警察庁を飛び出した佐脇とひかるは、タクシーを拾って羽田に向かった。


「羽田からマカオか。なんか昭和の匂いがぷんぷんするな」

「グアムとかハワイだと入国審査で引っかかるかもしれないから、取りあえずユルそうで賄賂が利きそうなマカオにって事じゃないかと」

「香港《ホンコン》じゃなぜダメなんだ?」

「そこまでは知らないわよ!」

首都高は順調に流れている。いよいよ羽田に近づいてきた時に、突然、ひかるのスマホが勝手に喋り出した……のではなく、遠隔操作アプリが作動して音声を伝え始めた。

『そのパスワードは、私だけが知っている』

その声は、入江だった。

『ならば、いますぐお前の口座を操作して、カネをおれのオフショア口座に移せ。ケータイからも出来るんだろ?』

相手の声は、どうやら総長のようだ。

『送金すれば奈央君は返してもらえるのですね』

やはり、入江は奈央と愛人関係にあったのか？

若い女に執着するあまり、このおれにまで大事なことを秘密にしていたのか？

佐脇は呆れ果て、次いで腹を立てた。

とは言え、今この事態を知っているのは自分と、そしてひかるだけだ。入江の窮地を救えるのも自分しかいないだろう。自分が行くしかない。だがそれは正義感のなせる業《わざ》ではなく、今の段階で警察全体が動くと入江が失脚し、自分にも累が及ぶことが佐脇には判っているからだ。

それは困る。ならばやっぱり、自分が動けばどうにかなるのなら、なんとかして入江を助けなければならない。

なんのことはない、汚職警官とヤクザの関係のようなもので、これこそ腐れ縁だ。佐脇と入江のどっちがヤクザでどっちが悪徳警官の役回りかは判らないが、ここはなんとかしないと共倒れだ。

佐脇は、腹を括った。

「……ねえ、オフショア口座とか送金とか、奈央を返せとか、これは一体どういうことなの？」

ひかるの問いに佐脇は短く、「入江は、一人で大多喜奈央を取り戻しに行ったらしい」とだけ答えた。

「なぜ、一人でなんて行ったのかしら？」

「さあな。警察には言うな、言えば奈央の命は無い、とでも脅されたんだろう」

「おかしいわね。なぜ家族でもないのに言いなりに身代金を払うの？　入江さんは警察の人でしょう？　普通は通報するものよ」

入江と大多喜奈央の間には、ある意味、家族以上に抜き差しならない関係があるからだ、と言ってやりたい。だが、喉まで出かかった言葉を佐脇は飲み込んだ。

「……しかし、お前が仕込んだアプリって、なんですぐに作動しなかったんだ。そういうものなのか？」

「私も初めて使うものだからよく判らないんだけど……乗ってる車が動き出してしばらくしないと位置情報の参照をしなかったり、音声入力も、ある程度の声量がないと反応しない、みたいな、制約というか省エネモードというか、そういう仕様があるんじゃないかと思うんだけど……」

二人は黙り、スマホの音量を最大にして、流れてくる音声を必死に聞き取ろうとした。

会話は切れぎれだが、どうやら入江は大金を総長に渡すことと引き換えに、奈央を我が物にしようとしているらしい。

ひかるのスマホに表示される点の動きによれば、入江はすでに国際線ターミナルのイミグレーションを抜けて、出国エリアに入っている。通常なら、その先にあるボーディングブリッジに進み、横付けされた旅客機に乗り込むのだが、チャーター便の場合は判らない。

羽田の国際線ターミナルに到着した佐脇とひかるも三階の出国ロビーに急いだ。

出国審査のゲートで佐脇は警察庁の身分証を見せた。

「緊急だ。今から出国しようとしている人物を止めなきゃならないんだ！」

しかし、警察手帳とは違って、警察庁の身分証は見たこともない人の方が多いから、「どちらさんですか」状態だ。水戸黄門の印籠《いんろう》のようなわけには行かない。

その間も、ひかるのスマホからは入江の声が聞こえてくる。しかも、どういうわけか、入江の口調がわざとらしく、不自然な説明口調になってきた。

『このためにあなたは他人名義のビジネスジェットのチャーター機を使って……奈央さんを……』

イミグレーションを通過した二人は、通りがかった国際線ターミナルの職員らしい男を摑まえた。

「チャーターの、ビジネスジェットってのは、どこから乗るんだ?」

ポケットからくしゃくしゃ状態の、チャーター便について記載されたプリントアウトを取り出して職員に突きつける。

覗き込んだ職員は携帯電話で悠長に問い合わせを開始したが、その間にもひかるのスマホからは切迫したやり取りが聞こえてくる。

『送金を完了しました。確認してください。これで奈央さんを連れて降りていいですね？』

バックグラウンドのノイズが大きくなって、会話が聞き取れなくなった。その騒音は、エンジン音だ。きゅいーんという金属音が大きくなっているのは、離陸のために回転数があがっているのに違いない。

入江たちはもう、チャーター機に乗っている。そして機は離陸しはじめているのか？

『約束が違うじゃありませんか！』

突然、ひときわ大きく入江の声が聞こえた。

『一緒に来てもらうとは、どういう意味です？』

二人の言い争いが途切れ途切れに聞こえてくる。そこに職員が佐脇に振り返った。

「判りました。そのビジネス・チャーター専門会社のプライベート・チャーター機、ボーイングのビジネスジェットは、離陸のためD滑走路に移動中です」

「そいつだ。それを止めろ」

佐脇は怒鳴った。

「その機を離陸させちゃならん。おれは警察だ！　至急、その機に追いつきたい！」

「え？　そんなこと言われても……」

いきなり無理を言われた職員は困惑した。

「法的根拠とか、あるんですか？」

「その機には不法に拉致された日本人少女が乗っている。出国審査は通ったんだろうが、それはその子の意志じゃないんだ」

奈央と佳美の出国審査を差し止めるよう手配しなかった事を悔やんだが、後の祭りだ。

「とにかく、緊急事態なんだ！　管制塔に頼め。離陸を許可するなって」

気迫に押され、携帯電話とまた話し始めた職員の腕を佐脇は摑み、ぐいと引いた。

「話は走りながらしろ！　そのボーイングに追いつきたい。物理的にな！」

通路の窓から、タラップを背負って走行する車が見えた。

「あれだ！　あれに乗ればいいだろ！　連れてっておれを乗せろ！」

「パッセンジャー・ステップカーですか？　それもグラウンドコントロールに許可を得ないと」

職員は佐脇に引き擦られながら文句を言った。

「空港の滑走路上では、勝手な事は出来ないんです！　危険だから！」

「だから、お前がしかるべきところに連絡してしかるべき許可を取れ！」

職員に鍵を開けさせ、手近な扉から外に出て三人は階段を駆け下り、地上の駐機場《スポット》に降り立った。ちょうどこちらに向かってくる「パッセンジャー・ステップカー」が見えたので、佐脇は正面に飛び出し両手を振って止めさせた。運転席の扉を開けさせ、無理やり乗り込んだ。空港職員にも乗れといい、ひかるがそれに続く。

ステップカーの運転手に佐脇は命じた。

「運転しろ！　最高速度でD滑走路に向かえ！」

「何なんすか。これ、テロか何かかっすか？」

「警察だ。いいからD滑走路に行け」

「無理っすよ。僕、空港誘導路を走る権限も資格も……」

佐脇は気の毒なドライバーの後頭部をはたいた。

「行け！　警察の命令だ！」

効き目があるのかないのか疑わしい警察庁の身分証を突きつけてわめくしかない。

気迫に押され、ドライバーはとりあえずステップカーを発進させた。ハンドルとアクセルを操作しながらトランシーバーで許可を求めている。

「グラウンドコントロール。ステップカーでD滑走路ゼロファイブにタクシング中のボーイング・ビジネスジェットに移動開始！　経由する誘導路は……判りません！　すいません、僕、専門職じゃないので日本語しか使えなくて」

空港職員がトランシーバーの送話器を引ったくり慌ただしく話し始めた。佐脇には何を言っているか判らない。管制塔とは英語で話すものらしい。

タラップを背負った車が速度を上げた。間近に巨大な旅客機が迫り、移動中の旅客機のエンジンから熱い排気が吹きつけ、ジェット機の排気ガスの臭いが鼻孔《びこう》を衝《つ》く。キーンというきつい金属音が耳を聾《ろう》するようだ。

だがいくら走っても走ってもそれらしきチャーター機が見えてこない。

「お前、方向間違ってるんじゃないのか？」

「いやいや、国際線ターミナルからＤ滑走路の端まではえらく遠いんですよ。経験ありませんか？　乗った飛行機がえんえん地上を走って、もしかしてこのまま飛ばないで目的地まで走るんじゃないかと思ったこと」

「言われてみればそんなこともあるわね。乗った飛行機がえんえん地上を走って、いつまでも離陸しなかった事」

答えたひかるのスマホから、その時、驚くべき音声が聞こえてきた。

『いいじゃない。私、奈央と離れたくないの。血を分けた娘だもの。それに奈央にだって、一度くらい、ほんとうの意味での家族旅行をさせてやりたいってあなた思わない？一家全員が揃って旅行なんて、これが最初で最後になるわけだけど』

この声は……!?

佐脇は耳を疑った。

希里子の声だ。だがしかし、希里子は死んで、葬儀も済ませて荼毘《だび》に付したんだぞ。その、死んだはずの希里子が、機内にいて喋っているというのか?

『お母さん何言ってるの! 入江さんを返してあげて。これ以上ひどいことをしないで。私は仕方ないけど、入江のおじさんは関係ないでしょう?』

『あらあら奈央。やっぱり「入江のおじさん」が好きなのね～』

人を小馬鹿にしたような、希里子の特徴ある声がした。間違いない。声が似ているだけの別人ではない。希里子は生きていたのだ。

『入江さんが関係ないですって? 冗談じゃないわ。この人は十七年前に私を妊娠させて、でも父親になる勇気がなくて、わたしを大多喜に押し付けて逃げたんだもの。ねえ、入江さんそうよね? 奥さんと離婚して、私と結婚する気なんかなかったのよね?』

佐脇は仰天し、ひかると顔を見合わせた。ひかるも息を呑んでいる。

そして佐脇はすべてを理解した。

奈央を見て、どこかで見たような顔だと思ったのは、そういうことだったのか……。

入江が異常なまでに奈央の身の上を気遣い、連れ戻そうとしていたのも、奈央が血を分けた、実の娘だったからなのだ。

呆然としているうちに、行く手に小ぶりなジェット機が見えてきた。

主翼の下にエンジンをぶら下げた双発機。

「あれがボーイングのビジネスジェットです。737のプライベート仕様なので、外見と性能は通常の737と同じですね」

空港職員が立て板に水で解説した。

エンジンを音高く回転させながら、ボーイング・ビジネスジェットはどんどん進んで行く。やがて誘導路の端の、停止線のような位置で停止した。

「おい。あれは離陸を中止したのか?」

「わからないです。これから離陸態勢に入るところかもしれないし」

管制塔とのやり取りを聞いてみます、と言いながら職員は車内にある無線機をいじった。

『Tokyo Tower, XZ0001, Request line up and wait』

「ええと、エックスレイズールージーロジーロジーロワンというのはXZ0001便のことで、やっぱり滑走路に入る許可を求めてますね」

「滑走路? ダメだ! 離陸させちゃダメだ!」

「なんとかしろ!」

佐脇は職員の肩を掴んで揺すった。

「いや……そう言われても……」

「管制塔に談判すればいいんだな？　そのトランシーバーで繋がるんだろ？」

佐脇はトランシーバーを奪い取った。

「緊急事態だ。今、Ｄ滑走路手前で止まっている飛行機を絶対に離陸させてはいけない！」

管制官は困っている。

「だから近くで見てるんだ。Ｄ滑走路の側にタラップが見えるだろ？　おれはそこにいる。そっちからは見えないだろうが今、機体から火が出ている！　警察にも脅迫電話があった。このボーイングに爆弾を仕掛けたと。おい……火が大きくなってきたぞ。すぐ逃げないと危ない。パイロットにドアを開けろと伝えてくれ！」

が、ボーイング・ビジネスジェットは動き出して滑走路に進入し、再び止まった。

無線からは『Tokyo Tower, XZ0001, Ready for departure』という声が流れた。

「離陸準備完了と言ってます」

ここで無線に別の音声が割って入った。緊急に何かを伝えるらしい声だ。

管制塔とコックピットの間で早口の英語のやり取りが始まった。佐脇には「bomb」「fire」「door」「open」程度の単語しか聞き取れない。それはひかるも同様のようだ。

ひかるのスマホから『どうしたのよ。どうして飛ばないの？』という希里子の声がした。

『何あの車？　どうしてタラップが近づいてくるのよ？』

ボーイングの小さな窓に、希里子のものらしい白い顔が見えた。

『どうしてあんな車が近くにいるの！　早く出すようにパイロットに言って！』

聞こえてくる声は明らかに焦っている。

佐脇はタラップカーを降りた。エンジンの回転はそのままだ。物凄い風圧を感じる。

「さてどうするかな。映画だったらおれが翼に飛びついて、離陸してもしがみついて窓を割って、とか無茶苦茶な展開があるんだろうが、おれはそんなスーパーマンじゃないしな」

「判ってるわよ、そんなことぐらい！」

ひかるも大声で怒鳴り返す。緊張して青褪《あおざ》め、髪も風で滅茶苦茶だ。

その時、ボーイングのドアが内側に引っ込み、そして開いた。

タラップカーがすかさず機体に横づけになり、タラップが伸びた。

「ありがとよ！　恩に着るぜ！」

佐脇はタラップを駆け上がって、機内に飛び込んだ。

中は旅客機とはまるで違ってすこぶる豪華で、ホテルの特別室のようだ。

革製のソファがあり、食事が取れるダイニングセットも備え付けられている。

十人ほど乗れるシートには、総長と希里子、そして奈央と入江の四人だけがいた。

「大多喜希里子！　なんでお前がここにいる？」

佐脇が叫ぶと、希里子はニヤリと笑った。

「誰それ？　私のパスポートはそんな名前じゃないわ」

そう言って横を向き、吐き捨てるように続けた。

「まったく。田舎者は往生際が悪いわね！　これからみんなで世界旅行に行こうというところだったのに」

ああそうだ、と思い付いたような顔をして付け加えた。

「だったらアンタも行く？　このまま離陸すれば大丈夫よ。ただし途中で降りてもらって東シナ海のサメの餌になるかもしれないけど」

「何を言ってる！　この機体は火を吹いてる！　危険だからすぐに外に出ろ！　降りるんだ！」

佐脇が怒鳴っていると、コックピットのドアが開き白人の機長が出てきてなにか叫んだ。危ないから外に出ろ、待避しろと言っているのだろう。

機長はドアのところに立ち、早くしろ、というように腕を振って全員に退避をうながしている。

総長はしばらく佐脇を睨み付けていたが、「取りあえず、出よう」と断を下した。

全員が降りたのを確認して、機長は機内に戻った。管制塔とのアレコレがあるのだろう。

「そういうことか」

タラップを使って滑走路に降りた総長は、機体を見て佐脇に怒鳴った。

エンジンはまだ、キーンと鋭い金属音をたてて廻っている。

「やっぱりそうか。火が出てるというのはウソだったか」

「そうでもしないと離陸しちまったろ？　おれはウルトラヒーローじゃないから飛行機の脚にしがみついて一緒に飛んでいくことなんか出来ないしな」

佐脇は入江に目で合図した。滑走路から遠くに視線を飛ばして、機体から離れろと伝える。

勘のいい入江はすぐに奈央の手を引き、機体から離れてゆく。

「ちょっと、どこに連れてく気！　奈央は私の娘よ！」

追いかけようとする希里子の前に佐脇は立ち塞がった。

「愛してもいなかったくせに、都合のいいときだけ母親ヅラするのか？　なぜ大多喜悦治を殺した？　財産を奪おうとしたのか？」

「冗談じゃない！」

総長が割って入った。

「奪うどころか、大多喜にはウチのカネを全部溶かされちまった。それをおれは取り戻そうとしただけだ」

「取り立てが行き過ぎて殺しちまったって言うのか？　だが大多喜が扱ってたのはハイリスクのファンドだろ？　損したからっていちいち殺してたら、ファンドマネジャーが一人もいなくなるだろうが？」

「では教えてやるが、大多喜悦治は架空のファンドをでっち上げて金を掻き集め、海外の口座にプールしていた。その隠れ蓑《みの》にしている口座が、そこにいる」

総長は、奈央を退避させ、戻ってきていた入江に指を突きつけた。

「警察庁官房参事官の、入江が作った口座なんだよ！」

奈央のことはどうでも良くなったのか、希里子は佐脇と総長の対決を面白そうに眺めている。総長が続けた。

「ところがコイツは口座の金をどさくさに紛れて全部自分のモノにしようとした。だからおれと希里子はコイツを呼び出したんだ」

「それはまったく違うぞ！」

エンジン音とものすごい風の中で入江も声を張り上げた。

「私の口座はまったく私の知らないところで勝手に使われていたんだ！」

「しかしアンタ、口座のオンライン・パスワードは知っていたんだよな？　で、おれが引き出そうとした時、パスワードは変えられていてカネに触れることは出来なくなっていた」

「私の口座ですから。不正な利用を防ぐのは警官として当然のことです」

「なるほどね」

佐脇は大きく頷いた。

「大多喜希里子、アンタはこの企みを全部知ってたんだろ。入江に海外口座を作らせ、大多喜にそれを使えと入れ知恵したのはアンタだな？　アンタおそろしい女だな。昔の愛人と、死んだ亭主と、今そこにいる現役の愛人の全員を上手く転がして、オイシイところを独り占めするつもりだったんだ。そうだろ！」

しかし希里子は相変わらずバカにしたような笑顔で開き直った。

「さあ。あたしは何も知らないわよ。証拠でもあるの？」

「そうやって居直るところを見ると、さぞやいい弁護士をつける自信があるんだろうな」

佐脇は、ポケットからくしゃくしゃになったプリントアウトを取り出した。

「けどそれにはカネがいるぞ。よく聞け。そこにいる入江のオッサンは、希里子の魅力に参ってイッパツやって墓穴を掘ったバカ親父じゃねえぞ。『銀狼』のカネの動きを全部調べ上げていた。オフショア口座のリストから何からすべて明らかにした証拠を揃えてあったんだ。これが明るみに出れば、総長、あんたはケイマンかどこかにカネがあっても受け取れねえ。捕まるだけだ。カネもない、ボスがお縄じゃあ、アンタの大事な『銀狼』は完全にお陀仏《だぶつ》だな！」

総長の顔色が変わるのを見て、佐脇はプリントアウトを見せつけるように振った。

「こいつを入江のオッサンが机に入れて、おれが見つけるまで隠していたのは、なるべく穏便にコトを済ませていい落としどころを探してやろうとしてたからじゃねえか！　それも判らねえアンタは大馬鹿なんだよ！」

佐脇はプリントアウトをさあっと宙に放り上げた。

数枚の書類が、主翼の下にあるターボファン・エンジンの吸気口に吸い込まれた。

このエンジンは非常に効率のいいファンを備えている。空気を吸い込んで圧縮して燃焼室に送り込み、強い推進力を得るためだ。

「あ！」

総長は反射的に、自分の命運がかかっている決定的な書類を追った。

「やめなさい！」

入江が叫んだ。

だが止める間もなく、総長はエンジンの吸気口に駆け寄って、直径一七〇センチのターボファンの開口部を総長が覗き込もうとしたその瞬間、グロテスクな光景が広がった。

総長は身体ごと、あっという間にエンジンの中に吸い込まれてしまったのだ。

ガガガガゴゴゴという不吉な音がした。

航空燃料にまじって鉄錆のような臭いが広がり、機体周辺の空気が赤く染まった。ターボファン・エンジンから、赤い霧が噴き出していた。

その霧の中には、細かく砕かれた骨や肉片、そして総長が着ていた衣服も混じっていた。

総長・大崎義正の肉体は、一瞬にして強力なターボファンに粉砕《ふんさい》されてしまったのだ。

風下に立っていた希里子は、その赤い霧をまともに浴びて、全身を真っ赤に染めた。

「なんなのこれ？　一体どういうことよ？　服が台無しじゃないの！」

ヒステリックに叫んだあと、すぐに笑い出した。

「あっはっは！　なにこれ。超ウケる～。一瞬でバラバラなんてありえないんだけど？」

タガがはずれたように笑い続ける希里子を誰もとめられない。

奈央も入江もひかるも、そして佐脇すら、一人の人間が一瞬で消滅する瞬間を目撃して、呆然とするしかなかった。

# エピローグ

希里子は逮捕されたが、総長こと大崎義正が死亡したため、銀狼をめぐる事件の全容の解明は遅々《ちち》として進んでいない。天王洲クラブ殺人および高田殺しの捜査本部から紅林は外され、大多喜奈央が……おそらくは入江に言われたのだろうが……進んで事情聴取を受けた。

奈央によると、マッスル高田こと高田充彦を殺害したのは松田慎司で、以後慎司は銀狼が所有するアジトの一つに監禁され、一方、奈央は何かあれば慎司を殺すと脅されていたため何も言えず、命じられるまま芸能活動を続けていたのだという。

慎司の公判は一連の事件から分離されることになった。高田から日常的に受けていた暴力がひどかったこと、また奈央の証言もあって、かなり情状酌量《しやくりよう》の余地があるという。

ようやく落ち着いたある夜、佐脇は入江と向かい合っていた。心ばかりの御礼のために一席設けさせてほしい、と入江に請《こ》われ、佐脇とひかるは豪勢な天ぷらをご馳走《ちそう》になった。

その後、話したいことがあるから、と入江に誘われたのだ。

会員制のシガー・バーで、煙が嫌いなひかるは先に帰ってしまった。佐脇はシングル・モルトを傾けている。

「希里子は……まあ想像がつくと思いますが、若い頃から派手な遊び好きな女でね……。親のコネで、ある与党政治家の秘書をやっていました。その政治家が警察関係に睨みが利く実力者で、私は官僚としてその事務所に出入りしていて、希里子と知り合ったんです」

「その政治家か？　おれを潰す刺客としてあんたを鳴海に送り込んだのは」

「ご想像に任せます。思えば佐脇さん、あれがあなたと私の友情の始まりでしたね」

「あの時誰かがおれに、いずれお前はこいつと持ちつ持たれつの間柄になる、と言ったらきっと大笑いしただろうな。判らないもんだ」

「そうですね。けれどもあの時、私にも天使だか悪魔だかが囁きましたよ。この人を味方につけておけ、いつかきっと役に立つと」

「それで、話があるって何だ？」

「ひかるさんから言われて、私も思うところがありました。人を信用しない人間は自分も信用されないものだと。なので、今夜は正直に、佐脇さんに何もかも話そう、という気持ちになったわけです」

「よかろう。拝聴するぜ」

「希里子は、本来私が好きなタイプの女ではなかったのですが……タイプではないけれど魅力を感じる女っているでしょう？　手を出してみたくなる女です。私も若かったし、相手もその気だったので、一夜限りの関係を持ったわけです」

「で、一発で出来ちゃったってか。入江さんにあるまじき不注意でしたな」

自分は注意なんかしたことがないくせに、佐脇は他人には厳しい。

「射精一瞬、ガキ一生ってな」

そういう雑言に入江は眉一つ動かさない。

「妻子ある身の入江さんとしては大いに困ったと。もしかして、希里子に堕ろせと迫ったら、逆に絶対に産むとか開き直られたって展開ですか？」

「まあ、世間にはよくある話です。そういうありがちなことに自分が巻き込まれるとは、まさか思っても見なかったのですが」

「巻き込まれるとはおかしな言い方ですな。あんたが一発やらなければ、コトは起きなかったんだ」

佐脇は入江から貰った葉巻には手を触れず、普通のタバコに火をつけた。

「この葉巻ってヤツは吸った気にならないんでな」

「酔っていたせいもあるし、希里子に今日は大丈夫、などと言われたんだろうと思いますが、もう十七年も前の事なので……私が迂闊《うかつ》だったのは事実です。それでまあ、学生時代から私を慕《した》ってくれていた後輩の大多喜に相談したら……『一肌脱ぎましょう』と言ってくれて。希里子と結婚して、生まれてくる子は自分の子供として育てると。その頃大多喜は証券会社に勤めていたので、彼を通して大量に株を買ったりして、彼の成績にも貢献《こうけん》しましたよ」

「まあ、大多喜としても、ここで警察庁のエリートである入江先輩に恩を売っておけば、後々いろいろ都合がいいと計算したんでしょうな」

「実際、そういうことなんでしょう。とは言え、大多喜は希里子に惚れてましたがね。こういう事でもない限り結婚なんか考えて貰えない相手だとも言ってました。事実、あの男は希里子に惚れ抜いていたと思いますよ。けれども、希里子はまったく家庭的な女ではなかった」

入江は葉巻の灰を落とし、ストレートのスコッチを静かに口に運んだ。

「奈央には可哀想なことをしました。あの家庭には、愛というモノがなかったんです。私も折に触れて本を買ってやったり将来についての助言をしたり、できることはしてきたつもりですが、名乗ることもできないのでは、やはり限界があります。それでもまっすぐに育ってくれたのは、あの子一人の力です」

「まったく。どちらに似たんだろうな。希里子に似たとは思えないから……入江さん、あんたが実はイイ人って、そういうオチか？」

「私だって、入庁してしばらくは理想に燃えていたんです。いや、今だって同じですよ。日本の社会をより真っ当に、安全にしようと願っているのですから」

「やっぱりあんたは判ってないな。何かしようと思って余計なことをすればするほど、物事ってのはその逆の方向に行くものなんだぜ。暴力団をなくそうなんてあんたらが思わなければ、銀狼みたいな半グレが幅《はば》を利かせることもなかったし……」

不意に腹が立って佐脇はグラスをガンと置いた。静かにジャズが流れる店内の、穏やかな空気が不穏になった。

「遠藤佳美が殺されることもなかったんだよ！」

入江は黙ってうつむいた。しばらくして言った。

「仰る通りです。それについては反論が出来ません。本当に申し訳ないことをしました。遠藤佳美さんは、ご家族のみならず、自分まで」

希里子が生きていたので、急遽、希里子の遺骨とされた人骨のＤＮＡ鑑定が行われ、それは遠藤佳美のものと判明した。

遺体の顔の部分が金属バットで完全に潰されていて判別できず歯形すら判らなくなっていたこと、背恰好が希里子に酷似《こくじ》していたこと、着ていた服が希里子のものだったこと、夫婦で寄り添うように死んでいたことなどから、検視を担当した城南署の係官は、それを希里子の死体であると断定して、火葬の許可も出してしまっていた。

「大多喜希里子の自宅のヘアブラシに残されていた毛髪までが、佳美さんのものでした。これも『銀狼』がらみの事件です。捜査本部にもっとやる気があれば、手の込んだ偽装とはいえ、こんなミスは起こらなかったと思いますが」

希里子は、殺人にも死体の偽装にも自分は関わっていない、すべて総長こと大崎義正が一人で実行し、自分は黙っているように脅されただけだ、と供述しているらしい。

「そういや、栃木県警は、遠藤一家殺しの捜査はどうなってるんだ？」

「遠藤佳美さんが大多喜希里子の身代わりに殺されたことが判ったので、小山市の放火殺人については、テツヲこと天野哲男、タモツこと稲垣保《いながきたもつ》の身柄を栃木県警に移して取り調べていますが、自分たちは現場に行っただけで、あれは高田の仕業だと言っているようです」

佐脇は天王洲のクラブから佳美たちを連れ出した、あの夜のことを思い出していた。入江が名刺を渡し、身の危険を感じたらいつでも連絡してきてくださいと言ったときの、佳美の、あの笑顔を……。

ありがとうございます、とにっこりした佳美には、行く手に幸せが待っていることを少しも疑わない、そんな華やかさと明るさと強さがあったのだ。それなのに……。

「気の毒なことをした」

「生贄《いけにえ》の羊……ですね」

「どういう意味だ」

「いえ。どんなに愛らしくても……いえ愛らしければ愛らしいほど餌食にされ、損なわれ、消費される……そういう時代なんです。今は」

二人の男は沈黙して、酒を飲んだ。氷がグラスを動くカラカラという音と、クラッカーとナッツの乾いた音だけが響いた。

「希里子は、やはり遠藤佳美を玩《もてあそ》んだあげく、その手で彼女を殺したんだろうか？　アンタ、一度は情を交わした女が、ああいうとんでもない女だと判った心境はどうなんだ？」

子供まで産ませた女が、とはさすがに言えない。

「ある種の道義的責任は感じますが、かと言って私にはどうすることも……」

そこまで言った入江は、佐脇をちょっと睨むように見た。

「佐脇さん、こういう言い方は申し訳ないが、あなたに私を責める資格はないんじゃないんですか？」

その直球を、佐脇はまともに受け止めざるを得ない。

「確かにな。おれの場合は……もともとおかしかった女とイッパツやったんじゃなくて、普通だった女を連続殺人鬼にしてしまったんだから……おれの方がずっと悪い。比較にならないくらい、悪い」

佐脇はグラスにスコッチをなみなみと注いで、そのままストレートで一気に呷った。

「今回だって、総長を殺したのはおれみたいなもんだしな」

「それだけは、正直言って余計なことをしてくれました」

入江の口調が恨みがましくなった。

「おかげで事実を知る関係者は……本当のことを絶対に言いそうもない希里子に、断片的なことしか知らない天野哲男にスキンヘッドの稲垣保と言う男、そして、同じく何も知らない松田慎司と、私の娘の奈央しかいなくなってしまったんです。カネの流れに関する情報は大多喜悦治と総長が綺麗さっぱり、あの世に持っていってしまいました」

「そこはなんとか調べが付くだろ。少なくともあんたの口座に入ってたカネは騙《だま》された連中に返金できる」

「ほかにも騙された人たちがいるんですよ」

「どの道、欲に駆られた連中なんだから自業自得だろ。あの総長は、なんだかんだと言い逃れて、金にあかして凄腕の弁護士を雇って逃げ切りそうだったから……あそこで始末するべきだと咄嗟に思ったんだよ」

「それは、警官として絶対にしてはいけないことですよね?」

「そういうあんたも証拠隠滅という、絶対にしてはいけないことをやったんだぜ。しかも、おれは高田殺しの犯人じゃなかったのにな」

「あなたは、何が本当で何がウソなのか、やってることが判らない。判らないんですよ」

入江は、本当に困惑した顔になった。

「ひかるさんにはあなたを信用しなかったことを叱られましたが、よく考えたら私だけが責められるのはひどく不公平だという気がしてきました。総長がエンジンに吸い込まれたのだって、どうして自分からあんな危険な事をしたのか私には判らない。佐脇さん、あなたが魔法でもかけたのかとすら思いましたよ」

「あんな男でも常軌《じようき》を逸《いっ》する時はあるということだろ」

ですが……と入江はスコッチを舐めながら首を傾げた。

「佐脇さんが空港で取り出した書類は、すべて私のデスクから持ち出したものですよね？けれども私は『金の流れ』なんか調べ上げてはいませんよ」

入江は生真面目に答えた。

「私名義の秘密口座の存在はほとんど偶然に知って、勝手に使わせると私も犯罪のお先棒を担ぐことになるので、手を尽くして口座のオンライン・パスワードは変えましたが……ケイマンそのほかのオフショア口座でのカネの動きはまったく摑めていませんでした」

そこまで言った入江は、「あ？」と何かに気づいた。

「もしかしてアレは……あの時佐脇さんがポケットから取り出した書類は」

「そうだよ。おれがアンタが集めた以上のモノを持ってるはずないだろ。おれが持っていたのは、アンタの引き出しにあったモノだけだ」

佐脇は、わざとらしく肩をすくめて見せた。

「チャールズ・ロートンがバーミューダ・ショーツの請求書を重要な証拠書類に見せかけて、ディートリッヒから重要な証言を引き出したようなもんだ。総長だってあの書類がヤバい、本物だと思ったから、結果ああいう死に方をしたんだろ。罪を認めたも同然だ」

佐脇はもっともらしい顔で頷いて見せたが、入江は唖然として、「その譬《たと》えは全然理解出来ない」と首を横に振った。

「ひかるさんには佐脇さんから伝えておいてくださいね。私が約束通り本音でお話ししたと」

信用される人間になるための第一歩です、と皮肉に付け加えた。

「ところで、ひかるさんはずいぶんとお忙しそうでしたが」

スコッチからブランディに切り替え、新しいグラスを手にしながら訊く。

「この大ネタをどう料理するか、連日編集室に籠ってるようだよ。あいつ、東京の局を怖がってたのに、結構溶け込んでる」

まったくそうですね、と入江は同意した。

「違法スレスレの事をやるのも、東京の特ダネ・ハンター並になりましたね。ひかるさんが私のブラックベリーに、位置情報と音声を送信する遠隔操作アプリをインストールしたのは判ってました。知ってたんですよ私は。いずれ希里子と総長から何か言ってくるだろうことも判ってました。口座のパスワードを変えましたからね。何かあった場合、あなた方に助けて貰える事もあるかと思って、黙認というかスルーしてたんです」

「だから羽田に着いてから、あんた、妙に説明口調で喋ってたんだな。あれは実に不自然だったぜ」

佐脇はもっともらしい顔で頷いた。

「……ところで、あんたの娘、というか奈央はこれからどうするんだ？」

「決めかねているようです。大多喜の両親、つまり奈央の祖父母が引き取りたいと言っていますが、大きなプロダクションからも契約の話が来ています」

「アイドルは辞めたいんじゃなかったのか？」

「せめて友達の代わりに、と言うんです。佳美ちゃんなら、きっと大喜びでその話を受けたに違いないと。奈央は、遠藤佳美が自分の身代わりになって殺されたようにも思っているので……」

「まさに、生贄の羊。ってことか……しかしおれは、てっきりアンタが心を入れ替えて、実の父親として責任を果たすもんだと思ってたぜ。そうじゃないのか？」

佐脇は心底ガッカリした顔をして見せた。

「……妻には話しましたが……現実問題として、突然あの娘がウチに来るというは想像できないし、無理があると」

佐脇は再びグラスにスコッチを注ぎ、飲み干した。

「まあ、お互い、恥部まで知ってしまったってことか。おれの恥部は、あの連続殺人鬼の過去の男ってことで世間に隠れもないんだが、入江さん、アンタはまだまだ隠してることがあるんじゃないか？　隠し子があと二、三人いたりして」

「……出ますか？」

二人は、店を出た。

外には、モノレールが走り、上空には羽田を離発着する旅客機が低空で飛んでいる。そして……海の香りも微かに感じる。

元々は東京港の倉庫街だった天王洲は、海のそばなのだ。

「お送りしましょう。車を呼びますよ」

入江の申し出を、しかし佐脇は断った。

「いや……」

入江とは逆の方向に足を向けた。

「独りで帰る。とりあえず今夜は、一番哀れな遠藤佳美の霊を慰《なぐさ》めたい」

佐脇は、灯のない方向に歩きだし、そして、夜の闇の中に消えていった。

参考文献

「振り込め犯罪結社」鈴木大介（宝島社）
「不良録」石元太一（双葉社）
「いびつな絆　関東連合の真実」工藤明男（宝島社）
「警察官僚・完全版」神一行（角川文庫）
「暴力団のタブー」溝口敦ほか（宝島ＳＵＧＯＩ文庫）
「溶けていく暴力団」溝口敦（講談社＋α新書）
「日本のイノセント・プロジェクトをめざして」（インパクト出版会）

この作品はフィクションであり、登場する人物および団体は、すべて実在するものと一切関係ありません。

一〇〇字書評

切り取り線

**購買動機**（新聞、雑誌名を記入するか、あるいは○をつけてください）

□（　　　　　　　　　　　　　　　）の広告を見て
□（　　　　　　　　　　　　　　　）の書評を見て
□ 知人のすすめで　　　　　□ タイトルに惹かれて
□ カバーが良かったから　　□ 内容が面白そうだから
□ 好きな作家だから　　　　□ 好きな分野の本だから

・最近、最も感銘を受けた作品名をお書き下さい

・あなたのお好きな作家名をお書き下さい

・その他、ご要望がありましたらお書き下さい

| | | | | | |
|---|---|---|---|---|---|
| 住所 | 〒 | | | | |
| 氏名 | | 職業 | | 年齢 | |
| Eメール | ※携帯には配信できません | | 新刊情報等のメール配信を 希望する・しない | | |

この本の感想を、編集部までお寄せいただけたらありがたく存じます。今後の企画の参考にさせていただきます。Eメールでも結構です。

いただいた「一〇〇字書評」は、新聞・雑誌等に紹介させていただくことがあります。その場合はお礼として特製図書カードを差し上げます。

前ページの原稿用紙に書評をお書きの上、切り取り、左記までお送り下さい。宛先の住所は不要です。

なお、ご記入いただいたお名前、ご住所等は、書評紹介の事前了解、謝礼のお届けのためだけに利用し、そのほかの目的のために利用することはありません。

〒一〇一 - 八七〇一
祥伝社文庫編集長 坂口芳和
電話 〇三（三二六五）二〇八〇

祥伝社ホームページの「ブックレビュー」からも、書き込めます。
http://www.shodensha.co.jp/bookreview/

祥伝社文庫

生贄《いけにえ》の羊《ひつじ》 悪漢《わる》刑事《デカ》

平成26年4月20日　初版第1刷発行

著　者　安達《あだち》　瑶《よう》
発行者　竹内和芳
発行所　祥伝社《しようでんしや》
東京都千代田区神田神保町3-3
〒101-8701
電話　03（3265）2081（販売部）
電話　03（3265）2080（編集部）
電話　03（3265）3622（業務部）
http://www.shodensha.co.jp/

印刷所　萩原印刷
製本所　積信堂
カバーフォーマットデザイン　芥 陽子



Printed in Japan ©2014, Yo Adachi ISBN978-4-396-34026-1 C0193

# 祥伝社文庫の好評既刊

安達 瑶

**悪漢刑事《わるデカ》**

「お前、それでもデカか？ ヤクザ以下の人間のクズじゃねえか！」罠と罠の掛け合い、エロチック警察小説の傑作！

安達 瑶

**悪漢刑事《わるデカ》、再び**

最強最悪の刑事に危機迫る。女教師の淫行事件を再捜査する佐脇《さわき》。だが署では彼の放逐が画策されて……。

安達 瑶

**警官《サツ》狩り** 悪漢刑事《わるデカ》

鳴海署の悪漢刑事・佐脇は連続警官殺しの担当を命じられる。が、その佐脇にも「死刑宣告」が届く！

安達 瑶

**禁断の報酬** 悪漢刑事《わるデカ》

ヤクザとの癒着は必要悪であると嘯く佐脇。マスコミの悪質警官追放キャンペーンの矢面に立たされて…。

安達 瑶

**美女消失** 悪漢刑事《わるデカ》

美しい女性、律子を偶然救った悪漢刑事《わるデカ》佐脇。やがて起きる事故。その背後に何が？ そして律子はどこに？

安達 瑶

**消された過去** 悪漢刑事《わるデカ》

過去に接点が？ 人気絶頂の若きカリスマ代議士vs悪漢刑事佐脇の仁義なき戦いが始まった！

# 祥伝社文庫の好評既刊

安達　瑶　隠蔽の代償　悪漢刑事《わるデカ》

地元大企業の元社長秘書室長が殺された。そこから暴かれる偽装工作、恫喝、責任転嫁…。小賢しい悪に鉄槌を！

安達　瑶　黒い天使　悪漢刑事《わるデカ》

美しき疑惑の看護師――。病院で連続殺人事件⁉　その裏に潜む闇とは……。医療の盲点に巣食う〝悪〟を暴く！

安達　瑶　闇の流儀　悪漢刑事《わるデカ》

狙われた黒い絆――。盟友のヤクザと共に窮地に陥った佐脇。警察と暴力団、相容れてはならない二人の行方は⁉

安達　瑶　正義死すべし　悪漢刑事《わるデカ》

嵌められたワルデカ！　県警幹部、元判事が必死に隠す司法の〝闇〟とは？　別件逮捕された佐脇が立ち向かう！

安達　瑶　殺しの口づけ　悪漢刑事《わるデカ》

不審な焼死、自殺、交通事故死……。不可解な事件に繋がる謎の美女、ワルデカ佐脇の封印された過去とは⁉

安達　瑶　ざ・だぶる

一本の映画フィルムの修整依頼から壮絶なチェイスが始まる！男は、愛する女のためにどこまで闘えるか⁉

# 祥伝社文庫の好評既刊

安達　瑶　ざ・とりぷる

可憐な美少女に成長した唯依《ゆい》は、予知能力まで身につけていた。そして唯依の肉体を狙う悪の組織が迫る！

安達　瑶　ざ・りべんじ

〝復讐の女神〟は殺された少女なのか!? 善と悪の二重人格者・竜二&大介が、連続殺人、少年犯罪の闇に切り込む！

阿木慎太郎　闇の警視

広域暴力団・日本和平会潰滅を企図する警視庁は、ヤクザ以上に獰猛《どうもう》な男・元警視の岡崎に目をつけた。

阿木慎太郎　闇の警視　縄張《シマ》戦争編

「殲滅目標は西日本有数の歓楽街の暴力組織。手段は選ばない」闇の警視・岡崎に再び特命が下った。

阿木慎太郎　闇の警視　麻薬壊滅編

「日本列島の汚染を防げ」日本有数の覚醒剤密輸港に、麻薬組織の一員を装って岡崎が潜入した。

阿木慎太郎　闇の警視　報復編

拉致《らち》された美人検事補を救い出せ！非合法に暴力組織の壊滅を謀《はか》る闇の警視・岡崎の怒りが爆発した。

# 祥伝社文庫　今月の新刊

安達瑶
生贄《いけにえ》の羊　悪漢刑事
警察庁の覇権争い、狙われた美少女。ワル刑事、怒りの暴走！

中村弦
伝書鳩クロノスの飛翔
飛べ、大空という戦場へ。信じあう心がつなぐ奇跡の物語。

橘真児
脱がせてあげる
猛暑でゆるキャラが卒倒！脱がすと、中の美女は……。

豊田行二
野望代議士　新装版
代議士へと登りつめた鳥原は、権力の為なら手段を選ばず！

鳥羽亮
死地に候《そうろう》　首斬り雲十郎
三ヶ月連続刊行、第三弾。「怨霊」襲来。唸れ、秘剣。

小杉健治
花さがし　風烈廻り与力・青柳剣一郎
記憶喪失の男に迫る怪しき影。男はなぜ、藤を見ていたのか!?

野口卓
ふたたびの園瀬　軍鶏侍
美しき風景、静謐な文体で贈る、心の故郷がここに。

聖龍人
本所若さま悪人退治
謎の若さま、日之本源九郎が、傍若無人の人助け！